龙眼石之谜

MYSTERY OF DRAGON-EYE-STONE

何家弘◎著

精华版

知识产权出版社

全国百佳图书出版单位

图书在版编目（CIP）数据

龙眼石之谜/何家弘著. — 北京：知识产权出版社，2016.11
ISBN 978-7-5130-4588-9

Ⅰ.①龙… Ⅱ.①何… Ⅲ.①推理小说－中国－当代 Ⅳ.①I247.5

中国版本图书馆CIP数据核字（2016）第276619号

责任编辑：王辉

龙眼石之谜
LONGYANSHIZHIMI

何家弘　著

出版发行：	知识产权出版社 有限责任公司	网　　址：	http://www.ipph.cn
电　话：	010–82004826		http://www.laichushu.com
社　址：	北京市海淀区西外太平庄55号	邮　编：	100081
责编电话：	010–82000860转8381	责编邮箱：	wanghui@cnipr.com
发行电话：	010–82000860转8101 / 8029	发行传真：	010–82000893 / 82003279
印　刷：	三河市国英印务有限公司	经　销：	各大网上书店、新华书店及相关专业书店
开　本：	880mm×1230mm　1/32	印　张：	8
版　次：	2016年11月第1版	印　次：	2016年11月第1次印刷
字　数：	190千字	定　价：	26.00元

ISBN 978–7–5130–4588–9

第一章

在燕山山脉的深处，有一座神秘的盲龙山。

据说，在很久以前，一条天龙因为偷窥玉皇大帝与王母娘娘的房事，被剜去双眼，罚到人间守山。那两个龙眼也被抛置山中，化为宝石，称为"龙眼石"。此石乃稀世珍宝，且有神奇魔力。人得此石，家族兴旺，大富大贵，但族中定有人死于非命。据当地《县志》记载，北宋年间曾有一孙姓农夫拾得一颗龙眼石，家中一女暴亡，但两子荣任高官。该龙眼石成为孙家传世之宝。后来战乱，龙眼石失落民间。

在神秘的盲龙山上，有一个神秘的盲龙洞。

据说，此洞深不可测，里面的暗河能通渤海。据《县志》记载，当地山民一直把盲龙洞作为惩罚罪犯的牢狱，因此那洞里栖息着许多恶鬼和冤魂。多年前，一对青年男女因爱情违犯乡规，被押进盲龙洞。他们在黑暗中求索，竟然找到一个岩石发光的地方。那里有一条会发光的河，河水中有许多会发光的鱼。他们就在那不见天日的洞穴深处生活下来，生儿育女，并且告诉后代永远不要走到光明的地方。他们还相信，人在临死前进入那发光的河水中，其灵魂就不会随躯体一起死亡。这些生活在洞穴中的人被称为"盲人族"。

在盲龙山的脚下，有一片与世隔绝、美丽富饶的土地。蜿蜒的盲龙河从西向东穿过这片山间盆地，两边各有一个村落。南边是史家庄，北边是孙家庄。据说，这些村民是唐代"安史之乱"中西部残军的后人。至今，他们仍然保留一些奇特的习俗。后来，外地人陆续迁徙至此。那些原住民并不排外，但是总会神秘地对外来者说，千万不要到山上那个洞里去，特别是里面的小洞。外来者追问，但得到的只是神秘的微笑。

燕山市公安局的看守所是新近建成的，没有阴森恐怖，只有戒备森严。那两道坐北朝南的大铁门是联动的，外面的铁门开启时，里面的铁门就是关闭的，反之亦然。两道铁门之间是个天井，足以停放两辆大卡车。进出看守所的人都必须在天井中耐心等待，听到身后的铁门"哐当"关闭之后，再看着面前的铁门缓缓开启。会见被告人的律师不必体验这份耐心，因为他们不用走进这道大门。

1995年8月14日下午，洪钧和宋佳在一名男警察的带领下沿着看守所大门东边那排平房的长廊向东走去。洪钧的心中有一种不祥的预感。他不喜欢这么仓促——只看了起诉书副本，还没到法院去阅卷，就赶来会见当事人，而且再过三天就要开庭了，可原本说至少还有两周才会开庭的。他觉得，史成龙那诡谲的微笑后面似乎隐藏着什么秘密。难道这辩护只是走过场？他可不喜欢走过场，他必须坚守律师的职业道德。也许，他不该接下这个案子，陆伯平案的辩护已经让他很紧张了。至少，他不该带宋佳来，女秘书的工作地点就应该是办公室。虽然宋佳在夏哲和陆伯平的案件调查中有出色表现，但那是在北京！燕山市离北京不太远，但这里的房屋和街道都给人一种怪异的感觉，就连人们说话的声调都很古怪。然而，他又不能拒绝，因为他不忍心扼杀那对漂亮的大眼睛中流露出来的期盼。

走廊南边那一扇扇玻璃窗在灿烂的阳光下显得格外明亮。走廊北边是一间间相互隔离的提讯室和会见室。他们在第四会见室的门口停住了脚步。洪钧不喜欢这个数字，不吉利。他不信鬼神，但相信命运。

这间会见室有七八平方米，被一道矮墙和铁栏杆分割成南北两个半间。南边有两把木椅，北边有一把铁椅，都固定在地面上。铁椅上还有手脚的锁固装置和上身的约束带。

对面通向看守所内的房门被打开了。一名女警察带着一个中年女子走进来，让那女子坐在铁椅上，并没有锁固手脚和身体。女警察用眼睛和男警察打了个招呼，转身走了出去。

男警察对洪钧说："你们是大地界儿来的，规矩都懂，不用我多说，自己注点儿意就行了。"说完，他走出房门，站在敞开的门外，点着一支香烟，吸了一口，眯着眼睛，望着窗外，似乎是在享受温暖的阳光。

洪钧说了声"谢谢"，心想，如果会见被告人时在场的警察都能这么宽容，中国的刑事司法就文明了。他的心情顿时好了许多。其实，做刑辩律师的，给点儿阳光就灿烂。他的目光回到对面的女子身上。

这就是史成龙的母亲金彩凤。她身材消瘦，面容憔悴，头发梳理得很整齐，但已有些稀疏。不过，白皙的面色和端庄的五官还能显露出年轻时的美丽，特别是那对眼窝凹陷的眼睛和那一口整齐洁白的牙齿。她已年过四旬，但是那双并不很大的眼睛在眨动时仍有几分忧郁的妩媚，那口有薄嘴唇衬护的白牙在微笑时仍有几分温婉的柔情。

洪钧自我介绍后直奔主题，"起诉书上说，被告人对于投毒杀人的事实供认不讳。您都承认了？"

"是我害死了武贵。"金彩凤低垂着头。

"您为什么要害死自己的丈夫？"洪钧的目光似乎要透过黑发间隙

中的白色头皮去探测对方大脑的活动。

"我不该进盲龙洞。老辈人说过，那洞是不能进的。"金彩凤叹了口气。

"什么盲龙洞？"洪钧竭力捕捉这两句话之间的逻辑关系。

"你去过盲龙山吗？"金彩凤抬起头来。

"听说过，但没去过。"

"你去过就知道了。"

"这盲龙洞和您的案子有什么关系呢？"

"这个……我也说不明白。"金彩凤又把头低了下去。

洪钧换了个问题，"我听说在盲龙山上有一种特别的植物，叫巴豆果。是吗？"

"是的，就在盲龙潭后面的山崖上。听老人说，那是祖先从西南带过来的。就在那个地方能活，种到别的地方去，一准儿得死。"

"那东西有毒吧？"

"毒性挺大，但是也能治病。"

"您去摘过？"

"是的。大便不通时，可以用它煮水喝。"

"是给您丈夫喝的吗？"

"不，是给我自己喝的。我没给武贵喝过。"

"您对侦查人员也是这么说的吗？"

"我……好像承认过，但那是政府让我说的。"

"他们是怎么让您说的？有没有……"洪钧回头看了一眼站在门外的警察，没有说出刑讯逼供。

金彩凤明白了，摇摇头说："没有。就是……不让我睡觉，两天两宿，我挺不住了，就承认了。"

"您说自己没给史武贵喝过巴豆水，可是您又说自己害死了丈

4

夫，那您是怎么害的呢？"

"这个事儿吧，我也说不明白。"金彩凤眯着眼睛，上身突然摇晃了一下，似乎要晕倒。

宋佳忙在一旁问："阿姨，您没事儿吧？"

金彩凤深深吸了口气，睁大眼睛说："没事儿，闺女，我这身子骨还行。"

怜悯之情从洪钧的心底油然升起。他知道律师不应感情用事，但有时却情不自禁。"那您希望我怎么为您辩护呢？"

"我看这事儿也没啥可辩护的了。"

"那法院要判您有罪呢？"

"要判就判吧。是我的罪过，我就担着。"金彩凤眨动了几下眼睛，又说，"成龙那孩子请你们来，他是咋儿说的？"

"他希望我们为您做无罪辩护。"

"如果法院判了，就会影响他的学业吧？要是那样，我的罪过就更大了！"金彩凤一脸茫然。

洪钧观察着金彩凤的表情，努力去捕捉那背后的思想活动。他认为自己不能怀疑这些话语的真实性，但是也不能忽略这些话语之间的矛盾。他犹豫片刻，还是把话题转到那个难于启齿却不得不问的问题，"史文贵是您丈夫的哥哥？"

"他们是叔伯兄弟。"

"您和他真有那种……男女关系吗？"洪钧没有使用起诉书中的语言。

金彩凤的目光从洪钧的脸上滑到宋佳的脸上，然后又滑了回来。她缓缓地问道："你俩有吗？"

洪钧没想到金彩凤会这么问，愣了片刻，才说："我们只是同事。"

"我从来没跟文贵睡过觉。如果有，天打五雷轰！"金彩凤看了一眼面颊绯红的宋佳，慢慢闭上了眼睛。

　　洪钧和宋佳离开了看守所。坐在汽车里，两人的心情都有些压抑。开车穿过两个路口，洪钧瞟了宋佳一眼。"怎么样？你头一次来这种地方吧？"

　　宋佳侧过脸，认真地看着洪钧，"这种地方，我来的次数可比你多。你忘了，我干过公安。我有一个同学就在燕山市局工作，明天我去找找他。"

　　"找关系？这可不是我们的作风。"

　　"不是去找关系，是去了解情况，看看这案子有没有什么背景。"

　　"你去看什么？"洪钧皱着眉头，因为路上的交通很乱，就连三轮摩托车都响着刺耳的喇叭声。

　　"b-ei——背，j-ing——景。"宋佳的语调有些夸张。

　　"什么背景？"

　　"我也说不清，就是感觉这个案子很复杂，好像它后面隐藏着什么东西。真的，就是一种感觉。"宋佳把目光投向路边的商贩。

　　洪钧也有同样的感觉。为什么两人会有同样的感觉？感觉是自我的，但是容易互相影响。那么究竟是谁影响了谁？有人说，女人的感觉往往是正确的，尽管不一定都有道理。"你对金彩凤的感觉怎么样？"

　　"我感觉，她很有女人味儿哦。你懂么？而且，她一定是个很有故事的女人。你瞧她那双眼睛，就跟画了眼影似的，一眨一眨的，都这么大岁数了，还能放电呢！这个呀，你就更不懂喽。"宋佳侧过头，俏皮地眨动了几下眼睛。

洪钧瞟了一眼宋佳，"你是在放电吗？我懂的。不过，我现在最关心的问题是——她是不是杀人犯？"

"我看不像。除非——她有什么特殊的理由。"

"爱情？"

"这是个理由。不过，我感觉她更像是在替别人顶罪。"

"什么人？"

"如果不是她的情人，那就只能是她的孩子了。"

洪钧沉默了。宋佳的感觉又一次与他的感觉相吻合。这也是一种感觉，可他不喜欢这种感觉。宋佳的思维越来越像他的了，这可不好。君子和而不同，都相同了，哪里还有什么和？他俩能和吗？金彩凤为什么会问那么突兀的问题？难道她也有特别的感觉？奇怪！他的后背有些发凉。

洪钧在无法遏制的胡思乱想中把汽车停在燕山宾馆门前的停车场。两人下车，走进大堂，见到正在等待的史成龙。此人二十多岁，中等身材，黑红脸膛，浓眉大眼，留着一头"板寸"，穿着一身牛仔服，显得精明强干。他是人民大学经济系的研究生，似乎很有钱。他是凭借校友的关系找到洪钧。

大堂里冷冷清清，与外面的喧嚣形成鲜明的对照。三人坐在靠窗的沙发上，洪钧简单介绍了会见金彩凤的经过，然后问起史武贵去世的情况。

史成龙说："这些年，我爹一直在这市里的建筑队干活儿。对吧？三个多月前，他突然给我写来一封信，说他辞去了建筑队的工作，让我尽快回家，他有重要的事情和我商量。我当时正面临期中考试，就没回去。对吧？过了十几天，我又收到家里的电报，'父病危速归'。我连夜赶回家去，但是等我到家时，他已经过世了。我娘说，我爹回村后就得了一场大病，发烧、头晕、恶心，好像是感冒，吃了药也就过去了。可他后来又得了痢疾，上吐下泻，越来越厉害，最后突然就死了。"

"你看过起诉书，你相信检察院的说法吗？"

"我当然不信。我娘绝不会害我爹。对吧？"

"那她有没有让你父亲误喝巴豆水的可能性？"

"咋误喝呀？对吧？我看，这也不可能。"

"你父亲得病后去医院看过吗？"

"我们那个地方很偏僻，离县城有一百多公里，还都是山路，很不方便。对吧？不过，孙家庄有个大夫，以前是'赤脚医生'，后来就留下了，开了个小诊所，村里人有病都找他看。他姓王，是个外姓人。我们那里有两个村庄。我家在史家庄，多数人都姓史。还有个孙家庄，比我们庄大，主要是姓孙的和姓金的。"

"那个王大夫是怎么给你父亲诊断的？"

"王大夫是个好人，医术也不错。对吧？他开始诊断的是中毒性痢疾，可后来警察来了，法医说是中毒，他也就改口了。"

"看来，这不是你们去公安局报的案？"

"不是，我们本来都准备给爹办后事了。对吧？可有人说我爹是被人害死的。后来，村长就报了案。"

"你认为你父亲是怎么死的？"

"应该——是病死的。对吧？"史成龙的语气有些犹豫。

"看来，你也怀疑你父亲是被人毒死的？"

"既然公安局的法医认定我爹是中毒死亡，那就不能排除这种可能性。对吧？但肯定不是我娘干的。"

"你怀疑谁？"洪钧看着史成龙的眼睛。

"我……只是猜测，没啥依据。"史成龙把目光转向了宋佳。

洪钧不喜欢史成龙看宋佳的眼神，便继续问道："史成龙，你父亲说有重要事情要告诉你。是什么事情？"

史成龙愣了一下，有些不好意思。"其实，我也不知道。等我回到家，我爹已经过世了。我问过我娘，可她也说不上来。对吧？她就说，我爹这次回来挺怪的，不咋跟家里人说话，常一个人出去。他常去找我广生叔。他俩是好朋友，一块儿出去打工，这次也是一块儿回来的。兴许我广生叔能知道，对吧？我娘还说，我爹时常念叨龙眼石啥的，还怪笑，就跟魔障了似的。这两年，大概是受社会上那些传言的影响，我爹迷上了寻宝。每次我回去见到他，他都会说起寻宝的事儿。我们那儿有个盲龙洞，有很多神奇的传说。对吧？我爹说，那盲龙洞里一准有宝石。他还看了不少关于龙眼石的传说，老说他一定能找到龙眼石。我也觉着他有点儿着魔。"

"看来，这案子还真挺复杂。不过，关键还得看证据。打官司，说来说去，就是打证据。我现在就想知道公诉方都有什么证据。"洪钧看了一眼手表，"希望明天的阅卷能够顺利。"

"洪律师，我今天就赶回去，再找些证据。后天，我一准回来。"史成龙站起身来，态度谦恭地与洪钧、宋佳道别后，快步走了出去。

第二章

史成龙坐长途客车来到盲龙县城时，天已经黑了。他在餐馆吃了饭，然后来到大姨家。开门的是一个身材不高但长着漂亮的瓜子脸的姑娘。她叫汤桂香，是县邮电局的营业员。见面后，她高兴地叫道："呀！成龙哥来啦！你啥时候回来的？"然后她不等史成龙回答就冲里面喊道："爹，娘，成龙哥来啦！"

汤桂香的父亲叫汤良才，是县工商局的副局长。汤桂香的母亲叫金红莲，在县妇联工作，是金彩凤的堂姐。二人正在客厅看电视，听见女儿的喊声，便从沙发上站起身来。

成龙走进客厅，亲热地叫了声"大姨"和"大姨夫"。

说完见面话之后，红莲关切地问："你娘的事儿咋儿样啦？"

"我刚从市里回来，就为这事儿来找你的。"成龙说。

"那好，你们到对面儿屋里去说吧。这儿开着电视，太吵！"汤良才看电视连续剧《武则天》正上瘾，便顺水推舟地坐回沙发上。

成龙跟着红莲走进对面的房间，桂香也跟了过来。成龙说："桂香，我跟你娘说事儿，你还是去看电视吧！"

"啥事儿还背人哪？"桂香撅起了小嘴。

"不背人，就是跟你没啥关系。你还不如去看《武则天》呢。"

桂香不情愿地走回客厅。成龙关上屋门，坐到椅子上。红莲坐到床边，神情紧张地看着成龙，"你娘那案子判啦？"

"还没有，大后天开庭。"

"这些日子，我一直在寻思你娘的事儿。可说呢，公安局的人也找过我。我对他们说，我都到县里工作这么多年了，对庄里的事儿，也都知不道了。他们就问你娘过去的事儿。那我倒是知道，因为你娘当年回乡就住我家。"

"你都对他们说啥啦？"

"知道啥就说啥呗。可说呢，你娘这辈子真是不容易！"红莲叹了口气，眯着眼睛想了想，慢慢讲道，"那是1967年，'文化大革命'正闹得热火朝天。我爹带我去北京看病，顺便去看看你姥爷。我们就知道你姥爷在城里当了大干部，到那儿一瞅才知道他成了'走资派'，家也被抄了。可说呢，你姥姥本来就是家庭妇女，这下子没了生活来源，那日子可就惨喽！每天晚上，你姥姥推着一个小轮儿木板车，到学校和机关去撕大字报，白天再卖给废品站，就靠那点儿钱生活。可说呢，你娘又黄又瘦，穿的也是带补丁的衣服，还不如咱山里人呢！那时候，北京的学生都要'上山下乡'，你姥姥就问我爹，能不能想办法让你娘回老家插队。我爹答应回来给问问。回来以后，我爹还真就把这事儿给办成了。没过多久，你娘就成了咱庄儿的'回乡知识青年'，就住我家。可说呢，我俩就像亲姐妹一样。"

红莲本来就爱说话，如今又到了爱唠叨的年龄。此时见成龙听得很认真，她讲得愈加兴致勃勃。"那年头儿，咱农村里也搞'文化大革命'，动不动就开个'大批判会'啥的。当时咱孙家庄和史家庄算一个生产大队，叫东升人民公社第三生产大队，队长是咱村的孙大胡子，大号叫孙喜春。可说呢，他的大小子如今在县公安局刑警队，个头挺高，可长得瘦瘦瞎瞎的。孙大胡子那人挺左，老想整出点儿带响的事儿，好在公社出个名儿。我爹那会儿是党支书。要不是我爹拦着，他一准儿得干出不少缺德事儿！可说呢，你娘是个要强的人。虽然她身子骨不太壮实，从小在城里长大，没干惯农活儿，可啥活儿都抢着干，不怕脏不怕累的。她心眼儿又好，爱帮助人。队里人让她写个信啥的，她从不推辞。后来我们办'扫盲夜校'，也是你娘给讲课。你娘那时候是有名的'文化人儿'，长得也漂亮，跟咱山里姑娘不一样。可说呢，我到公社去开会，别的队的小伙儿都向我打听她，都知道咱孙家庄有一个漂亮姑娘叫彩凤。不用我说你也能猜到，咱队里看上你娘的人也不少，其中就有你大爷文贵。"

"我爹那会儿在干啥？"

"他那会子还在部队当兵呢，也是选拔去的，挺光荣。我们都说他俩的名字起得好，一文一武，都能有出息。就说那文贵吧，脑瓜儿挺好使，长得也精神，当时在咱队里也算得上拔尖儿的小伙儿。后来他就跟你娘相好了。可说呢，我当年也觉着文贵不错，可他的心思都在你娘身上，根本就没我。我这头发都白了，说话也不怕你笑话。那会子，我心里还真有点儿酸溜溜的！不过，我一直把你娘当亲妹妹看。既然她和文贵都有那个意思，我就别跟着瞎掺和喽！"

"那我娘后来咋嫁给了我爹呢？"

"可说呢，这事儿还真是个谜！要说那会儿你娘和文贵的关系也算公开了。可后来不知咋儿地，她俩就吹了，也没打架，也没拌嘴，就是一块儿去公社看了回电影。那会子县里有电影放映队，隔三岔五就到各公社放电影，都是露天的。村里不少人去，骑自行车的，也有走着的。可说呢，那时候的人也真有精神头儿，干一天活儿，再跑大老远去看电影。现如今，人们就是守着电影院也懒得去了。这都是让电视给惯的。在家坐沙发就能看，谁还去电影院啊！"

"他们去看电影咋的啦？"成龙见红莲越扯越远，忙把话题往回拉。

"噢，可说呢，看电影也不能咋儿的呀！我那会子认识了你姨父，他在公社工作，我俩一块儿看的。那天晚上回家后，我就瞅着你娘的脸色不大好，问她咋儿啦，她说有点儿不舒服。我也没在意，就睡了。第二天下地干活儿，我发现她老一个人发愣，歇晌儿时还一个人躲到树林里偷偷抹眼泪儿。我问她咋儿了，她就说没啥。那几天，我发现她不跟文贵说话，文贵也不来找她。开始我还以为就是俩人闹别扭，可时间一长，我发现她俩真吹了。后来我又问过你娘，可你娘一直没告诉我。大家伙儿都觉着挺奇怪的。"

"那我娘和我爹是啥时候相好的?"史成龙又问。

"可说呢，你爹早就对你娘有意。可你娘跟文贵好，他只能靠边儿站不是。后来，你娘跟文贵吹了，他就开始跟你娘凑近乎。可说呢，你娘对你爹的印象也不错。她对我说过，文贵和武贵都挺好，可要是能把他俩的优点集中到一个人身上就好了! 我说，那敢情好! 有文贵的脑袋瓜儿，再有武贵的身子板儿，像文贵那么细心，知冷知热的，又像武贵那么胆大，敢做敢当的。你当是选种马哪，想得美! 她说，这世界上的人就没有十全十美的。那时候我就觉着她挺喜欢武贵。她和文贵吹了以后，就跟武贵相好了。不过，她为这事儿还跟你姥爷断绝了关系呢!"

"从记事儿起，我就知道我娘和我姥爷的关系不好。这么多年，我娘从来不去看他们。对吧? 我一直以为我娘是怨恨我姥爷把她送回农村，原来是为了这事儿啊!"

"可说呢，你娘那脾气也真够倔的! 别看她不言不语儿，可她认准的事儿，谁说也没用! 我就记得她那年春节回了趟北京，可没住几天就回来了。后来，她就说要和武贵结婚。我当时还劝她别着急，国家也号召要晚婚嘛! 可她不听，没过多久就领了结婚证。可说呢，他们的喜事儿办得挺热闹，大伙儿都捧场，整整闹了大半天。"

"我姥姥、姥爷从没回来过?"

"你娘生你的时候，你姥姥来了一趟，可也没住几天。听说是因为你姥爷身体不好，需要她回去照看。可说呢，她临走时还到我家哭了半天。我知道，她的日子也不好过啊！你姥爷恢复工作以后，你姥姥又来过一次，听说是想把你娘办回城里去。那会儿你娘已经当上了小学校的教师。她对你姥姥也挺好，可就是不同意回北京。没办法，你姥姥只好自己走了。可说呢，你这些年在北京上学，没常去看看你姥姥、姥爷吗？"

"我哪有那么多时间啊！对吧？也就逢年过节去看看。"

"你们年轻人啊，一点儿也不体谅老人的心。可说呢，等你到了我这年纪，就该懂喽！哎，我说成龙，你娘出这事儿，你没去找你姥爷？他是大干部，跟咱们市长一个级别，说句话，准能管用。"

"我上次去看守所看我娘，还真问过她，可她死活不让我把这事儿告诉我姥爷。对吧？我问她为啥，她又不说。不过，我姥爷已经离休了，说话也未准能管用。"

"谁说不管用？让他去找找那些老战友、老下级，肯定还有在位的。现如今，只要领导说句话，啥事儿都好办。"

"法律上的事情，就得按法律办。对吧？我娘这个案子，一开始我就打算自己去辩护。上次去看守所，我就是以辩护人的身份去的。要不，人家还不让我见呢。可后来，我发现这法律太复杂，必须得请律师。这不，我从北京给我娘请了个著名的大律师，是从美国留学回来的，可厉害啦！他还是我们人大的校友呢。"

"可说呢，没有这层关系，人家也不会到咱们这个小地方来。可那也得花不少钱吧？"

"那是。不过，咱现在有这个能力。对吧？"

"你娘能有你这么个儿子，也算是有福气喽。可说呢，自打你小时候，我就看出你能干了。人家上大学，都是往外花钱，可你上大学，还能往回赚钱。我听说，去年你家翻盖新房，都是你给掏的钱。现如今，知识就是钱啊！"

"大姨，你别老夸我了，还是说我娘的事儿。对吧？洪律师说了，打官司就是打证据。大姨，刚才这些话，你都讲给公安局啦？"

"我哪能说那么多。我就说，你娘开始跟你大爷相好，后来才嫁给了你爹。"

"你这话就对我娘不利。"

"瞧你小子说的，我这话咋儿能对你娘不利呢？"

"人家检察院说，我娘就是为了我大爷才害死我爹的。"

"胡说！我了解，你娘绝不是那号人！处过对象又咋儿了？那都是八百年前的事儿了！可说呢！"

"可人家说，你那话能证明我娘有杀人动机。"

"胡说！处过对象就有杀人动机？那世上的人还不都有杀人动机啦！"

"人家可不这么看。对吧？"

"照你这么说，我那些话还把你娘给害啦？这可不行，那绝不是我的意思。我的意思是说，你娘心眼好，爱帮助别人，也能原谅别人，根本不会去干那杀人的事儿！"

"大姨，那你能不能再给出一份证据？"

"啥证据？"

"就把你刚才说的这些话写下来，算个补充证据。"

"那能行！你说吧，我该咋写？"

红莲找来纸和笔，按照成龙的意思，写了一份证言。成龙又仔细看了一遍，才收到书包里。

正在这时，桂香推门走进来，说："你们说啥呢？咋这老半天！《武则天》都演完了，你们还没说完哪！"

"啊，我们在说你二姨的事儿呢。"红莲对女儿说了一句，然后又转头问成龙："你今儿晚上就住这儿吧?"

成龙说："我就是上您这儿找宿儿来啦!"

"可说呢! 桂香，你把客厅的沙发床拉出来，再给你成龙哥找条干净的毛巾被。"红莲说着，站起身来。

"哎!"桂香高兴地应了一声，转身走了出去。她很快就把客厅的沙发床收拾好了，坐在一边等着成龙。

成龙洗完脸，来到客厅，准备睡觉。

桂香说："成龙哥，你给我讲讲你们学校的事儿吧! 你们那些研究生成天都干啥呀?"

"就睡觉呗! 对吧? 再不就坐一块儿侃大山，胡说八道!"成龙坐在床上，打了个哈欠。

"你别瞎扯了! 你们研究生都是百里挑一的主儿! 你们的生活一定……"桂香找不出词来形容了。

"咋样?"

"我说不出来，可我知道肯定特别有意思，和咱普通人不一样!"

"你别瞎猜啦! 研究生的生活还没你的生活有意思呢! 桂香，我可得睡觉了。对吧? 这一天给我折腾得够呛!"成龙又打了个哈欠。

"啥呀! 刚才说那老半天话也不困，这才跟人家说两句就困了。真是的!"桂香噘着嘴走了。

熄灯后，成龙躺在床上，但仍然睁着眼睛。他在想，娘当年为啥和大爷分手? 那么突然，还那么神秘。这里面一定隐藏着不可告人的秘密! 娘和大爷真有那种关系吗? 他又想到了那天晚上在小学校后面看到的情景，既让他难堪，又让他难忘。他没有对任何人讲过那件事情，包括成虎和银花。从懂事起，母亲就是他最敬爱的人。随着年龄的增长，他越来越了解母亲为这个家庭做出的奉献。他也尊敬父亲，但是总感觉自己和父亲之间缺少亲情。他勤奋学习和努力赚钱的主要目的就是为了报答母亲。听了大姨的话，他努力去理解母亲的苦衷，竭力去原谅母亲的行为，但他更希望自己从来没有看到那不该出现的一幕。他记起书上的一句话——爱情是超越理智的。

想到爱情，他的脑海中浮现出另外一个女子的身影。虽然他认识她只有几天，但是她那苗条的身材，那秀气的脸颊，特别是那双透着灵气的大眼睛和那对迷人的酒窝，都已经深深地印在他的心上。一见到她，他的心跳就会加快。而见不到她，他的心里又觉得空空荡荡。这就是一见钟情吗？他不想承认，但也不想否认。他告诫自己，不要去寻求那不可能得到的东西。然而，他又不想放弃，至少在努力争取之前不能放弃！他轻轻叹了口气，并非情愿地闭上了眼睛。

第三章

8月15日，星期二。上午，洪钧到法院申请阅卷。他出示了史成龙和洪钧律师事务所签订的"辩护委托书"、洪钧律师事务所给燕山市中级人民法院的证明公函和自己的律师证。法院的工作人员对以个人名字命名的律师所很感兴趣。洪钧解释说，他这个所是北京市司法局搞的"个人律所"试点。虽然法院的人一再表示会给阅卷提供方便，但是洪钧拿到案卷时已快11点了，幸亏他事先准备了面包和饮料。

案卷不厚，只有一百多页。洪钧浏览了"卷宗目录"之后，决定从前往后仔细阅读一遍。他拿出笔记本，以便摘录要点。

案卷的第一部分是公安机关采取强制措施的法律文书和侦查破案的报告材料。法律文书包括：（1）盲龙县刑警队的"呈请拘留报告书"，时间是1995年5月22日。（2）盲龙县公安局的"拘留证"，上面有被拘留人金彩凤的签名和手印，时间是1995年5月23日。（3）盲龙县公安局签发的"拘留通知书"，上面有被拘留人家属史成龙的签名和手印，时间是1995年5月24日。（4）盲龙县公安局的"提请逮捕书"，时间是1995年5月26日。（5）盲龙县人民检察院的"批准逮捕决定书"，时间是1995年5月30日。（6）盲龙县公安局的"逮捕证"，上面有被捕人金彩凤的签名和手印，时间是1995年5月30日。侦查破案的报告材料包括盲龙县公安局刑警队于1995年5月26日写的"综合材料"和"破案经过"。

第二部分是案卷的主要内容，即证据材料，包括：（1）3份"讯问记录"，时间分别是1995年5月22日16时10分至18时30分、5月23日8时30分至11时30分、5月24日8时30分至10时30分，金彩凤在最后的口供中承认了用巴豆水毒死史武贵的事实。（2）1份"报案记录"，时间是5月19日，报案人是史家庄村委会主任史广财，报案称村民史武贵突然死亡，可能是被人投毒杀害。（3）8份"询问记录"，询问时间都在5月22日至24日期间。孙家庄诊所的医生王忠臣证明：史武贵回村后身体不好，开始以为是感冒，后来又以为是痢疾，但是根据死前的症状，很可能是多次服用巴豆水慢性中毒死亡。史家庄村民史广生证明：史武贵曾经对他说，彩凤恨他，如果他突然死了，一定是被彩凤害死的。史武贵的次子史成虎和女儿史银花都证明：史武贵过去身体很好，这次回村后得病，身体逐渐恶化，最后突然死亡。史家庄村民史建利和孙家庄村民孙艳梅都证明：金彩凤和史文贵有私情，曾在小学校后面和盲龙河边幽会。孙家庄村民孙清莲证明：她曾经看见金彩凤到山里去采摘巴豆果。盲龙县妇联干部金红莲证明：金彩凤和史文贵曾经在年轻时交过朋友。（4）2份"村民意见"，内容大体上都是说金彩凤是有夫之妇，但是不守妇道，与旧情人史文贵勾搭成奸，谋害亲夫，民愤极大，要求政府严惩。一份署名是史家庄村民，共有十几个村民签名，为首的是村委会主任史广财；一份署名是孙家庄村民，共有二十几个村民签名，为首的是村委会主任孙喜春。

案卷的最后部分包括：（1）盲龙县公安局的"搜查证"，上面有被搜查人金彩凤之子史成龙的签名和手印，时间是1995年5月24日。（2）盲龙县公安局刑警队人员制作的"搜查记录"，上面有被搜查人金彩凤之子史成龙和见证人史广财的签名和手印，时间是1995

年5月24日。搜查人员在金彩凤家的厨房内发现了一些炒熟的巴豆果。（3）盲龙县公安局的"刑事技术鉴定书"，时间是1995年5月22日，记录了对史武贵的尸体进行检验的过程和结论。进行尸体检验的是燕山市公安局的法医和盲龙县公安局的法医，在场的还有燕山市公安局刑警大队的副大队长、盲龙县公安局主管刑侦的副局长和刑警队的队长。尸体外表检验没有发现任何外伤和异常现象。尸体解剖检验发现死者的食管、胃、肠道都有黏膜出血，其中十二指肠出血最为广泛。虽然在死者的血液和胃肠内容物中未能检出毒物，但综合根据死者的临床症状、尸检所见和死于心肾功能衰竭等情况，可以得出史武贵因过量服用巴豆水而慢性中毒死亡的结论。（4）盲龙县公安局的预审部门于1995年6月30日侦查终结时制作的盖有公安局局长印章的"起诉意见书"。该起诉意见书称，被告人金彩凤和史文贵是旧日情人。因史武贵长期外出打工，金彩凤与史文贵便勾搭成奸。金彩凤为了达到与史文贵结婚的目的，产生了谋害亲夫之意。后利用史武贵患病之机，以服药为名，给丈夫多次服用巴豆水，致使史武贵中毒身亡。以上事实有人证、物证和鉴定结论证明，证据确实充分。金彩凤的行为已经触犯了我国《刑法》第132条的规定，构成故意杀人罪，依法应该追究刑事责任。

由于该案涉嫌故意杀人罪，应该由燕山市中级法院管辖，所以案卷经盲龙县检察院移送燕山市检察院起诉。洪钧拿出燕山市检察院于1995年7月18日向燕山市中级法院提交的起诉书副本，发现其内容与公安局的起诉意见书的内容基本相同。

洪钧合上案卷，右手重复地从前向后梳理着头发——这是他专心思考问题时的习惯动作。他认为，本案的法律手续是比较完备的。虽然案卷中缺少公安局的立案决定书和侦查终结报告，但是这对本案的辩护来说没有太大意义。他知道，一些公安机关的立案程序不太规范，往往是"不破不立"，而且不把相关材料放进移送检察院的诉讼卷，只留在公安机关的侦查卷中。另外，本案的办案时间都符合法律规定，没有超期，还有提前。看来，这个案子不能"打程序"，只能"打证据"了。

在本案中，公诉方的主要证据是证人证言。虽然这些不是证明被告人投毒杀人的直接证据，但是可以从不同角度证明金彩凤投毒杀夫的可能性。对间接证据的质疑包括可靠性和证明力两个方面。根据案卷材料本身，他看不出这些证言的可靠性存在什么瑕疵，因此只能对这些证据的证明力提出质疑。不过，公诉方还有被告人承认给被害人喝过巴豆水的口供。这是证明投毒杀人的直接证据，也是对金彩凤最为不利的证据。如果把这个口供和那些证言结合起来，证明被告人投毒杀人的证据链条就相当完整了。也许，他对公诉方证据的质疑应该集中在这个口供上，而直接证据的质疑要点是可靠性。那么，他能够让合议庭相信被告人认罪的口供是虚假的吗？虽然金彩凤对他说，警察连续审讯了两天两夜，她是被迫承认给史武贵喝过巴豆水的，但是案卷中的讯问记录都很规范，而且那上面都有她的签名和手印。再说，金彩凤一直也承认自己害死了丈夫。如果她在法庭上还这么说，要推翻庭前的认罪口供就很困难了。那两份"村民意见"是有问题的，他可以在法庭上提出有力的质疑。但是，即使合议庭排除了这两份意见证据，公诉方的证明也没有受到实质性的损害。看来，关键还要看被告人的当庭陈述。假如金彩凤当庭认罪，那他最简单的做法就是做有罪辩护，要求法庭从轻或减轻处罚。这很容易，但他的良心难以接受，因为他感觉金彩凤是无罪的，本案另有隐情。当然，被告人的认罪对于辩护律师来说没有约束力，他仍然可以做无罪辩护，但必须在公诉方的证据中找到突破口。

洪钧的右手停止了头顶的运动，打开案卷，翻到那份刑事技术鉴定书。他逐字逐句地又看了一遍。他认为，这份关于死亡原因的鉴定结论缺乏科学依据——"虽然在死者的血液和胃肠内容物中未能检出毒物，但综合根据死者的临床症状、尸检所见和死于心肾功能衰竭等情况，可以得出史武贵因过量服用巴豆水而慢性中毒死亡的结论"。法医没有检出毒物，怎么能认定是中毒死亡？而且，"可以得出"的用语也带有不确定性。这应该是公诉方证明链条中的薄弱环节。

此时，洪钧的大脑中又升起一个问题：假如史武贵真是被人毒死的，那么凶手究竟是谁？是史文贵吗？或者是二人合谋？诚然，作为辩护律师，他可以不去追寻这个问题的答案。但是，作为法律人，他很想知道事实真相，而且希望通过自己的行动去维护社会的公平正义。洪钧又一次体验到作为刑事辩护律师所面临的道德困境。一方面，社会道德督促他去惩恶扬善，不要帮助有罪的被告人；另一方面，职业道德又督促他要竭尽全力去帮助被告人，即使那真是有罪之人。他答应给陆伯平作辩护律师时就有这种体验。别人以为，他为那些坏人辩护就是为了赚钱。他那革命军人出身的父亲就曾经向他表达过这种看法。面对淳朴的社会正义感，他感觉委屈，但有口难辩。此时此刻，他不想纠结在道德困境之中，便对自己说，凭直觉，金彩凤是个好人。

洪钧回到燕山宾馆的时候，天已经黑了。宋佳正在大厅里焦急地等待。见面后，两人的心情都轻松了，便一起来到餐厅，点好饭菜，边吃边谈。

宋佳说，她在公安局找到了老同学。她得知，这个案子主要是盲龙县公安局刑警队侦办的，具体负责人是副队长孙昌盛，就是孙家庄的人。孙家庄和史家庄仅一河之隔，两村间有历史遗留下来的矛盾。这个案子的背后可能存在着不同家族之间的恩怨。侦查人员本来怀疑金彩凤和史文贵合谋，但是金彩凤坚决否认，也没有能证明史文贵涉案的证据。另外，史文贵是当地首富，县里也有人替他说话，所以最后就查办了金彩凤一个人。她还听说，盲龙山风景优美，盲龙洞神秘莫测，很值得去看看。

洪钧说，等这个案子办完，他一定陪她去盲龙山旅游。不过，他现在需要集中考虑的问题是辩护意见。目前，他已经有了基本思路，但还有些问题需要请专家解答。他问宋佳，能否让燕山市公安局的那位朋友给找个医生咨询一下。宋佳说，没问题。

星期三上午，洪钧和宋佳来到燕山市第一医院，见到了朋友介绍的内科专家。因为不便提及金彩凤的案件，宋佳就对医生说，他们几个大学同学一起来度假，住在山区，结果有一个同学病了，很严重，无法来医院，所以让她来看病开药。她按照史武贵的情况介绍了同学的症状。专家说，那个同学很可能得了急性中毒型菌痢。这是夏天的常见病，既不要害怕，也不能轻视。这种病，只要及时对症治疗，就能痊愈。但是，如果不及时用药治疗，而且患者身体虚弱，也可能有生命危险。走出诊室后，宋佳拿着医生开药的处方，问洪钧怎么办。洪钧说，留作纪念吧。宋佳说，真对不起大夫。洪钧说，把药买回去，也是浪费。

下午，洪钧和宋佳又来到燕山市中医院，以代朋友开药为名，向药剂师咨询了巴豆的药性。药剂师说，巴豆的药制品主要有巴豆霜和巴豆仁，因为属于大毒，所以一定要按照医师的处方服用。巴豆可以用于治疗冷结便秘、腹满刺痛、小儿积滞、痰多惊悸等病症，但过量服用会引起恶心、呕吐、腹痛、腹泻等症状，严重者便血、头痛、头晕、脱水、呼吸困难、痉挛、昏迷，甚至因心肾功能衰竭而死亡。

奔忙一天，他们得到了比较满意的调查结果。虽然医药专家的话不能绝对排除史武贵死于巴豆中毒的可能性，但是足以对法医的死因鉴定结论提出有力的质疑。在本案中，死亡原因的认定是公诉方证明的基础。如果公诉方不能用确实充分的证据证明史武贵死于巴豆中毒，那么对金彩凤的投毒杀人罪指控就难以成立。这么简单的道理，洪钧认为法官是不应该否定的。

傍晚，洪钧和宋佳有说有笑地回到燕山宾馆。一进大堂，正在等候的史成龙就迎了过来，简短问候几句便不无得意地告知，他这次回家很有收获，拿到不少证据，还带来几个证人。他们正在二楼餐厅等候呢。

洪钧和宋佳跟着史成龙走进那个挺大的单间，里面坐着的五个人一起站了起来，表情严肃地看着洪钧和宋佳。史成龙介绍了洪钧和宋佳，那些人便一起鼓掌表示欢迎，让洪钧和宋佳感到有些尴尬。洪钧请各位坐下，那些人点点头，但依然站立着。

史成龙忙说："洪律师，我来给你们介绍一下：这位是史家庄的村委会主任史广财，这位是孙家庄的村委会主任孙喜春，这就是我的叔伯大爷史文贵，这是我的弟弟成虎和妹妹银花。他们都是来旁听审判的，也都可以在法庭上作证。对吧?"

五个人一同点点头，然后互相看了一眼，一起坐到椅子上。

在史成龙介绍时，洪钧认真地观察着。史成虎的外貌与史成龙相似，只是带着几分憨态。史银花长得胖乎乎，一脸笑模样，很像个城市姑娘。另外三个人的年龄都在50岁上下，都是黑红脸膛，敦实的身材，但各有特征：史广财是圆脸、小眼、翻嘴唇；孙喜春是长脸、秃顶、大胡子；史文贵是方脸、鹰眼、尖鼻子。虽然前两位是村主任，但后一位倒有几分农村干部的做派。洪钧见众人落座，便用轻松的口气说："各位别这么严肃。这里是餐厅，可不是法庭。"

六个人一起笑了笑，但笑容和笑声并不相同。

洪钧又说:"你们明天是不能进法庭旁听审判的。一方面,要出庭作证的证人是不能旁听审判的。另一方面,这个案件涉及当事人的隐私,属于不能公开审理的案件,因此是不允许旁听的,当事人的亲友也不行。至于作证嘛,那要事先获得法官的同意。法官在做出决定之前,一般都要知道证人能证明什么。你们几位好像都在侦查阶段提供过证言。如果你们还是重复原来的证言,那法官肯定认为就没有必要再出庭作证了。"洪钧的目光停留在史文贵的脸上,"噢,好像就是这位大叔没有证言。警察没有找过您吗?"

史文贵把目光投向了史成龙,另外四个人的头也一同转了过去。史成龙连忙从背包里拿出一叠纸,送到洪钧面前,"洪律师,这些就是他们写的证言。还有几个人,因为不方便,没能来,也写了证言。公安局的人来调查的时候,他们确实都出过证言,但是原来说得不够准确,这次又重新写了。这次写的都是真实情况。对吧?"

五个人一同点了点头,仍然一言不发。

洪钧很快地翻看着证言。他发现,这些人原来都是公诉方的证人,但这次都提供了对被告方有利的证言。例如,医生王忠臣说,他认为武贵很可能是得了痢疾,因病死亡。史广生说,武贵说彩凤恨他,那是在吵架之后说的气话,其实武贵也多次说过彩凤对他很好的话。史文贵说,他和彩凤没有不正当关系,彩凤也绝不会害死武贵。史成虎和史银花都说,他们的娘不可能害死他们的爹。史建利和孙艳梅都说,虽然曾看见彩凤和文贵私下交谈,但不认为他们会通奸。金红莲则说,彩凤和文贵都是心地善良的人,绝不可能杀人。另外,史广财和孙喜春还分别带人签署了"村民意见",声称金彩凤是好老师,是贤妻良母,绝不会毒害亲夫,请求政府释放金彩凤。

这些证言让洪钧深感意外。他没有经历过这种证人集体推翻证言的案件。他默默地把证言材料交给宋佳,然后抬起头来,看了一遍众人。他的目光在史文贵脸上停留的时间最长。他感觉，这些人的神态都很怪异，似乎是期待，似乎是嘲讽，又似乎是无奈。他转身问史成龙："是你让他们写的？"

史成龙说："也是，也不是。昨天回去，我确实找了他们，请他们重新出个证据。可后来还是两位村长出面，大家才给写的。对吧？我可以保证，他们都是自愿写的，绝对是真话。"

洪钧沉思片刻说："这些证言对本案的辩护确实有利，但关键还要看法官能不能采信。这种集体翻证的情况，很容易让法官和检察官产生怀疑啊！"

史成龙说："法官要是不信，可以把他们都叫进去，当面问问。对吧？我娘是清白的，我们就希望法官能判我娘无罪，让她赶紧回家。这是大家伙的意思，对吧？"

五个人都用力点了点头。

洪钧说："就算法官采信了这些证言，当庭宣判无罪的可能性也不大。我估计，法官宣布延期审理的可能性比较大。我们提出了新证据，按照法律规定，法官可以宣布延期审理，检察院也可以要求补充侦查，比如说，让侦查人员去核实这些证言。"

史成龙问："延期审理是什么意思？能让我娘回家吗？"

洪钧说："延期审理是说，因为某种原因，案件不能按原定时间开庭审理，要等到影响审理进行的原因消失后再开庭。在此期间，被告人一般要继续羁押。"

史成龙又问："那要延多长时间？"

洪钧说："这得看消除原因需要多长时间。这个案子的延期原因是出现新证据，那么就要看检察院调查核实这些新证据需要多少时间，而且还要看他们调查核实之后是否需要再去收集别的证据。我估计，时间不会太短。"

史成龙说："那就是说，我娘还要一直关在里面？那可咋办？虽然我娘在看守所才关了三个来月，可身体已经差多了。以前，她的身体可棒了。对吧？洪律师，其实，我们就是想让她尽快出来。"

洪钧说："还有一个办法，可以让你母亲先出来，那就是取保候审。虽然这是杀人案，一般不能办取保，但是根据本案的情况，特别是你母亲的身体状况，我认为法院批准的可能性还是有的。不过，办理取保候审，首先得有保证人。不知你们是否有人愿意担任金彩凤的保证人。保证人应该与本案没有牵连，而且有很好的信用。如果由村委会出面担保，效果会更好。"

史成龙和两位村长交换了一下眼色，然后说："广财叔和喜春叔都可以代表村委会为我娘担保。对吧？"两位村主任点了点头。

洪钧饶有兴趣地看着他们的表情，说："那好吧，我们就提出取保候审的申请。我来起草一份，各位先吃饭吧。"

众人默默地吃饭。洪钧很快起草了一份保证书，基本内容是：保证被告人金彩凤在取保候审期间遵纪守法，随传随到，候审不误。如果被告人潜逃或再有违法犯罪行为，保证人一定立即向法院报告。他把保证书交给史广财和孙喜春传阅并签名。

洪钧也很快吃了些饭菜。然后，他问史成龙他们住在何处。史成龙说，他们已经联系好了，住在大众旅店。洪钧说要回去准备明天的辩护词，便起身告辞，和宋佳一同走出房间。

出门后，洪钧说要去看看一楼的商务中心还有没有人，以便把这些证据材料复印两份。他们沿楼梯往下走去。洪钧说，这真是个奇怪的案子。宋佳说，还有一群奇怪的证人。

洪钧若有所思地停住了脚步，然后让宋佳先去复印，自己回去看看。他轻手轻脚地走回那个单间的门口，只见门关着，楼道无人。他侧耳细听，里面的人似乎在争论，但是都压低了声音。他犹豫片刻，最终还是没有敲门就推开了房门。房间里的场景让他愣了一下，但他马上就微笑着说："对不起，我忘了一件事儿。明天上午9点开庭，请你们8点半到法院门口等我。"说完之后，他便转身走了出去。他的前额上渗出了一层细汗！

第四章

8月17日上午8时30分，洪钧和宋佳来到法院门口，见到史成龙等人，然后一同走进法院。洪钧让史成龙他们在一楼等候，自己和宋佳来到三楼的法官办公室，但是没有见到本案的审判长陈法官。他们来到二楼的小法庭，门已经打开，但里面只有一名法警。他们走到辩护席，一边做开庭准备，一边等候法官。

8时50分，书记员走了进来。随后，三名法官和两名检察官也走了进来。洪钧连忙起身和陈法官打个招呼，拿着材料走过去。"陈法官，辩护方要求在审判中出示几份新的证言，并且要求法庭传唤这几位证人出庭作证。"说着，他把证人名单和复印的书面证言交给法官。

陈法官笑道："洪律师，你这是搞突然袭击吧？"

洪钧也笑着说："这些材料是被告人家属昨天晚上才交给我的。说老实话，这对我也是个突然袭击！"

陈法官很快地浏览一遍，皱着眉头说："这么多证言都翻了，这案子可就复杂啦！洪律师，你可知道吧？如果辩护律师伪造证据，或者威胁、引诱证人作伪证，那可是要追究法律责任的。"

洪钧也收起了笑容，"审判长，这是被告人家属取来的证据。作为辩护律师，我有义务把它们提交给法庭。法律并没有禁止被告人家属去收集证据，也没有禁止证人在诉讼过程中改变自己先前的陈述。坦率地说，我也不能肯定这些证言都是真实可靠的。这个问题，应该由法庭来认定。刑诉法规定，证据必须经过查证属实，才能作为定案的根据。当证人的陈述出现前后不一致的情况时，法庭可以传唤证人出庭，通过质证来判断真假嘛。"

陈法官看了看另外两名法官和两位检察官，提高声音说："今儿个这案子可有点儿麻烦了。咱们先别开庭，商量商量咋儿办吧！"

其实，那几个人一直在旁听陈法官和洪律师的对话，此时便都围了过来。洪钧让宋佳把另外一套复印的书面证言交给了检察官，后者拿到公诉人席去翻阅。法官也都坐下翻阅证言材料。洪钧和宋佳便回到辩护席等候。

陈法官等大家看完材料，才说："亏了今天不是公开审判，没有旁听的人，要不然可就狼狈喽！各位都说说咋儿办吧。我可先说明了，咱们这不是开庭，就是交换意见。张科长，你们是啥意见？"

张检察官面带微笑地说："既然是交换意见，那我可就坐着说了。我先表个态吧。辩护方究竟采取了啥手段，让证人都改变了原来的证言，我们现在还不知道。但这个事儿，我们一定得查，而且一定能查个水落石出！我先把丑话撂在这儿，真有人违法取证，那就不管他是谁，一律追究法律责任。再说今天的庭审，我们的意见是按原计划开庭。金彩凤这个案子，我们可是按照'严打'的精神，从重从快办理的。大家伙都知道，这'严打'是市里给定的调。我听说，明年还要再来一次全国性的'严打'呢！再说了，我们手里的案子很多，法院也一个样，辩护律师又是北京来的。大家伙都很忙，能凑到一个时间也不容易。今天是礼拜四，明天我们院里有个会，下礼拜我还得出趟差。要我看，咱们还是先把庭开了，至于这些证据该咋儿定，就请合议庭综合评断吧。"

陈法官转向辩护席，"洪律师，你是啥意见？"

洪钧说："如果公诉方坚持今天开庭，我也不反对。不过，我认为本案的情况符合《刑事诉讼法》第123条关于延期审理的规定。现在出现了新证据，而且有几个重要的证人今天还没能来，比如那个给史武贵看病的王医生和那两个看见金彩凤和史文贵约会的证人就都没有来。因此，延期审理是比较合适的。"

陈法官问检察官："张科长，你们同意延期审理吗？如果检察院认为本案需要补充侦查，那也是延期审理的一个理由。"

张检察官说："我认为没必要延。案卷中的证据是确实充分的。被告人金彩凤有杀人动机，有投毒行为，而且她自己也供认了。就像我们在起诉书中说的，本案事实清楚，证据确实充分，金彩凤的行为已经触犯了《刑法》第132条关于故意杀人罪的规定，依法应该追究刑事责任。这就是我们的起诉意见，至于该咋儿判，那就得看法院的意见喽。"

陈法官没有说话，但是把目光投向了洪钧。

洪钧点了点头，说："既然公诉人谈到了本案的证据，那我也就谈谈我的看法。坦率地说，我认为本案的有罪证据既不确实，也不充分。第一，公诉方的主要证据是证人证言。且不说这些证言的内容已经出现了变化，就算这些证言是真实可靠的，它们也都属于间接证据。无论是证明金彩凤和史文贵年轻时有恋爱关系，还是证明他们现在有私情，还是证明金彩凤采摘过巴豆果，都不能直接证明金彩凤实施了投毒杀人的行为。第二，案卷中的'村民意见'属于意见证据，根本不能作为认定案件事实的根据。我们知道，这种意见证据的基础不是个人对案件事实的感知，而是人们对当事人的看法。人们的看法往往是有差异的，而且很容易受成见乃至偏见的影响。另外，意见证据也不稳定，容易发生变化。这后来的两份'村民意见'就跟原来的完全不同了。"

陈法官说："洪律师，据我所知，咱们国家现在还没有意见证据规则。在实践中，我们法院判案还是要考虑老百姓的意见，因为法院的判决需要老百姓接受，这样才能案结事了。不过，你新拿来的这两份'村民意见'也有价值，合议庭也会考虑的。"

张检察官说："我不同意辩护律师的说法，这个案件中咋儿就没有直接证据呢？被告人金彩凤的认罪口供就是直接证据嘛！我还亲自去提审过，她也承认害死了史武贵。被告人都供认不讳了，这案子咋儿就不能定呢？"

洪钧说："我同意，被告人的认罪口供属于直接证据，但是我们要看被告人究竟供认了什么，有没有关于犯罪指控的实质性内容。根据我会见被告人的情况，金彩凤虽然承认自己害死了史武贵，但是并没有供认具体的杀人行为。这种缺乏实质性内容的口供是不具有证明力的。再有，我国《刑事诉讼法》第35条明确规定，要重证据，重调查研究，不轻信口供。只有被告人供述，没有其他证据的，不能认定被告人有罪和处以刑罚。"

张检察官说："本案当然有其他证据，有证人证言，还有证明被害人死于巴豆中毒的鉴定结论。这鉴定结论可是科学证据！"

洪钧说："鉴定结论确实属于科学证据，但是并不等于说每个鉴定结论都是科学可靠的，都具有充分的证明力。首先，就算这个鉴定结论是科学可靠的，能证明史武贵死于巴豆中毒，但这也不能肯定就是金彩凤实施了投毒的行为，本案中还存在着其他人投毒的可能性。比如说，别人害死了史武贵，而金彩凤的认罪是在替别人顶罪。虽然这只是一种可能性，但也是一种我们不应该忽视的可能性。其次，这个鉴定结论本身也缺乏科学的严谨性和确定性。请注意，法医在鉴定结论中说，'虽然在死者的血液和胃肠内容物中未能检出毒物，但综合根据死者的临床症状、尸检所见和死于心肾功能衰竭等情况，可以得出史武贵因过量服用巴豆水而慢性中毒死亡的结论'。我们知道，确定中毒死亡的重要依据是毒物化验的结果。法医没有检出毒物，怎么能认定是中毒死亡？当然，法医的用语还是比较谨慎的。他说的只是'可以得出中毒死亡的结论'，并未肯定史武贵就是死于巴豆中毒死亡。"

张检察官说："关于这个问题，我还真去问过法医，也请教过毒物检验的专家。他们告诉我，毒物检验结果为阴性，只能说明未查出毒物，并不能否定中毒死亡。如果死前吸收的毒物已经在身体内分解了，或者形成了衍生物，特别是在多次少量服用毒物的情况下，那检验结果也可能是阴性。我认为，这个法医鉴定结论是科学可靠的。"

洪钧说："张科长的认真精神令人敬佩。不过，你说的只是一种可能性，而这里还有另外一种可能性。昨天，我们也去咨询了医学专家。专家说，呕吐、腹泻、脱水、电解质紊乱乃至昏迷等临床症状很像是急性中毒型菌痢。当然，根据这些症状，我们不能完全排除巴豆致死的可能性，但也不能排除菌痢致死的可能性。关键问题是，被害人的死亡原因是本案的要件事实，必须有充分的证据，而且证明结果必须具有唯一性。但是，现有的证据不能充分、排他地证明史武贵死于巴豆中毒，我们怎么能认定金彩凤是投毒杀害史武贵的凶手呢？换句话说，我们连史武贵是怎么死的都没有查清楚，就要认定金彩凤是杀人凶手，这是不是有点儿太草率了？"

洪钧等候片刻，见法官和检察官都没有说话的意思，便又说："各位一定知道我国历史上著名的杨乃武与小白菜冤案吧？在那起冤案中，负责审判的县官和知府就是听信传言，先入为主，再加上刑讯逼供，认定小白菜和杨乃武有奸情，合谋毒害亲夫葛品连。但后来查明，葛品连是患病身亡，根本不是中毒身亡。就是因为法官的草率和疏忽，才酿成了千古奇冤啊！"

陈法官和另外两位法官耳语几句，然后看了看检察官，不紧不慢地说："看来，这个案子还真挺复杂的。这样吧，咱们先打个歇儿，出去抽根烟，回来再说吧。"

洪钧领会了陈法官的意思，就站起身来，和宋佳走了出去。

陈法官也站起身来，目送洪钧二人出去之后，走到张科长面前，掏出香烟，递给张科长一支。二人分别点着香烟，都抽了一口，吐出一片烟雾。

陈法官说："老张，这个案子，咱们先前也交换过意见。你知道，我原本就感觉这证据不太足。"

张科长说："这个案子可是政法委定的十大要案之一，让按'严打'精神办。"

"这个案子有啥背景吗?"

"据说吧，当地老百姓要求很强烈，不严办怕引起啥纠纷。你知道，盲龙峪那个地方很复杂，那里的人都古怪得很哪!"

"可说老实话，就眼下这些证据，我这心里还真没底!"

"我们原来也要求公安去补充证据，把死亡原因砸瓷实喽。可公安硬顶着，就这些证据了。你让我们咋儿办? 只好往外诉呗!"

"'严打'是很重要，但还得保证案件质量吧。俗话说，萝卜快了不洗泥。可真要办成错案，那责任可就大啦! 我这么说吧，如果就这些证据，我的意见是按无罪判。"

"如果你们真敢判无罪，我佩服!"

"当然了，这个案子我们合议庭说了不算数，肯定得上审委会。不过，我已经向李院长汇报过了，他也支持我的意见。要我说，最稳妥的办法，就是以出现新证据为理由，先办个延期审理吧。"

"如果你们这么定，我没意见。"

陈法官走回法官席，让书记员把辩护律师请进来。大家入座之后，他说："各位，咱们今天不是正式开庭，但也可以算是开了一个预备庭，交换一下意见。按照《刑事诉讼法》第123条的规定，辩护方申请新的证人到庭或重新鉴定的，或者检察院认为需要补充侦查的，或者法庭认为证据不足需要退回检察院的，合议庭可以决定延期审理。此案人命关天，我们必须慎重。现在，本合议庭决定，金彩凤投毒杀人一案，延期审理。洪律师还有啥意见吗？"

洪钧说："审判长，我认为本案需要核实的证据很多，需要补充调查的问题也很多，恐怕不容易在短期内再开庭了。是吧？"

陈法官不无困惑地问："你这是啥意思？"

"我们想代表被告人申请取保候审。金彩凤现在的身体状况很不好，而且她显然没有社会危险性，也不会逃避审判，符合取保候审的条件。"

"这杀人案一般是不能办取保的。"

"但是法律并没有禁止呀！按照刑诉法的规定，可能判处有期徒刑以上刑罚的嫌疑人、被告人，只要符合取保候审条件的，就都可以办。刑诉法还规定，已经羁押但需要继续查证的，也可以取保候审。"

"你说的那是因为超了办案期限，但这个案子的时限应该没有问题，有问题的就是证据，还有被告人的身体。我听说，被告人的身体不大好。她有啥病吗？"陈法官把目光转向了书记员。

书记员小声说："我们办提押手续的时候，看守所的赵所长说了，金彩凤最近的身体确实很虚弱，有一次还晕倒了。看守所的医生给做过检查，但是也没查出是什么毛病。赵所长怀疑她也是喝巴豆水中了毒。"

陈法官沉思片刻，转头对洪钧说："洪律师，办取保候审，那得有可靠的保证人啊。"

洪钧拿出准备好的保证书，送到陈法官面前。"审判长，这是当地两位村委会主任签名的保证书，他们都愿意为金彩凤担保。而且，他们就在外面等候，可以亲自来办理取保候审的手续。"

陈法官笑道："洪律师，看来你真是有备而来啊！不过，这个事儿，我们说了不算，得由院领导决定。不过呢，今天已经把被告人从看守所提来了，不能开庭，要是能办了取保，也算没白跑一趟。这样，你们等一会儿，我去请示领导。"

陈法官走后，众人也站起身来，有的出去方便，有的喝水抽烟。张检察官掏出一盒香烟，走过来，请洪钧抽烟。洪钧说自己不会吸烟，并表示感谢。

张检察官点着一支香烟，抽了一口，态度诚恳地说："洪律师，来之前，我就听说你是美国的法学博士，很厉害。今天一听，你说话果然有水平，对证据的分析也很到位，让我们学到不少东西。"

洪钧就怕被人夸奖，此时便有些不好意思地说："哪里，我们只是分析问题的角度不同而已。"

"你这话说得就很到位！古人说，兼听则明，偏信则暗。我们办案，确实需要认真听取辩护方的意见，以免出现错案。你知道，我们一年得办几百起案子，压力很大，有时候对证据的审查就不到位，对问题的思考也不到位。要说呢，你们辩护律师也是在帮助我们防止出现错案，我们还应该感谢你们呢。"

"张科长说话，也很有水平啊！"

"说实话，我特别愿意跟高水平的辩护律师交手。如果经常能跟像你这样的大律师交手，我们的专业水平一定能很快提高。我这人有个业余爱好，打羽毛球。以前，我就跟我们科里的那几个人打，他们都是初学的，水平很低，我一个人可以打他们两个人，自我感觉就很好。但是后来，我在外面遇见了高手，被人家打得满场跑，还得不了几分。一个教练对我说，你老跟水平低的人打，你的水平就很难提高，只有经常跟高手过招，你的水平才能提高。我们干公诉，也是这个道理。如果我们遇到的都是既没水平也不敬业的辩护律师，那我们的专业水平就很难提高了。"

"您的话，很有道理。中国的法制建设，既需要高水平的法官和检察官，也需要高水平的律师。公诉人和辩护律师既是对手，又是同道。如果没有高水平的辩护律师，就不会有高水平的公诉人。如果没有律师来担任辩护人，那大概也就无须检察官来担任公诉人了。侦查人员直接把起诉意见书交给法院，或者拿到法庭上念一遍，既省力，又省钱。"

"让你这么一说，如果没有了辩护律师，我们检察官还都要下岗了。不过，你这话确有一定道理。我相信，金彩凤这个案子不会就这样了结，所以我肯定还有向你学习的机会。"

"张科长，我们互相学习。"

"我估计老陈一时半会儿回不来，我们得先走了。"

检察官走后，又过了一个多小时，陈法官才回来。他神态轻松地说，法院领导终于批准了金彩凤的取保候审。他让洪钧请保证人到法庭来。

洪钧和宋佳带着轻松愉快的心情走出法庭，在一楼找到焦急等待的史成龙等人，简要告知协商的过程和法庭的决定。史成龙等人很高兴，一再表示感谢。洪钧说，这个案子现已告一段落，他们必须尽快赶回北京。史成龙说，他也要跟洪钧和宋佳一起回北京，一来要到学校处理培训班的事务，二来想去看看姥爷和姥姥。成虎说，取保候审的手续，他们可以去办。于是，洪钧和史成龙约定，回去收拾行李，午饭后开车回北京。

第五章

　　洪钧选择了经天津返回北京的道路，虽有些绕远，但可以走京津高速路。到北京时，正值下班高峰，东三环路上的车辆很多。车速从80公里骤减至20公里，洪钧很不适应。

　　史成龙要请洪钧和宋佳共进晚餐。洪钧说要回去准备陆伯平案的辩护材料，谢绝了，宋佳却一口答应。洪钧本想劝阻，但是看到宋佳那带有挑战性的目光，便把已到嘴边的话又给咽了回去。史成龙喜出望外。汽车过了农展桥后，史成龙请洪钧靠边停车。汽车离开主路，停在长城饭店的门前。

　　史成龙和宋佳下车后，来到亮马河大厦下边的"硬石酒吧"。排队等候十几分钟，领位小姐把他们带到二楼靠栏杆的小餐桌旁。

　　这个酒吧很有音乐特色。一层大堂内有一个很大的吧台，其形状犹如一支大吉他。吧台的对面是个不大的舞台，一个由四名南亚人组成的乐队正在演奏摇滚乐。大堂中间和四周摆放了几十张大小不同的餐桌，餐桌的不同形状体现出设计者充分利用空间的匠心。吧台的后面有一个宽大的半环形楼梯通向二层。二层是一圈环廊，坐在廊边的餐桌旁可以俯看一楼的大厅。二层环廊的墙上挂着各式各样的吉他，烘托着音乐氛围。舞台后面的墙上有一个巨大的电视屏，酒吧的许多部位也挂放电视机，此时正放映美国动画片——"猫和老鼠"。酒吧里坐满了衣着时髦的客人，其中还有很多老外。

史成龙和宋佳各点了一份西餐和一瓶德国啤酒。服务生离去后，宋佳问史成龙："你经常到这里来么?"

由于摇滚乐的声音很响，史成龙和宋佳只有上身前倾才能听清对方的话。史成龙喜欢这种姿势。"这是第三次。前两次都是陪朋友来的。不过，我很喜欢这里，品位很高! 对吧?"

"价钱也够高的!"

"消费嘛，就是一种交换。只要你觉得值，再贵也是等价的。对吧?"

"你怎么老说'对吧'?"

"口头语，习惯了。让你感觉很讨厌，对吧?"

"那倒没有，就是听起来怪怪的。不过，听多了，也就习惯了。"

"我就愿意听你说话，就跟唱歌似的。"

"真让人肉麻! 算了，还是说你吧。看来，你这个研究生还真是个大款! 能不能介绍点儿经验?"

"我这个人不喜欢空谈，就喜欢实干。对吧? 我的本科是学物理的，在北京师范学院。毕业后，我被分到平谷县的一所中学当老师，干了两年。我发现自己不适合教书，就决心去考研究生。俗话说，功夫不负有心人。对吧? 结果我就考上了人民大学经济系。"

"你还真够棒的! 你们家乡的人一定都以你为骄傲。对吧?"宋佳故意学着史成龙的语调说了一句。

史成龙开心地笑了，"我是盲龙县的第一个研究生。县一中是我的母校，校长还专门请我回去做过报告呢。不过，我的家乡很闭塞，很多人都不知道研究生是干啥的。对吧? 不怕你笑话，有的人根本就不知道人民大学。有人问我考上啥大学了。我说是人民大学。他说，我问你是哪个大学。我说，就是人民大学。对吧? 他说，你小子有毛病啊? 咱们国家的大学都是人民的，这我还能不知道!"

宋佳也开心地笑了。"他们是不是以为你这老师不称职，又回去复读了？"

"没有。他们就问我挣多少钱。我说不挣钱。对吧？他们说，那你读这玩意儿干啥用。我说，学本事，学了本事就能挣大钱。这两年，我一直在办班儿。反正我有的是时间和精力。对吧？"

"你办什么班儿？"

"一开始，我给'电大'办辅导班。后来，我就主要办'自考'班。这个市场很大。对吧？"

"我还想参加自学高考呢。"

"最近，我准备再办个英语班。现在想出国留学的人这么多。对吧？我就专门办托福考试的辅导班，肯定能火！"

"你上哪儿去找老师呢？"

"只要有钱，还怕找不到老师？我猜，洪律师的英语就一定很棒。我可以请他来讲托福考试。对吧？"

"他对讲英语可没有兴趣。哎，这里有不少老外，没准你能从这里找到英语老师呢。"

饭菜送来了。史成龙和宋佳慢慢吃着自己盘中的食物，似乎都在寻找合适的话题。乐队休息去了，音箱里放着录音，仍然是节奏感很强的摇滚乐，但是音量小多了。

史成龙小心翼翼地换了个话题："宋小姐，洪律师结婚了吗？"

"你问这个干吗？"

"随便问问！对吧？"

"还没有。"

"那宋小姐呢？"

"单身！"

"洪律师是你的男朋友吧？"

"别胡说八道！人家洪律师早就有女朋友了！哎，我说史成龙，你怎么老爱打听别人的私事儿啊！"

"在我们那个地方，生活简单，聊天的话题也简单。见到熟人，谈的就是大人小孩、牛羊猪狗、吃喝拉撒、柴米油盐。对吧？见到外来的人，说不过三句话，准得问你结没结婚，有没有孩子。对吧？不过，我们那儿的人都很淳朴，待人热情，也很实在。"史成龙的声音变得非常轻松。"宋佳，我就愿意跟你说话。我觉得你人特别好。我也不知为啥，特别愿意把心里话对你说。"

宋佳把身体靠在椅背上，面带微笑地说："既然你这么说，那我就问你一个问题，你可一定得说实话哦。"

"你问吧。"

"你那天说，你怀疑你父亲是被别人害死的。你怀疑谁?"

史成龙看了看旁边就餐的人，然后把目光放到宋佳的脸上，沉吟片刻才说："我怀疑史文贵，是我叔伯大爷，你见过的。我爹叫武贵，我大爷叫文贵，都是我太爷给起的名字，大概是想让他俩一文一武，光宗耀祖。对吧？可是从我记事起，他俩的关系就不好。我大爷当过生产队的会计，我爹当过民兵排长。生产队解散以后，我大爷先是跑买卖，后来又搞运输，赚了不少钱。前年又办了个水果加工厂，算得上我们庄的首富了。看来我太爷给他俩孙子取名还挺有眼力的。对吧？我大爷脑瓜好使，人也精明，可我爹就有一身子力气。我看得出来，我爹心里憋着一股火。他是看不下我大爷那财大气粗的样子才出去当民工的。我考上大学，又读上研究生，我爹特别高兴。对吧？他老说，人活一口气，一不争名二不争利，就为争气！"

"就为这个，你大爷就能害死你父亲?"

"当然不是。"史成龙喝干了杯中酒，又让服务生打开一瓶。"有一件事儿，我从来没对别人说过。今天我要告诉你，因为我信得过你。对吧？那还是我上大学的时候，也是放暑假，我爹不在家。那天晚上，我收拾行李，准备回学校，发现有两件衣服找不见了，就去问我娘。她没在家，我就去问我妹。我妹说咱娘吃完饭就出去了，可能是去学校了。我就到学校去找。"

史成龙见宋佳听得很认真，就继续说："那天晚上的事儿，我一辈子都不会忘。对吧？当时天已经黑了，村子里很安静。我快走到学校的时候，就听见有人说话，好像还有人在哭。我就放轻了脚步，从沿街那排房的院墙绕过去。小学校的房子都黑着灯。对吧？我发现那声音来自教室的后面，就走了过去。我溜到墙角，探头一看，只见在月光下有俩人抱在一起，其中哭的女人正是我娘，那个男人就是我大爷！"史成龙端起酒杯，一饮而尽。

宋佳等了一会，见史成龙没有继续说的意思，就问："听说你母亲和你大爷年轻时交过朋友。这是真的吗？"

"是真的。"

"那他俩怎么没有结婚呢？"

"这我也不知道，连我大姨都不知道，是个谜。"

"你大爷家里还有什么人？"

"我大娘去世早，家里就一个女儿。她连着参加了三年高考，也没考上，就在家闲着呢。对吧？"

"你怀疑你父亲是被你大爷害死的，可你有证据吗？"

"我正在找。不过，我心里也很矛盾。对吧？我告诉你，我娘是这世界上最好的女人，也是最苦的女人。她把一切都给了我们这个家，都给了我们三个孩子。我决不能伤她的心。对吧？所以，我一定要把她救出来，一定要让她过上好日子。可是，我也不能放过害死我爹的人。对吧？只要我拿到了证据，我就一定给我爹报仇！"

"看来，你还真是个大孝子呢！"

"人的生命都是爹娘给的。孝敬爹娘，这是做人的根本。对吧？"

"如果你母亲与这事儿有关联，你怎么办？"

"说心里话，这也是最让我为难的地方。不过，我一定能找到解决的办法。"

"看来，你们山里人的故事还真挺多的！"

史成龙看着宋佳的脸，有些激动地说："我是个山里人，我们山里人也确实不如你们城里人见多识广，可这是我们的错吗？这是生活太不公平！对吧？凭什么你们一生下来就享受大城市的生活？凭什么我们一生下来就注定在山沟里过一辈子？同样是人，你们一生下来就有北京市户口，而我们费尽九牛二虎之力，历尽千辛万苦，还不一定能拿到北京市户口。这公平吗？"

"哎，我说史成龙，你受过刺激吧？我说什么啦，你就这么脸红脖子粗的！"宋佳惊讶地望着史成龙。

"我是受过刺激。我就讨厌别人叫我'山里人'。山里人并不比城里人少什么，就是出生的地方不好。对吧？我告诉你，只要有机遇，山里人准能干过城里人！所以我要拼命改变我的生活！我要通过自己的努力证明我这个山里人比你们城里人更聪明更能干，更应该享受这种一般城里人都享受不到的生活！"

"得得得，您尽情享受，没人跟您争！幸亏我胆儿大，要不然就得让你给吓出毛病来！一惊一乍的！"宋佳把脸转向了一边。

"宋佳，你别生气！我绝不是冲你，只是感受太深。你听我说……"史成龙脸上的血色渐渐褪了下去。

"没关系，不用解释了。"宋佳不愿继续谈论这个话题。其实，她能够理解史成龙的心情，而且她并不讨厌这种很有男子汉味道的性格。用北京人的话说，史成龙这人很"爷们儿"！她情不自禁地在心中比较着史成龙和洪钧。她感觉，史成龙身上的一些气质恰恰是洪钧身上所欠缺的。洪钧太绅士了！

宋佳把目光投向楼下，只见一些服务员在清理一楼大厅。很快，桌椅都被搬走了，大厅中央变成一个舞场。乐队又回到舞台上，一位身穿短裙的南亚女歌手用英语演唱很有冲击力的歌曲，而且边歌边舞。在她的带动下，很多顾客都到大厅中央跳起了"迪斯科"。

史成龙付账后，问宋佳是否喜欢"蹦迪"，宋佳欣然点头。二人走下楼去，加入了"蹦迪"的人群。不大的舞场上有近百人在跳舞。虽然每人能占用的空间很小，但大家都很尽情。有人疯狂，有人潇洒；有人轻佻，有人躁动。尽管开着冷气，很多人都蹦得汗流满面。史成龙和宋佳跳了一个多小时，才恋恋不舍地走出酒吧。

此时，宋佳的心情很好，微红的脸上挂着灿烂的笑容。"我好开心哦！说真的，我开始喜欢这酒吧的名字了。'硬石'，挺有个性的！而且有点儿像你们山里人。我又叫你山里人了，你不会生气吧？"

史成龙没有回答，声音怪怪地叫了一声——"宋佳！"

宋佳诧异地望着史成龙，问道："什么事儿？"

"我们可以交朋友吗？"

"交朋友？你什么意思？"

"我从第一次见面就觉得，你是世界上最好的姑娘！对吧？当然，我是山里人。对吧？也许你瞧不起我，可是我希望你能给我一次机会。对吧？让我证明我是能够给你幸福的男人！"

宋佳抬起头来，看着那不断变换颜色的霓虹灯组成的"硬石酒吧"的英文字，一字一字地说："没想到，你还真够勇敢的！"

"这是我们山里人的性格。对吧？敢说敢做，而且是说到做到！"

"你现在是我们的客户，谈这种事情不合适！"

"那没关系！我可以立刻终止那份委托合同。真的，我现在对这个案子的结局已经无所谓了。我觉得这次最大的收获就是认识了你！"

"终止合同，那也得看洪律师同不同意。"

"钱我可以照付，一分都不少！"

"恐怕洪律师现在关心的不是钱！"宋佳轻轻叹了口气，"别胡思乱想啦！难道你的心里已经没有你老爸了吗？"

"我不是那个意思！我只是想……向你证明我对你的……"

"算啦！"宋佳打断了史成龙的话，"赶紧回学校吧。你不是说明天早上要去看你姥姥和姥爷吗？"

"可是……"

"可是什么？'打的'走吧！反正咱们也不一路！"

史成龙愣了一下，执着地说："我知道我是异想天开，不过我会尽力去争取的！我们山里人有一句话——没有爬不上去的山头！"

"那你就慢慢爬吧，留神可别摔下来哦！"宋佳拦住一辆出租车，走了。

第六章

　　史成龙回到学校时，已经快半夜了。这正是研究生宿舍楼的走廊里最热闹的时间。虽然已放暑假，但很多研究生都没有回家。有的在写论文，有的在编教材，有的在外面讲课，有的在给人打工。由于不用上课，他们的生活比平时更加懒散，当然也不是毫无规律。一般来说，只要无须外出，他们就会睡到9点多钟，起床后随便吃点东西，便到图书馆去看书或工作。午饭后，他们还要小睡一觉，然后工作一段时间，4点多钟便换上运动服，到足球场或篮球场去出一身臭汗，然后再洗个澡。晚饭后是他们一天中集中工作的时间。无论是在宿舍还是在阅览室，他们都会几个小时一动不动地伏案疾书或灯下苦读。这时的宿舍走廊里非常安静。11点左右，走廊里逐渐活跃起来。外出的人相继归来，留守的人也纷纷出屋。他们或者端着一碗冒着热气的方便面，或者举着一杯清茶，站在走廊里谈论着各种严肃的和不严肃的话题。有人称之为"午夜走廊沙龙"。沙龙结束之后，多数人便上床睡觉了，而手中有急活的人还会再干几个小时。

　　史成龙回到宿舍时这沙龙刚刚开始。由于天气闷热，而且这里绝对是男人的世界，所以十几个人都只穿背心和裤衩站在走廊里。与史成龙同屋的四川青年叫袁晓明，由于他学的外语是俄语，又常称人"同志哥"，所以便得了个与俄语中"同志"一词谐音的"打娃力气"的外号。此时他正与一位安徽青年叫阵——"我说同志哥，这有啥子了不起嘛！不就是摸灯罩嘛！"

安徽青年叫庞志伟，由于他说话中最常使用的动词是"搞"，所以便得了个外号"搞什么搞"。他说："你搞嘛！别光说不搞！我保证说话算数。只要你搞到灯罩，我就给你搞两瓶啤酒！不是看不起你，就你'打娃力气'这身高？你要能搞到灯罩，我就能搞到房顶了！"

"我说'搞什么搞'，你可莫得后悔呦！"

"我会后悔？你有没有搞昏了头啊！不过，咱们可得先搞定：如果你搞不到灯罩怎么办？"

"我给你买两瓶啤酒嘛！"

旁观的研究生很快分为两大阵营。支持"搞什么搞"的人认为，先要明确摸到灯罩的标准，并提议以"听声为准"。支持"打娃力气"的人认为，这种观点值得商榷，因为摸到不一定有声，并提出以"见动为准"。另一边又对此提出质疑，认为手臂挥动带起的气流也可能引起灯罩的晃动。经过几轮辩论，双方一致同意推选史成龙担任不受双方输赢影响的裁判，并成立一个由三名中立人组成的"裁判申诉评议组"。然后，支持"打娃力气"的人又建议，"打娃力气"脱掉背心和运动裤，仅穿三角裤衩轻装上阵。但是"搞什么搞"的支持者马上表示反对，认为这样做有伤风化，有碍观瞻，不符合文明竞赛规则。另一派立刻以世界拳击比赛和游泳比赛均可赤背上阵为例加以反驳。经过一番唇枪舌剑，双方终于达成只能脱掉运动裤的协议。

"打娃力气"认真做了一系列准备活动，包括两次试跳，然后在众目睽睽之下站到走廊中间。只见他运足气，一阵助跑，纵身一跳，可惜那灯罩纹丝未动。史成龙裁定：没摸着！众人大笑。"打娃力气"说，不就两瓶啤酒吗？有啥子了不起嘛！他回屋了。"走廊沙龙"也就散场了。

史成龙叫住庞志伟，站在门口小声问："这个班的钱收完了吗？"

"都搞完了。但是他们学校说，现在还不能分给咱们，要等教师的讲课费搞完之后，再分给咱们。我就担心他们从中搞鬼！"

　　"要说呢，晚几天也没啥。可我现在急着用钱。对吧？"

　　"那我明天催他们快点儿搞吧。"

　　"还是我直接去找他们校长吧。这帮家伙，不给点儿厉害的，他们就不拿你当回事儿！"史成龙和庞志伟都回屋睡觉了。

　　第二天早晨，史成龙起床后直奔姥爷家。这是一个花园式住宅小区，楼与楼之间建有花廊凉亭并种着花草树木，环境相当优美。史成龙来到一栋楼房的三层，按了门铃。开门的是一个满头白发红光满面的胖老太太，她就是姥姥齐梅英。姥姥一见成龙，满脸都是欢喜。姥爷外出遛鸟了，姥姥正准备早饭。听成龙说还没吃早点，她连忙端出点心盒，拿来煮鸡蛋，又要给成龙热牛奶。

　　"姥姥，不急，等我姥爷回来吧。"成龙斟酌了一下字眼，继续说道，"姥姥，我家出事儿了，我特意来告您一声。"

　　"什么事儿？是你娘……"

　　"不是我娘，是我爹。"

　　"你爹怎么了？"老太太松了口气。

　　"他过世了。"

　　"什么？你说什么？"

　　"我爹死了！"

　　"真的？你不是在吓唬我吧？"

　　"是真的！已经好几个月了，后事都办完了。对吧？前一段儿我一直在忙这事儿，所以就没来告诉您和姥爷，也是怕你们伤心！"

　　"你爹不是一直身体挺好吗？怎么突然就走了呢？"姥姥的眼圈

红了。

"得了一场病!"

"嗨!你娘的命可真苦,年轻时又受累又受罪。好容易熬到孩子都大了,男人又没了!"老太太擦起了眼泪。

"姥姥,这事儿都过去了。您就别难过了。"

"那你娘咋样啦?"

"她还好。她本来也想来看看您和姥爷,但是家里事儿多,走不开。对吧?"

"嗨!你别哄我了。我知道,你娘是不肯回这个家的。"

"其实吧,她也挺想你们的。我就不明白,都这么多年了,啥事儿还不都过去了!对吧?"

"嗨!这事儿都赖你姥爷!那时候他正挨整呢,心气儿不顺,结果就拿女儿撒气!为这事儿,我没少跟他吵!可话又说回来了,你娘也太偏!家里的话,她一句也听不进去!"

"到底是咋回事儿?这阵子我娘心情不好,也老伤心落泪。"

"你得好好劝劝她,她这辈子太苦啦!我是新中国成立前生的她。那时候大人吃不饱,没多少奶水,所以她又瘦又小。新中国成立后,我们随你姥爷到了省城,后来又进了北京。要说你娘就那几年还享了点儿福。'文化大革命'一开始,你姥爷就被打倒了,关进小黑屋。家也被抄了,我们娘儿俩就靠捡废纸生活。后来,我们怕她留在北京跟着受罪,又赶上'上山下乡',就把她送回老家了。我们就想先给她找个安全的地方,可谁想到这一走就快30年啦!"

"我娘下乡以后就没回来过?"

"就是那年春节回来一次。当时你姥爷回家住了,可还在劳动改造。不过,总算一家人团圆了,我就想着能高高兴兴过个年。可就在大年三十的晚上,你娘说……嗐!都是过去的事儿了,就别提啦!你知道，你姥爷那脾气本来就不好，又一直挨批判，憋了一肚子火，就把你娘骂了一顿。结果，你娘没等过完年就走了。当时我还想，女儿就是一时赌气，过一阵子就会回心转意的。可我万万没想到，她回去之后就再也没回这个家！"老太太伤心地哭了起来。

成龙劝姥姥别哭，又说："您后来不是去看过我娘吗？"

"去过两次。第一次是她生你的时候。女儿毕竟是娘身上掉下来的肉哇！她生孩子了，我能不去看看吗？可是她对我的态度……嗨，别提啦！她受的苦，她心里的委屈，不往娘身上撒往哪儿撒呀？可我那心里也不好受哇！第二次是你姥爷平反以后，我想把她办回北京来，可她死活不同意。从表面看，她不生我们的气了，可她就是不同意回北京，连回家看看都不成。你娘那人呀，死要面子活受罪！"

"那我姥爷呢？他就不想我娘？"

"他呀？比你娘还倔，老倔驴！开始那几年，他都不许我提你娘的名字，老说就当没有女儿。不过，你别看他不提，可心里并没忘。我早就发现他在工作证里藏了一张你妈小时候的照片，我就假装不知道。那老头子呀，就这脾气！离休以后，他时常一个人发愣。他嘴上不说，但我看得出来，他也觉得对不住女儿。要不然他怎么对你这么好呢！其实，他心里一直盼着你娘能回这个家。他这辈子受的罪也够多的。打仗的时候受过伤，再加上'文化大革命'挨整挨斗，现在一遇上阴天下雨就犯腰腿疼。可他和你娘一样，都是打掉了牙咽肚儿里的主，从来不抱怨。不过，你别看他一天到晚乐呵呵的，他心里的痛苦事儿也多着哪！其中最折磨他的就是你娘的事儿。"

"那他咋不去看看我娘？"

"我也劝过他。自己的女儿，别那么较劲儿啦！可他这老倔驴，就是放不下架子！就跟他在单位一样。退下来好几年了，还老拿着当书记的架子。一回两回还行，时间长了，谁老拿你当回事儿呀？这不，他一赌气，索性也不去单位了。真没办法！"

"我得想办法让他们和好，至少得见见面儿！对吧？"

"你要真能办成这件事儿，那造化可就大啦！你娘就算没白养活你，你姥爷也算没白疼你！"

"让我试试看吧！不过，得等我把事儿查清之后再说。"

"查什么事儿？"

"噢，没啥，别人的事儿。"

成龙的话音刚落，门一响，一位中等身材、面颊清瘦、长眉皓发、目光炯炯的老人走了进来。他正是金维东。进门后，他先把用蓝布罩着的鸟笼递给老伴，然后对成龙说："成龙，你怎么一大早儿就来了？放假没事儿干啦？"

成龙叫了声"姥爷"，说："我爹过世了，我来告诉您一声。"

"什么？"金维东在厕所门口停住脚步，"什么时候？"

"有三个月了。"

"怎么死的？"

"得病。"

"什么病？"

"医生说是中毒性痢疾，也没确诊。"

"那……家里别的人都没事儿吧？"

"没事儿。就是我娘……"成龙犹豫了一下，没有说出审判的事情，"她特别难过，也跟病了一场似的！"

金维东走进浴室，洗完手之后，坐到门厅的餐桌旁，让成龙也坐下。齐梅英端来牛奶。金维东让成龙吃点心，吃鸡蛋，然后看着他，似乎在等着他说话。但是成龙故意什么也不说，就低头吃饭。金维东喝了两口牛奶，忍不住问道："你什么时候回家？"

"我过两天就回去。"

"今天是礼拜五吧？"

"对。您有事儿吗？"

"没事儿。"金维东默默地喝着牛奶。

吃完饭，成龙看了看手表，起身说："姥爷，姥姥，我得走了。以后再来看你们吧！"

金维东没动，只是点了点头。齐梅英一直把成龙送出门口。

第七章

连续几天，洪钧把精力都投入到陆伯平案的辩护。最后，法院判处陆伯平死刑，缓期两年执行。洪钧已经满意了，陆伯平是罪有应得，而他也尽了辩护律师的责任。忙碌中，他并没有忘记金彩凤的案件，因为他有一种预感，这个案子不会如此轻易地了结。果然，史成龙打电话约见，具体情况面谈。

8月24日早上，洪钧和宋佳几乎同时走进律所。宋佳处理日常事务之后，走进洪钧的办公室。她给绿萝和龟背竹浇完水，见洪钧在悠闲地看着报纸，便走到写字台前，用手指在桌面上敲了两下，等洪钧抬起头来，才问道："洪律，你估计史成龙要来谈什么？"

洪钧放下手中的报纸，望着宋佳那不停眨动的眼睛，煞有介事地用左手的食指和中指敲了敲脑袋，皱着眉头说："我猜，他要请我们到他家去。"

"案子了结了，请我们去旅游？"

"那他就直说了。而且，这个案子不会这么容易就了结的。"

"那到他家去干什么呀？"

"我估计，这台戏该换场了。"

"为什么？"

"你还记得吧，在燕山开庭的头一天晚上，史成龙带了几个人到燕山宾馆来。当时，我就认为那几个人的行为很奇怪。我说他们奇怪，不仅因为他们出尔反尔，而且因为他们行为诡异。我总结了八个字：口是心非，貌合神离！"

"你说得太严重了吧？"

"这是我的感觉。"

"噢，我一直想问你，你后来回那个房间干什么去了？"

"我就是想看看那些人的庐山真面目。我故意没敲门就进去了，结果我看见那个孙主任正和那个史文贵在争吵。我没听清他们说了什么，但是那种声调，那种眼神，真让人不寒而栗。我告诉你，从表面看，这个案子的被告人是金彩凤，但是借用一句成语，这可是项庄舞剑，意在沛公！"

"你最近好像在学成语？"宋佳瞟了一眼写字台上的《汉语成语词典》。

"噢，是老爸让我学的，他说我的汉语不如英语，需要恶补。"

"我说你怎么净跟我拽文呢！那他们这后面的戏会怎么唱呢？"

"这我就不得而知了。也许，他们会用自己的方法解决纠纷吧。我听说，现在有些地区的农村人不愿意到法院去打官司，成本高，效率低，还不一定公正。所以，有了案子，有了纠纷，就自己解决。"

"自己怎么解决？就像在某些国家，把通奸的人用乱石砸死吗？"

"如果真那么简单，史成龙也就不会来找咱们了。对于这个案子，我还有一句非常贴切的成语——"

"洗耳恭听。"

"耗子拖木锨——大头在后面。"

"你又胡编，这可是破坏我们民族语言的纯洁性！"

"谁胡编？这是我去年在黑龙江学的。"

"可这能算成语吗？"

"当然算啦。所谓成语，就是现成的语言。使用成语，最重要的是贴切。如果你不信，我就再送你一句成语：骑驴看账本——走着瞧！不对，这句好像不太贴切。我应该说，路遥知马力，日久见人心——也不对，我这脑子里的东西太多了，有点儿乱！"洪钧认真地用双手交替拍打着自己的脑袋。

看着洪钧那一本正经的样子，宋佳笑弯了腰。她说不清自己究竟是更喜欢沉思时的洪钧还是饶舌时的洪钧。

"你笑什么？小心乐极生悲！"

"我看你真是让陆伯平的案子压抑得太久了！"

"我现在也感觉轻松多了。不过，你可不能太轻松。"

"为什么？"

"我郑重地提醒你，史成龙这次来，可能还有一番用意。"

"什么用意？"

"醉翁之意不在酒！"洪钧看着宋佳，嘴角流露出狡黠的微笑。

"你这是什么意思？"宋佳被看得有些忐忑。

"那天晚上从燕山回来，你和史成龙玩儿得很开心吧？"

"啊对！我们到硬石酒吧，'蹦迪'来着，特过瘾！"

"那就汇报吧。"

"汇报什么？"

"你了解的与本案有关的情况呗。与本案无关的情况，就不用说了。"

"你怎么知道我会去了解情况呢？那又不是上班时间。"

"否则你不会那么痛快就接受史成龙的邀请。"

"别那么自信！你也有没料到的事情！"

"是么？那让我再猜猜——"洪钧看着宋佳的眼睛，一脸认真地说，"那一定是史成龙向你求爱了！"

"你……你怎么知道的呀？"宋佳瞪大了眼睛。

洪钧站起身来，走到那盆高大茂盛的绿萝旁边，拽下一个发黄的叶子，拿在手中，转了转，自言自语地说道："水大了。"

宋佳也走过来，站在绿萝的另一边，困惑地问："什么水大了？"

"你浇水太勤。这绿萝喜欢水，太干了不行，但是浇水太勤也不行，一定得见湿见干才好。其实，无论做什么事情，过犹不及啊。"

"你别打岔，先回答我的问题。"

"那个问题还需要回答吗？那好，我告诉你：第一，我早已看出史成龙对你有好感；第二，那天晚上的时间和地点都很合适；第三，你刚才的话表明这是一件很特别的事情，而史成龙在相识几天之后就迫不及待地向你求爱当然是一件很特别的事情。我的推理很有说服力吧？"

"就算你蒙对了吧。"宋佳莞尔一笑。

洪钧的目光越过绿萝的叶子，停留在宋佳的脸上。他似乎很随意地问道："你是怎么拒绝的？"

宋佳一边点头，一边用赞赏的语气说："绕过是与不是，把推测的答案隐含在问题之中，这是巧妙的询问技巧。但是我告诉你，你错了。"

"不可能。"

"太过自信，就等于不自信。过犹不及，这可是你说的哦。"

"像你这么聪明、这么漂亮的女孩儿，怎么可能轻易答应别人呢？而且还是像史成龙这样的人！"

"你这话只说对了前一半。史成龙怎么了？不错，他是个山沟里出来的人，但是他很优秀啊！他是盲龙县的状元！而且他不仅学习好，还很能干，很能挣钱。给他母亲请律师的钱就都是他自己挣的。他还是个大孝子呢！要我看，这个史成龙是个很有前途的人哦！"宋佳歪头看着洪钧，眼睛又眨动了几下。

洪钧走回桌子边，坐到椅子上，上下打量了一番宋佳，摇摇头说："你应该拒绝他。"

"为什么呀？就说你是老板，这管得也太宽了吧？"

"这不是老板的指示，而是朋友的忠告。对于史成龙这个人，我们了解得太少。我感觉，这个人很不简单。"

"交朋友本身就是互相了解的过程。我又没说要嫁给他，你着什么急呀？"

"谁着急啦？我主要是怕你被人追迷糊了。而一旦让人追得狼狈逃窜，那就不好玩儿了！弄不好还得来个金蝉脱壳什么的。另外，他现在是我们所的客户，你跟他交朋友也不太合适。我建议你在我们办完这个案子之后再考虑与他的朋友关系。当然，这只是建议！"

宋佳看着洪钧那认真的样子，忍不住"咯咯咯"地笑了起来。不过，她很快就收起了笑容，一本正经地说："既然老板已经把话说到这个份上，那我就向你保证：在本案结束之前，我绝不会跟史成龙谈恋爱！"

洪钧愣了一下，若有所悟地点了点头。

宋佳向门口走了几步，又停下来，身体轻盈地转了一圈，回到洪钧面前，说："报告老板：我确实从史成龙那里了解到一些与本案有关的情况，因为你这几天在忙陆伯平的案子，就没有向你汇报。"

"说吧。"

"我已经知道史成龙怀疑的人是谁了。"

"是史文贵吧？"

"正确！史成龙曾经亲眼看见金彩凤和史文贵的约会。看来，这还是一个隐藏着许多秘密的三角恋爱故事呢。"

"而且，这个故事还在继续！"

"你这是什么意思啊？"

门铃响了。洪钧把右手食指放到嘴前，然后用双手的食指指向门口。宋佳不太情愿地走了出去。

史成龙站在洪钧律师事务所的门口，不住地用脚尖敲打着地面。门终于打开了，他用探询的目光看着宋佳，说道："你好，宋佳。洪律师在吧？"

宋佳没有说话，闪开身体，做了个请进的手势。

史成龙快步走进办公室，跟洪钧握了握手，开门见山地说："洪律师，我娘的事儿，还得麻烦你们再跑一趟。"

"去哪儿？"洪钧看了宋佳一眼，坐到椅子上。

"这次去我们老家盲龙峪。虽然路比较远，可那里风景很美，是个旅游度假的好地方。我们那儿的河水可清了，天也比北京蓝多啦！对吧？据专家说，我们那里空气中的负氧离子含量是北京的100倍！这次去，我陪你们去爬盲龙山，看盲龙潭，再进盲龙洞。你们一定会说不虚此行的。"

"你又不是请我们去旅游，还是先说你母亲的事儿吧。"

"啊，对。我主要是担心你们嫌我们那里太偏远。对吧？我娘的事情又有麻烦了。前天，我回家才知道，村长他们把我娘保出来，其实是另有打算。我说他们咋都那么痛快就答应去作证呢。对吧？原来他们是担心法院的判决不公正，决定自己审判。"

"怎么审？"

"我听说是用祖先传下来的方法，叫啥'神判'。"

"什么叫'神判'？"宋佳在一旁问道。

"我也说不清楚。"史成龙摇了摇头。

洪钧说："这是很多国家和地区都曾经使用过的古老的裁判方

法，说是借助神明的力量来查明事实真相，做出裁判，又叫'神明裁判'。神明裁判有很多种方法，像什么水审法、火审法、热水审、热油审、圣谷审、圣水审，等等。史成龙，你们那里用什么方法？"

"好像叫'打鸡'，还有'捧犁铧'。我也是这次才听说的。"

"神明裁判是民间的裁判方法，不是法律规定的，也不需要法律专业知识。你让我去干什么呢？"

"可这涉及我娘的案子，而且不知道会有啥结果。对吧？我寻思，有你们在，可以保护我娘。这次回家，我还发现，我娘的身体大不如从前了。以前，她的身体可硬朗了。对吧？这些年，虽说她不咋干农活，但是兼了体育老师，带着学生们打篮球，还组织长跑队，天天早上领着学生长跑，那身体可好啦！对吧？可这次从看守所回来，她瘦多了，头发也掉了不少，还经常犯头晕。她一定在里面遭了不少罪。对吧？可我们问她，她老说没啥。决不能再让她遭罪了。对吧？"

洪钧感觉史成龙有些跑题，"这和神明裁判有什么关系？"

"我是说，万一那审判结果对我娘不利，咋办？我听说，按照祖先的规矩，一个人要是被判了有罪，就给押到盲龙洞里，不许带粮食，也不许带火把。那里跟迷宫似的，根本走不出来。据说，那洞里有很多鬼魂儿，还有神秘的龙乐啥的。关进去的人，不是给吓死，也得给饿死。对吧？我娘那身体，绝对受不了。所以，有你们在，万一判我娘有罪，你们也可以出面阻止，别让他们乱来。对吧？"

洪钧沉思片刻，站起身来说："那好，我就再跟你跑一趟吧。"

"难道宋佳不去吗？"史成龙看了一眼宋佳，不安地望着洪钧。

洪钧的目光被宋佳的目光撞了回来。他走到绿萝旁边，用手轻轻地把两片被水粘在一起的叶子分开，然后回过头来问道："史成龙，你觉得宋佳去你们那里，安全吗？"

史成龙的右手用力地在面前挥动了一下，"绝没问题！我们山里人心地善良，淳朴热情，虽然文化水平不高，但绝不做伤天害理的事情。对吧？洪律师，你放心，我保证宋佳的安全。"

洪钧一本正经地转身问宋佳："你愿意去吗？"

"办案兼旅游，公私兼顾，我当然要去啦！"宋佳调皮地挤了挤左边的眼睛。

洪钧的嘴角抽动了一下，但是并没有变成笑容。"那好吧，我们准备一下，11点之前出发。史成龙，你估计我们得去几天？"

"那得看事情的结果。我想，怎么也得三四天吧。洪律师，"史成龙犹豫了一下，"还有个事儿，既然你们都同意去了，我觉着还是得先告诉你们。对吧？我娘这案子的后面可能还有一个重大的秘密。这是我广生叔说出来的。他就是跟我爹一起在外面打工又一起回来的那个人。他说，我爹这次回家是因为得到了龙眼石！你知道，龙眼石是我们那里传说中的宝物，大家都信，《县志》里也有记载，可谁也没见过。对吧？广生叔说，他亲眼看见了。他俩原本商量好这事儿不告诉别人，但是我爹死了，他的身体也不好，眼睛都快瞎了，不能死守这个秘密。对吧？他独身一个，除了我爹，就跟村长关系不错。所以，他就把这事儿告诉了村长。"

"你说的是你们史家庄的村委会主任吧？"洪钧问。

"对，我们都习惯叫村长。"

"这个龙眼石和你母亲的案子有关系吗？"

"这个嘛，很难说。我觉得，既不能说肯定就有关系，但也不能说肯定就没有关系。这里边的事情，挺复杂的。对吧？"

"如果你们需要知道它是不是宝石，或者是什么宝石，那只要找专家去鉴定，不就有结果了嘛。"

"可问题是，我们都不知道我爹把那龙眼石藏在了哪里。对吧？我娘说，她一点儿也不知道这龙眼石的事儿。另外，这龙眼石是传说中的东西，真要发现了，那可是稀世珍宝。现如今，这事儿可轰动了，连报社的记者都来了。"

"哇，去深山里寻宝？这可太刺激了！"宋佳一脸的兴奋，"洪律，这事儿还真让你说对了。哎，你那句话是怎么说的？耗子拉大车，越拉活儿越多……"

史成龙一脸困惑地看着宋佳。

洪钧没有接宋佳的话茬，而是表情严肃地问史成龙："你是想让我们帮你去寻找那个龙眼石吗？"

"我绝没有那个意思。说实话，是不是真有龙眼石，我也不知道。没准这些都是我广生叔编出来的故事呢。对吧？洪律师，如果我欺骗你们，天打五雷轰！"史成龙的态度非常诚恳。

洪钧看着史成龙的眼睛，足有一分钟！

第八章

　　洪钧他们来到盲龙县城时，已经下午三点多钟了。史成龙说，史家庄离县城还有100多公里，而且都是山路，很不好走，他们最好在县城住下，明天早上再走。于是，他们来到县城西边的龙湖宾馆。据史成龙说，这是当地条件最好的宾馆了。

　　龙湖宾馆位于县城东边的水库旁。一排排带前廊的平房建在山坡上，中间是茂盛的葡萄架和五颜六色的花坛。从喧闹的都市来到这里，让人心旷神怡。正值旅游旺季，宾馆的客房相当紧张，而且多为团体包房，洪钧和宋佳只好分别与其他散客同住。史成龙则还去他大姨家借宿。

　　宋佳是第一次来到这样的县城，所以安排好住宿之后，便提出要去逛街。三人向县城中心走去。县城不大，很快就到了最繁华的街道。洪钧看到盲龙县文化馆的牌子，便想去看看当地的《县志》，临阵磨枪，补习一些关于盲龙山和龙眼石的知识。于是，他让宋佳和史成龙去逛商店，约好五点钟在此见面。史成龙和宋佳都很高兴。

　　洪钧走进文化馆，来到图书阅览室，只见里面稀稀落落地坐着几个看书的人。他走到女馆员面前，笑容可掬地说："大姐，您好！我是从北京来的，对地方志很感兴趣。我能借一本县志看看吗？"

　　女馆员上下打量了洪钧一番，笑道："今天咋儿净是对县志感兴趣的？而且还都是从大地界儿来的！"

"是吗？有这种巧事儿？"洪钧问道。

"可不咋儿的！那位同志刚借走一本，他是从天津来的。"

洪钧顺着女馆员的手指向里望去，只见一张桌子旁边坐着一位面皮白净、五官端正、一头卷发的中年男子。那位男子听到这边的话声，抬起头来看了看洪钧，莫名其妙地笑了笑，低下头继续看书。

洪钧接过《新编盲龙县县志》，走到那位中年男子的对面坐下，打开书，很快就在目录上找到了"盲龙山""盲龙洞"和"龙眼石的传说"等标题。他无意间瞟了对面那人一眼，发现他也在看"龙眼石的传说"一节。洪钧认真地看了一遍。对于盲龙山和盲龙洞景观的描写，他看得格外仔细。不知不觉中，阅览室里的人都已离去了。

女馆员说："同志，你明儿个再来看吧，我们该下班儿了！"

洪钧抬头一看，室内只有他一个看书的人了，忙站起身来，不好意思地说："真对不起！耽误您下班儿了！不过，这书写得真不错，很有意思！特别是关于龙眼石的传说，非常引人入胜！"

"龙眼石的传说？现在可不是啥传说啦，是真事儿！"女馆员颇有些自豪。

"真事儿？我不信！"洪钧非常认真。

"我猜你也不能信！你等等。"女馆员走进与阅览室相连的办公室，取来一张报纸，递给洪钧说："你瞅瞅这报上咋儿说！"

洪钧接过报纸，见是一份地区小报，名为《燕南周报》。第四版上有一篇文章，题为"龙眼石再现记"，写的正是史成龙父亲的事情。他抬起头来，满脸堆笑地说："大姐，这报纸能借我看看吗？或者，能卖我一份吗？"

"不当啥！送你吧！"女馆员很爽快。

"谢谢大姐！"洪钧怀着意外之喜走出文化馆，来到大街上。等了几分钟，宋佳和史成龙就来了，二人的表情都有些不自然。不过，洪钧此时的心思已经纠结在龙眼石上了。

回到龙湖宾馆，洪钧来到自己住的双人客房。进屋后，他发现与他同屋者正是在文化馆遇见的那个天津人。天津人也怔了一下，但马上就热情地说："您好！快把东西放这沙发上。我说这位大哥，要说咱俩还真有缘分！刚才坐对面看书，这会儿又住进一个屋。这事可够哏儿的啊！"

洪钧笑了笑，"其实也不奇怪。这县城地方本来就不大，咱们又都是来旅游的，自然很容易碰到一块儿。您说是吧？"

"一听您说话，就知道您是个有学问的人！大学老师，研究历史的，对吗？"

"略感兴趣而已。"

"你们北京人说话就是谦虚。我是天津市旅游文化开发公司的，叫唐建业。您怎么称呼？"

"我叫洪钧。"

"那我就应该改名叫'白军'。要不然光有'红军'，没有'白军'，这仗也打不起来呀！"

"我是洪水猛兽的洪，千钧一发的钧。"洪钧笑了，他觉得此人很风趣。

"那是我误会了！不过，我猜您父亲一定是个老红军，至少也是个'三八式'，对不对？"

洪钧未置可否地笑了笑，"您是来旅游的？"

"休假，顺便考察这一带的旅游资源。我今天下午在文化馆翻了翻书。不是我吹牛！如果让我到这儿来当县长，我保证两年就让老百姓进小康。您信吗？就凭这里的旅游资源！您信不信？"

唐建业的话音刚落，外面传来敲门声。洪钧打开门，见是宋佳来叫他去吃饭，便请唐建业一起去。唐建业也不客气，和宋佳打过招呼，一起向餐厅走去。

　　此时餐厅里坐了不少人，吵闹声和说笑声此起彼伏。史成龙已点好饭菜，坐在餐桌旁等候，见有陌生人随洪钧一起来，便问道："这位先生贵姓？"

　　洪钧刚要介绍，唐建业抢先说道："我的姓倒是不贵，就是不能告诉您，因为您肯定爱吃。我一说，您肯定就觉得这饭菜无味了！"

　　"你到底姓啥？"史成龙皱起了眉头。

　　"免贵姓唐！"唐建业一本正经地说。

　　宋佳"扑哧"一声笑了，洪钧也笑了，但史成龙没笑。他看了看宋佳，不慌不忙地说："你要这么说，那我这姓就更不能告诉你了，因为你不仅是爱吃，而且是天天吃、顿顿吃，一顿不吃都受不了！"

　　史成龙的话还没说完，宋佳就已经"咯咯咯"地笑了起来。

　　"您姓吗？"唐建业问。

　　"我姓史！"史成龙微微低了一下头。

　　唐建业"哈哈"大笑起来，一副满不在乎的样子。"这事还真巧啊！我嘛姓唐，你嘛姓史。您可真哏儿啊！不过，这没嘛了不起的。不就是逗着玩儿嘛！其实，要我说，这人生在世就是逗着玩儿。你逗我，我逗你，一不留神逗急了，得，打起来了。中东战争、波黑战火，不都是这么逗起来的嘛！要我说，他们这都是饭后称体重——吃饱了撑的！对吧，洪老师？"

　　宋佳在一旁见洪钧没有说话的意思，便接过来说："这位先生真的姓史，而且就是本地史家庄的人。"

　　"嘛？史家庄？就是盲龙峪的那个史家庄吗？"唐建业把头转向史成龙。

"正是。"史成龙点了点头。

"这可太好啦！我是天津市旅游文化开发公司的，我叫唐建业。我这次来主要就是想考察盲龙山的旅游资源。这是我的名片。得，我把'片子'给了您，我可就不是'骗子'了！以后各位到天津有事，找我！在天津，咱有路子！来，我先敬大伙一杯！我这可是借花献佛啦！"唐建业端起啤酒杯，带头一饮而尽，然后用手擦了擦嘴边的啤酒沫子，转头问洪钧，"你们几位明天是嘛计划？我打算去盲龙山。你们是不是也打算去盲龙山啊？"

"对！这次成龙请我们到他家做客，就是想让我们看看盲龙山的景观，同时也体验一下山里人的生活。在大城市里住久了，向往大自然！"洪钧不无感慨。

"城市太拥挤，生活也太累！"宋佳插了一句。

"不过，城市生活也有好的地方！"唐建业嘴里嚼着一块鸡肉说，"汽车、电话、商店、娱乐场所，这都是山里没有的。就说这去盲龙山吧，100多公里，没车真不方便。我这不正发愁明天怎么去呢嘛！"

洪钧说："我们开车来的，你可以坐我们的车一起去！"

"真的吗？这可太好啦！我可以付车钱，回去能报销！"唐建业高兴地说。

"可惜我们没法给您开发票！"宋佳不冷不热地说了一句。

"那……今儿晚上这顿饭算我请客！"唐建业又说。

"我已经付完钱了。"史成龙说。

"得，看来该着我沾各位的光！没说的，下次各位到天津，我保证请客！咱是君子一言，驷马难追！洪老师，明早儿几点走？"

洪钧看了看史成龙说："吃完早饭就走吧！"

宋佳补充了一句："反正您跟洪老师住一屋，落不下！"

回屋后，洪钧拿出那张小报坐到沙发上。唐建业打开电视机，但马上又转身问道："洪老师，这电视不吵您吧？"

"不吵！我在家看东西也常开着电视或收音机。没关系！"

唐建业还是把电视的音量调小了。他发现洪钧手中拿的是《燕南周报》，便问道："您对这种地方小报也感兴趣？"

洪钧抬起头来，看着唐建业说："到一个地方来旅游，我喜欢了解当地的风土人情。而且这小报文章还真有意思！这有一篇关于龙眼石的报道，您是搞旅游的，也应该看看。"

"嘛玩意儿？龙眼石？那篇文章我看过。那纯粹是小报记者瞎编乱造！要是信他们的话，两口子都得打离婚！"

"是吗？我还没看完，不能妄加评论。不过，对于世界上一些奇怪的事情，我宁愿先信其有。究竟有没有，慢慢考证嘛！"

"难怪您是研究历史的。得，您先考证着，我得收拾东西，准备明天上盲龙山。"

洪钧低下头去，把那篇文章仔细研读一遍。他觉得这位记者很有文采，竟然把那情景描写得活灵活现——

……此时万籁俱寂，星月无光。史广生悄悄爬起来，从史武贵的旅行包里找出那个空烟盒。他用微微颤抖的手剥开烟盒的锡纸，一个银灰色的如同龙眼大小的圆柱形物体呈现在他的眼前，放射出淡蓝色的微光。在那神秘的光环中，他仿佛看见了香烟缭绕的宫殿和洁白如玉的龙床。他被眼前这奇幻的景象惊呆了！突然，一道红光在他眼前闪过，他觉得犹如万根钢针刺进他的双眼……

……史武贵大概已经知道自己到了生命的最后时刻。他躺在病床上吃力地扭动着已不怎么听他指挥的躯体。他脸上的表情是痛苦的，但是在那痛苦后面似乎又有一种兴奋和憧憬。他那干枯的嘴唇颤抖着，断断续续地发出一些缓慢而且并不连贯的音节——"盲龙洞……成龙……盲龙洞……逮蛐蛐……成龙……龙眼石……成龙……龙眼石……成龙……蛐蛐关在……"史武贵的喉咙发出最后一点声音。他的身体停止了扭动。他脸上的肌肉慢慢松弛，最后形成一种安详且幸福的神态……

洪钧闭上眼睛，想象着文中描述的情景，思考着史武贵最后那些话语的含义。该记者在文中说，上述描写完全以当事人及在场者的陈述为据，而且经过反复核实，绝对可靠。洪钧的右手又开始了习惯的"梳头运动"。

"洪老师，看累了吧？我跟您说这种东西只能看着玩，不能当真！一当真就迷糊；一迷糊，那您保不齐就信了。迷信，迷信，只有迷糊才信！哈哈哈！"

听到唐建业的话音，洪钧睁开眼睛，笑了笑说："其实我不迷糊也得信。人家这里写的都是有名有姓的，怎么能说是瞎编呢？"

"编几个人名还不容易！"

"可是，带我们来的那个人就是死者的儿子史成龙！"

"真的！"唐建业瞪大眼睛看着洪钧，过了好一会儿才继续说，"看来，这事儿还真有！那可够狠的啊！"

"世界之大，无奇不有嘛！"洪钧站起身来，见唐建业正在收拾的行装中有一件深灰色的套头套脚且戴面罩的衣服，很感兴趣地问道，

"您旅游怎么还带这种衣服？"

"噢，这是潜水用的。您看它很厚是吧？它还有保温的作用。您不知道，我这人喜欢探险，特别是钻山洞。人们都说'登天难'。要我说，登天并不难。有嘛呀？一坐飞机不就上去了嘛！其实，这入地比登天还难！不过我这人就喜欢知难而进，所以我的业余爱好就是钻山洞探险。据说这盲龙洞究竟有多深还从来没有人探过，我这次想探探。万一那洞里有暗河呢，这潜水服不就派上用场了嘛。"

"您这东西是干什么用的？"洪钧指着旁边一架带指针的仪器问。

"它呀，是定方向用的。在山洞里探险，最怕的就是迷失方向，所以一定得有精密的定向仪。这可不是闹着玩儿的，不能拿普通的指南针，因为那玩意儿在山洞里会失灵。可你在山洞里要是迷了路，那后果我不说您也能猜到！"

"这真是干什么就得有什么工具！您收拾着，我到外面过过风儿。这天儿可真够热的！"洪钧说着走出门来，站在葡萄架下乘凉。

天快黑了，洪钧到宋佳住的房门外问了一下，听说宋佳还没回来，心里有些不放心，便向大门口走去，但没走多远就碰见从外面走来的宋佳。

宋佳明知故问："洪律，你上哪儿去！"

"我怕你迷了路！"

"您还能想到我，难得！"

"我带你出来，当然得对你负责啦！史成龙呢？"

"他一直陪着我，刚走。"宋佳故意把"陪着"两个字说得很重。

"水库边上的风景一定很美，否则你也不会回来这么晚了。"洪钧说着，和宋佳并肩向院里走去。

"风景确实挺美。不过我可不仅是去看风景的!"

"那你还干什么?"

"你说我还能干什么呢?"宋佳故意停了一会儿才继续说,"了解案情呗!"宋佳调皮地笑了笑。

洪钧把在《县志》和《燕南周报》上的内容简要讲了一遍。

宋佳说:"我看这小报记者的话不可信!为了哗众取宠而捕风捉影,夸大事实,甚至以假当真,凭空捏造,这是小报记者的拿手好戏!咱们可不能相信他们的话!"

洪钧摇了摇头,不紧不慢地说:"我认为,记者的话,既不能全信,也不能全不信。就说史广生看到龙眼石的情景和史武贵临死前说的那些话,看来就不是记者凭空编造的。我觉得,史广生是个很重要的人物,因为在史武贵死后,他大概是唯一亲眼见过龙眼石的人了。当然,这一切都是他自己说的,并没有其他人证明。"

"你的意思是说这一切有可能是史广生编出来的?那他为什么要这样做呢?"宋佳顺着洪钧的思路说了下去。

"这只是一种可能,当然还有其他可能。"

"我认为史成龙的大爷是一个重要人物。根据史成龙的话,我觉得在史武贵和史文贵之间大概存在某种宿怨。如果这真是谋杀,史文贵的嫌疑最大。"

"有人说,女人虽不像男人那样擅长逻辑推理,但她们的感知能力和直觉能力往往超过男人。因此,女人的感觉往往是正确的。"

"你不是在夸我吧?"宋佳抬起头来,想借着昏黄的路灯光看清洪钧脸上的表情,但是未能如愿。

洪钧笑了笑说:"这只是一种客观的评价,而且我也不是针对你一个人说的。你何必这么敏感呢?"

"你是老板,我当然得注意你对我的评价啦!不应该吗?"

一牙弯月升上了东边的房脊。外出纳凉的游客纷纷回到房间。洪钧看着宋佳进屋之后才向自己的房间走去。来到门口，他用钥匙开门，发现门被里面插上了。他只好敲门，但屋里没有动静。他又用力敲门，并叫道："老唐！开门哪！我是洪钧。"

　　屋里有了声音，唐建业大声说："洪老师，您稍候，我在厕所哪！"又过了几分钟，屋里传出马桶放水的声音，然后唐建业才把门打开，口中一再道歉。

　　洪钧觉得唐建业脸上的表情不太自然，但什么也没说。进屋后，他若无其事地环视一周，没发现可疑迹象，只好把问题留在心底——这人在搞什么鬼？

第九章

8月25日清晨，一轮红日从东方升起，在一片薄薄的灰云后放射出柔和的光芒。水库上笼罩着淡淡的晨雾，使远处的湖面显得有些朦胧。岸边的芦苇丛中漂着一只小船，船上坐着一个悠然垂钓的人。

宋佳站在龙湖宾馆的门前，望着如诗如画的景色，心情也被感染了。她真想在这里住下去，从容地品味静怡的人生。不过，她需要一个知心的伴侣，她情不自禁地想到了洪钧。

虽然她与洪钧相识还不到一年，但是洪钧的才华、人品、气质、形象已深深印在她的心底。她已经爱上了洪钧！她无法否认这一事实，但又不能接受这一事实，因为她知道洪钧与肖雪之间有着刻骨铭心的恋情。她发觉自己处于一种难以摆脱又难以割舍的困境。假如肖雪没有遭受那么多磨难，她会毫不犹豫地跨入肖雪与洪钧之间，追求自己的幸福。假如洪钧不是那种让人心动的男子，她也会心甘情愿地退出这场角逐，悄然离去。然而，现实就是这么残酷！她只好带着朦胧的期盼挣扎在痛苦之中。一方面，她渴望得到洪钧的爱；另一方面，她又害怕得到洪钧的爱。她竭力把自己对洪钧的爱禁锢在内心深处，而在洪钧身旁扮演另一种角色！为此，她时常感到彷徨，也时常感到无奈。

早饭后，洪钧一行四人离开龙湖宾馆。洪钧开车，宋佳坐在旁边，史成龙和唐建业坐在后面。汽车驶出县城后不久就上了山。公路依山势修建，左盘右绕，时上时下，一些急转弯处还真有几分惊险。路上汽车不多，但有不少后厢式三轮摩托车。在村落附近还能见到步行的人和骑自行车的人。道路上尘土飞扬，路旁的植物都蒙着一层灰土，让人感觉这真是荒蛮的世界。

两个多小时后，汽车盘过一个山头，又穿过一片树林。他们的眼前呈现出一块充满绿色的山中盆地。公路依然是沙石的，但笔直平坦，养护良好。路的南边是一排高大的杨树，后面是一条蜿蜒的河流，岸边柳枝垂挂，绿草如茵。路的北面是整齐的杨树林，后面是大片的由玉米和高粱组成的青纱帐。草地上觅食的羊群，树林间栖息的奶牛，都令宋佳发出惊喜的欢叫。这里宛如世外桃源。

公路的北面出现了村落，一栋栋白墙灰顶的房屋整齐排列，中间镶嵌着一丛丛或浓或淡的绿树。史成龙说，这是孙家庄，大约有200多户人家。前面的丁字路口就通向孙家庄。史成龙让洪钧把车停在路边，然后对唐建业说，孙家庄里有一家小旅店，是盲龙峪唯一的旅店。四个人都下了车，活动着有些僵硬的腰腿。唐建业从后备厢取出行李，史成龙陪他向村口走去，给他指路。

洪钧和宋佳走下路基，来到河边。这条河的水面大约有10米宽。河水很清，可以看见河底的水草。宋佳惊叫道，呀，还有鱼哪！洪钧也不住赞叹这里的美景。宋佳说，生活在这里，一定能快活长寿。洪钧看了她一眼说，你想在这里安家啦？宋佳说，很有可能哦！

洪钧回头望去，只见史成龙和唐建业站在杨树林北面的路中间，似乎在认真地讨论着什么。洪钧感觉有些奇怪。

史成龙回来了，问宋佳，怎么样，我的家乡很美吧？宋佳说，确实很美。史成龙用手指向西方，你们看，那个最高的山峰就是盲龙山。宋佳说，我真想去看看。史成龙说，我一定带你们去看盲龙山。

他们上车，继续西行。到了孙家庄的西头，公路拐向南，从一个仅容一车通过的石板桥上过河，再拐向西。林荫路依然是笔直平坦，只不过路的北面是一排高大的杨树，而南边是整齐的杨树林。路南出现了树木掩映的房屋。史成龙说，这就是史家庄，没有孙家庄大，只有100多户人家。同样是白墙灰顶，同样是排列整齐。洪钧在史成龙的指引下把汽车开进村庄，沿着整洁的村街向西行驶几分钟后，停在一户院墙外。下车后，他们随着史成龙走进院门。

这个院子挺大，北面是五间砖墙灰顶的平房；东墙边是厨房、小仓房和柴草垛；西墙边是羊圈和鸡窝；院墙是用石头垒的，一人多高。院子收拾得非常干净，中间摆放着一个矮方桌和几个小木凳。

金彩凤站在中间的房门前欢迎洪钧和宋佳。尽管她的脸色还有些苍白，但精神明显好多了。她满脸堆笑地请洪钧等人进屋。宋佳问她身体怎么样。她说还好，就是身子虚。洪钧问她裁判的事情。她说，时间和地点都定好了，具体咋办，都听长老们的。自己心中没有鬼，那就咋审也不怕。

成虎和银花不在家，彩凤就让成龙陪客人在堂屋里吃饭。吃饭时，他们谈起了唐建业。宋佳不喜欢那个天津人。洪钧感觉那是一个很奇怪的人。

史成龙也觉得那人不咋地。他还告诉洪钧和宋佳一个秘密："刚才在孙家庄指路时，你们猜他跟我说啥？他说他想出高价买我的龙眼石。我说我根本就没见过龙眼石。对吧？可他不信，说我爹一定把那宝石留给我了。我说，我还想找那龙眼石呢！他说，他对各种传奇的石头都有研究，这龙眼石是邪石，只能给人带来厄运。我不信！要真是只能给人带来厄运的邪石，他姓唐的干吗要出高价来买呢？对吧？难道他就不怕厄运？"

洪钧若有所思地说："也许他是对的！"

宋佳瞪大眼睛看着洪钧说："洪律，你这话是什么意思？"

"我只有那么一种感觉。虽然唐建业有点儿油嘴滑舌，可他并不一定像你们想象的那么坏！"

"他坏不坏我不知道。可我就知道他说龙眼石不好肯定是为了让史成龙把宝石卖给他。"宋佳转向史成龙，"他开价了吗？"

史成龙说："他说可以出一万块钱，但又说价钱好商量。"

"瞧瞧，这么神奇的龙眼石，才给一万块钱！这就叫高价？他真敢开牙！"宋佳看了洪钧一眼，又对史成龙说，"一万块钱，你绝对不能卖！"

"那当然！"史成龙应了一句，但马上补充道，"可是那龙眼石并不在我手里啊！"

下午，史成龙带着洪钧和宋佳观赏周边的风景。他们沿着河边的公路，走到村子的西头。这里的视野很开阔。他们站在河边，向南望去。大片的麦地已经翻过，夹杂着黄黑的颜色。山坡上长满郁郁葱葱的树木。史成龙说，那是果园，有桃树、梨树、苹果树、核桃树。西边有一片黑色的松林，里面散立着一些土丘，显然是坟地。这里已是公路的尽头，再往西就是很窄的土路了，盲龙河也变窄了。河水的北面是大片的玉米地，那一人高的青纱帐顶已经泛出橙黄的颜色。史成龙指着北面的山坡说，那个灰墙黑瓦的建筑就是龙王庙，明天的审判就在那里。此时，有人在那红色的庙门前走动，好像在搬运东西。史成龙又说，那些人肯定是在做准备。村民都不让进去，很神秘！

蓝天白云，青山绿水，让人心旷神怡。不过，洪钧仍然在思考案件的情况。他对史成龙说，想去看看那位给史武贵看病的"赤脚医生"王忠臣。史成龙就带他们向东走，在石板桥上过了河，来到孙家庄的诊所。

此时，诊所里没有病人，王医生正在看书。史成龙介绍之后，洪钧请王医生讲述史武贵得病的情况。

王医生仔细讲述了史武贵得病的经过，然后神秘兮兮地说："不瞒你们说，我开始还怀疑武贵是得了艾滋病呢！"

"你别胡说八道！我爹又没出过国，上哪儿去得艾滋病！"史成龙皱着眉头。

"嘿，没出过国的人就不能得艾滋病啦？不信你就请专家来鉴定鉴定，他得的没准儿还是一种新型的艾滋病呢！什么龙眼石？没影儿的事！对了，你爹临死前不是给你寄过信嘛，他没说是咋回事儿？"

"我爹临死前给我寄过信？啥时候？"

"也就是他临死前几天。"

"你咋知道的？"

"那天我到镇上办事儿，正好碰见你爹。我知道他正病着，就问他干啥来了。他说寄点儿东西。我说寄东西还用你亲自跑，让人捎给邮递员不就得了。他说是给成龙的信，很重要，交给别人不放心。我说你这人就是疑心太重，谁都信不过，你得病也和你这性格有关。他笑了笑，说自己根本没病。当时我看他走道那样儿就挺费劲儿，第二天他就病倒了。这事儿我记得很清楚，绝不会有错！"

"你看见他给我寄的信啦？"

"那倒没瞅见。我想想，当时他手里没拿信，好像拿着一个小布包。也许他给你寄的是个邮包，里边儿有信。这我就说不准了。不过，他那天肯定是要给你寄东西的。"

史成龙看了一眼洪钧，见洪钧已经有了告辞的意思，便站起身来，感谢了王医生几句，和洪钧、宋佳一起走了出来。

路上，洪钧问史成龙："你父亲临死前寄的邮包，你收到了吗？"

史成龙皱着眉头说："没有哇！你知道，在学校，学生的信件最不受重视。对吧？再赶上放假，收发室的人也不正经上班儿了。邮包啦，信啦，给你耽误几个月的，那是常事儿。还有给弄丢的呢！"

洪钧想了想说："我觉得你有必要再回学校去查一查，因为那邮包很可能对我们查清你父亲的死因有帮助。"

宋佳说："史成龙的父亲会不会预感到自己快死了，所以把龙眼石用邮包寄给史成龙呢？但愿那个邮包能够平安到达！"

史成龙愣愣地看着宋佳，一个新的念头掠过他的脑海。

太阳快落山了。一排排房屋上飘起的袅袅炊烟在天空中无拘无束地游荡。村前的公路上不时传来三轮摩托车的发动机声和自行车的铃声，其间还夹杂着青年男女的说笑声。洪钧的汽车旁边围着一群孩子。见他们回来，孩子立刻跑散了，远远地站在墙边或树下张望着。

进院后，史成龙大声说："娘，我们回来了！"金彩凤答应着从中间的屋门走出来，手里拿着一个新脸盆和一条新毛巾，乐呵呵地和洪钧宋佳打起招呼，然后让史成龙去倒洗脸水。此时，成虎和银花也回来了。成虎不爱说话，只是一个劲地憨笑。银花此时变得很活泼，没说几句话就拉着宋佳进屋去了。

洪钧用清凉的井水洗了把脸，觉得非常凉爽。成龙和成虎随母亲进屋准备晚饭，洪钧一人站在院里欣赏这山村农舍。

晚饭就在院子里吃。众人围在那张矮方桌旁边，有的坐在小凳上，有的坐在木墩上。开始时大家都有些拘束，后来才渐渐说笑起来。

这时，史文贵走进院来。他看了看吃饭的人，不紧不慢地说："成龙回来啦，还有客人哪！噢，是洪律师，你们来啦！欢迎！欢迎！大家伙儿都别起动，接着吃，接着吃！"

金彩凤还是站起身来说："他大爷，你也一块儿坐下喝两盅吧！"

"不啦，弟妹，我已经喝过啦！你快坐下吃吧！"史文贵走到史成龙的对面，说："成龙，我来是找你有事儿。县公安局的孙队长来了，在我那儿坐着呢。他让你吃完饭过去一趟。你看中不?"

"孙昌盛？他找我干啥？"史成龙问。

"那我就知不道喽！反正是你的事儿。你愿去就去，不愿去就拉倒。"史文贵说完之后转身走了。

史成龙盯着史文贵的背影，待其出门后，使劲往地上吐了一口唾沫，然后把一小杯白酒倒进肚里。

金彩凤瞪了儿子一眼，说："你还不快点儿吃。吃完了过去瞅瞅，别让人家老等着。"

"等会儿怕啥?"史成龙说。

"啥叫怕啥？你读了研究生，庄里人本来就觉得你眼高得不行。你再老端着个架子，不更让人家戳脊梁骨啦！要我说，做人哪，就算你有天大的本事，也别太张扬！洪律师，您说我这话对不?"金彩凤把头转向洪钧。

洪钧很认真地说："您这话很有道理！"

宋佳也说："就是，谦虚使人进步嘛！"

史成龙看了宋佳一眼，张了张嘴，但什么也没说出来，就又低下头去吃饭。

银花在一旁"咯咯咯"地笑了起来。

史成龙瞪了银花一眼，说："你笑啥?"

银花说："笑你呗！咋不张扬了？害怕了吧?"银花说着，意味深长地瞟了宋佳一眼。

宋佳佯做不知，史成龙却有些不好意思。他急忙吃完碗里的饭，站起身来，拍拍屁股，对洪钧说："我去看看，一会儿就回来。"

史成龙走出院门，沿着村中的小街向东走去。一路上，不少端着碗在门口吃饭的村民都热情地和他打着招呼，他也不时地停下来和人家说上几句。到史文贵家后，他径直走进堂屋，只见史文贵正和一个穿警服的人坐在炕上面对面喝着酒。

这位警察30来岁，黑脸膛，小眼睛，留着唇须，身材很高。他就是县公安局刑警队的副队长孙昌盛。史成龙和孙昌盛打过招呼之后，坐在了北墙边的一把椅子上。史文贵让史成龙一起喝一杯，史成龙谢绝了。

孙昌盛一边喝着酒，一边对史成龙说："上次你回来，我就想找你，可没想到你那么快就走了。我听说你这两年发了，是真的吧？我早就看出来你小子能有出息。现如今，你可是又有名又有钱啦！在咱们县里，咋儿说也算个人物了！"

"你找我有啥事儿？"史成龙皱着眉头问。

"我找你有啥事儿？这还用问吗？"孙昌盛盯着史成龙看了一会儿，笑了笑说，"别害怕，我不找你借钱。我找你是为了公事。咱直说吧。你爹死前得到一块宝石，就是那龙眼石。大家伙都知道，县长也知道了。我这次是奉命前来查找这龙眼石的。你是有学问的人，道理不用我讲。对吧？这龙眼石应该归国家，所以你最好主动交出来。"

"我根本就没见过那龙眼石，拿啥交给你？"

"你急啥？我这可是跟你好好说呢！刚才我本想到你家去找你，可听说你家里有客，我不想让你丢脸，才把你叫这儿来说。我这可是替你着想！"

"可我确实不知道那龙眼石在啥地方。"

"那是你家里的事儿！反正你爹不会把龙眼石交给外人。我这话没错儿吧？当然，我也不是让你立马就交出来。你可以回去想想，或者去'找找'。我过两天再听你回话，中不？你是明白人儿，有些话也不用我说得太清楚，对吧？不过，有句话我还得提醒你。如果你们私下把那龙眼石倒卖出去，那可是要蹲大狱的事儿。到那时候，我就是真想帮你，恐怕也不能够了！因为那不是我要办你，是政府要办你。你明白吧？得，就这事儿。你家里有客，我也不多耽搁你。你回去好好琢磨琢磨！"

史成龙从史文贵家出来时，天已经黑了。他的心里很乱，也很烦，低着头心事重重地往回走。

村里人大都熄灯睡觉了。周围几乎是一片漆黑，只有天上的星星在眨着眼睛。突然，史成龙听到身后有石子滚动的声音，他下意识地回头一看，只见在二十多米外的一堵矮墙边似乎有个黑影。他定睛一看，又没了。他继续往前走，拐过两个路口后，突然调头往回走。这次他清楚地在星光下看见一个人影溜到了路边的房子后面。他愣了片刻，快步走回家去。

第十章

连日的奔波，史成龙感觉很疲倦，躺在炕上，很快就入睡了。不知过了多久，他被一种奇怪的声音惊醒了。他睁开眼睛，看了看在旁边酣睡的成虎，坐起身来，见有一个黑影在窗外，轻轻敲打玻璃。他以为是洪钧，连忙披上衣服，下炕，趿拉上一双布鞋，轻轻地推门走了出去。

"成龙，你跟我来。"天上有月光，但那人蒙着脸，看不清相貌，听声音是史广生。

"广生叔，你咋来了？"史成龙小声问。

"我领你去见你爹。"

"我爹？他在哪儿？"

史广生没有回答，转身向大门口走去。史成龙犹豫片刻，跟了出去。村里静悄悄的。史广生步伐轻盈地向西走着，史成龙快步在后面跟着，"广生叔，你身体不好，咋走这么快？"

史广生没有回头，怪笑了两声，"我那是装给他们看的。"

他们来到村西头的坟地边上。一阵风吹来，松枝发出吱吱嘎嘎的声响，好像人的骨骼被折断的声音。史成龙感觉身上发凉，连忙把衣服的纽扣系好。史广生走进了黑黢黢的松林。

"广生叔，你干啥去？"

"你爹在里面等你呢！"

81

史成龙不想走进那阴森恐怖的松林，但是他的腿脚好像中了魔，不由自主地跟了过去。

史广生在坟地中走走停停，似乎在寻找什么，终于，他停在一个新的坟堆前面，转过身来。

史成龙深一脚浅一脚地走过去，看不清史广生的脸，但是能感觉到对方的目光。"广生叔，我爹在哪儿？"

"你爹就在这里，他让你把实话告诉我。"

"啥实话？"

"那龙眼石在啥地方？"史广生的声调变得很怪异。

"我真的不知道！"史成龙的声音在颤抖。

"你小子把龙眼石给藏起来了吧？"

"我哪能干那种事儿呢！"

"我可告诉你，那龙眼石有我一半儿！你小子要是想独吞，肯定得遭报应！"

"广生叔，你这说的是啥话！"

"啥话？你小子一撅屁股，我就知道你要拉啥屎！你要是跟我要心眼儿，留神我打折你的胳膊儿！"

"是不是我大爷跟你说啥了？"

"这不关他的事儿！我告诉你，明天晚上10点，你把龙眼石送这儿来。就许你一个人来！"

"广生叔，我真的没有，我都没见过那龙眼石是啥样！"

"你小子甭废话，明天晚上，必须来！"史广生大概是累了，慢慢地坐到地上，"你走吧！"

"广生叔，我送你回去歇着吧。"

"不用了，不用了，嘿嘿嘿……"

史广生的笑声令史成龙毛骨悚然。他转身向外走去。那笑声似乎在追逐他，他小跑起来，一脚踩在水坑中，右脚的鞋也掉了，他顾不上去捡，如逃命般跑出了松树林。

进院门后，史成龙靠在墙边，喘息半天，才定下神来。院里没有声响，他蹑手蹑脚地走进屋，爬到炕上。成虎发出微微的鼾声。史成龙觉得大脑昏沉沉的，便闭上眼睛，渐渐进入梦乡。

天亮了，史成龙醒了，朦胧中感觉有人在注视他，连忙睁开眼睛，只见成虎站在地上，用怪异的眼神看着他。他坐起身来，困惑地问："咋啦？"

"哥，你昨晚儿干啥去啦？"成虎的目光盯着成龙的脚。

成龙把目光投向自己的右脚，只见上面沾了很多泥巴。他一骨碌爬到炕边，只见地上只有一只布鞋。他坐在炕沿上，愣愣地回想着昨夜的事情。他本以为那是一个梦，可是……

"哥，你咋啦？你说话呀？"

"我昨晚去见广生叔了。"

成虎的回答令成龙毛骨悚然——"见广生叔？他都死了好几天啦！"

"啥？"成龙有一种遭雷劈的感觉，"广生叔死啦？"

"对呀！我们从法院回来那天，就听说广生叔失踪了。开始大家伙儿也没在意，第二天还没见他，村长就带人去找。有人说看见他头天下晌进山了。村长就带人上了盲龙山，结果在盲龙洞口找到了。"

"咋样了？"

"人早就凉了。"

"他咋死的？"

"怪着哪，谁也说不清他是咋死的，身上一点儿伤都没有。虽说他身子挺虚弱，眼睛也要不行了，可也说不出得了啥病。人哪，也真是，说没就没了。"

"这么奇怪！那后来咋处理了？"

"村长跟老人们商量之后，决定这事儿不能张扬，就给埋在了村西头的坟地里。老人们说，这是龙眼石的报应。谁家要是得到龙眼石，一准得有人意外死亡，家里人才能大富大贵。看来，咱爹和广生叔，都是这么死的。"

"这么大的事儿，我咋就不知道呢？"

"你净往北京跑了。上次回来，你就问了咱娘的事儿，也没在家过夜，所以就没跟你讲。再说，这个事儿，大家伙儿都不愿讲。"

成龙沉默了。他在想，那是梦游吗？他昨晚肯定是出去了，但是否去了坟地，他也说不清楚。他想去找找自己那只布鞋，但是一想到昨晚的情景，他就感觉后背发冷。他不相信见到了史广生的鬼魂，但是他究竟有没有见到一个人呢？回想起来，那人的身影和声音都很清楚，很像史广生。如果不是史广生，那人又是谁呢？那人还让他今天晚上去坟地，他该怎么办呢？他正胡思乱想，洪钧他们起来了。他就把洪钧叫进屋来。

史成龙把昨夜发生的事情讲述了一遍。洪钧问他以前有没有梦游的经历。史成龙说有过。听他娘说，他曾经夜游跑到厨房去吃东西，但他自己一点儿都不知道。但这次不一样，他走了那么远，还记得一清二楚。他感觉不像梦游。而且，那个人还让他今晚10点再去一趟。他该怎么办？成虎说，应该去，看看那究竟是啥人。洪钧说，还是先看今天的裁判结果再说吧。

早饭后，金彩凤回到自己的房间，躺在炕头上。银花跟了进来，问她咋了。她说，没啥，就是感觉身上没劲儿，想歇会儿。银花出去了。彩凤确实需要一个人安静一会儿。她想着就要举行的"神判"，心底升起一种莫名其妙的恐惧。她对自己说，甭管是什么结果，接受就是了。她活了大半辈子，问心无愧。

金彩凤不知自己的青春是如何逝去的。在心里，特别是和小学生们在一起的时候，她总觉得自己还很年轻。但是每当对镜独坐，看到脸上越来越明显的皱纹，她就感到恐惧和悲伤，又感到无奈和怅惘。她觉得自己这一生很委屈，总想找谁痛哭一场。然而，她在社会和家庭中扮演的角色都不允许她那样做，她只能在一人独坐时悄悄地让眼泪滚过面颊。

她不喜欢回首往事，但那些往事却总是执着地出现在眼前。她也有过阳光明媚的童年和山花烂漫的青春！去年夏天，两个中学同学找到这个小山村。一个是专门研究社会学和女性问题的大学教授，一个是经常在报刊上撰写文章的著名记者。面对两位同窗，耳听她们讲述其他同学的功名成就，金彩凤的心底升起一种无名的烦恼和怨恨。

同学走后，她一人在家里大哭了一场。眼泪带走了心中的痛苦，使她又恢复心灵的安宁。她对自己说，你的生命本来就属于这个小山村。父母把你带出去看了外面的世界，然后又把你送回来，你有啥可怨恨的呢？与那些最远只到过县城的村民相比，你已经很幸运了！话虽如此，但她的心中总有一种难言的苦涩。

去年秋天，同学来信请她回去参加校庆和同窗团聚，并表示要为她提供往返车费和在北京的费用。她考虑再三，还是写信谢绝了。她在那封修改了三遍的信中写道——

……你们那热情诚挚的邀请给我带来极大的欣喜和宽

慰，使我知道那纯洁的同窗友谊并没有因为时间的流逝而被忘却，也没有因为我们之间的巨大差异而被遗弃。我由衷地感谢你们！然而，二十多年过去了，我们这一代人也都在忙碌中以不同方式悄然步入中年。面对这一事实，我们恐怕都会有几分怅惘和几分无奈。尽管我们走过的道路不同，但我们都从不同角度领略了人生中那一段最美好的时光！也许，随着岁月的沉淀，那段时光留在我们心中的只剩下苦涩。但是那条路上留下的毕竟是我们自己的足迹！而且，只要我们耐心去寻找，就总会在那路旁的草丛中发现几株尚未枯萎的小花……

　　一个月后，金彩凤收到同学寄来的邮包，里边有一张同学的合影照片，还有一台袖珍录音机和一盘磁带。她把磁带放进录音机中，按下播放键。她听到的竟然是同学们一人一句充满深情朗诵她的那封信！她被深深地感动了，难以抑制的泪水涌出她的眼眶。
　　金彩凤闭上了眼睛，她的耳边又响起那位同学如同电影演员的声音——只要我们耐心去寻找，就总会在那路旁的草丛中发现几株尚未枯萎的小花……

第十一章

1967年的夏天，北京的"文化大革命"如火如荼。金彩凤回到孙家庄，开始了"接受贫下中农再教育"的劳动生活。

金彩凤在北京上学的时候是个并不出众的姑娘。无论从相貌和着装来说，还是从学习成绩和课余活动来说，她都是个不引人注目的人。记得刚上中学那年，一个学期都快过去了，班里的一些男生居然还不知道她的名字！她很羡慕甚至嫉妒班里那些漂亮而且聪明的女同学，也曾怨恨自己的"乡下人气质"和心笨嘴拙。但是来到农村以后，她突然发现自己成了人们关注的对象。她可以从小伙子们的目光和对她说话的态度上感受到自己在他们心中的地位。和周围那些山村姑娘相比，她的皮肤更为白皙，她的相貌更为秀丽。对此，她的心底有一种美滋滋的感觉。这也在一定程度上帮助她在下乡的苦乐得失上保持了心理平衡。

山村里的业余文化生活是贫乏的。据说，上边一位大领导下来视察，问到一个老实的农民，你们有什么业余生活吗？农民说，啥叫业余生活？大领导说，就是下地劳动回来吃完晚饭以后，你们喜欢干的有意思的事情。农民说，有的，那就是跟我媳妇睡觉。大领导笑了，还有比跟你媳妇睡觉更有意思的事情吗？农民说，没有了。大领导又问，那你们想不想做更有意思的事情呢？农民说，想着哪。大领导问，想做什么呢？农民说，就是跟别人的媳妇睡觉呗。大领导很感慨，回去后指示各地领导要努力丰富农村的业余文化生活，要组织文艺汇演，要送电影下乡，还要成立文艺宣传队。

那一年秋收结束之后，"盲龙县革命委员会"为了贯彻上级领导的指示，以"移风易俗"的方式庆祝大丰收，在县城组织了"革命文艺汇演"。那天早晨，生产队就派了一辆胶轮拖拉机拉着青年人到县城去看节目。彩凤和红莲也去了。人们都穿上干净整齐的服装，一路上有说有笑。彩凤很高兴，因为她有一种"春游"的感觉。不过，她的心底有一点遗憾，因为她没能在史家庄的青年中找到文贵的身影。不知为什么，她近来在干活和参加活动时都希望能有文贵在场，而且在与文贵的目光相遇时都会有一种心跳加快的感觉。

文艺汇演在县文化宫举行。几百个座位上坐满了人，两边还站了不少观众。节目开始后，大礼堂内仍然是乱哄哄的，台上演员的声音与台下观众的声音混在一起。只有当节目比较精彩时，台下才会出现短时的安静。不过，每个节目之后，观众的掌声都非常热烈。

彩凤坐在红莲身边，心中很有些激动。这是她下乡后第一次进县城，也是第一次看文艺节目。这熙攘的人群，这喧闹的气氛，使她不由自主地想到了北京，想到了父亲和母亲。虽然她有些怨恨父亲，怨恨父亲给她带来了生活中的厄运，但是她心底终有一丝难以割断的亲情。她更思念母亲。她有许多心里话要对母亲说，她真想趴在母亲怀里痛痛快快地大哭一场！她的眼睛模糊了。

突然，一阵悠扬的二胡声钻进她的耳朵。她在北京时学过拉二胡。她感觉，这位胡琴手有相当的水平。她揉了揉眼睛，向台上望去。拉二胡的是一个穿军装的年轻人。他的头微低，全神贯注地拉琴，似乎把全身的力量都用到两只手上。一曲《南泥湾》之后，安静的场内响起热烈的掌声。年轻人站起身来，很认真地向观众行了个军礼。彩凤那鼓掌的双手停住了，因为她发现胡琴手长得很像史文贵！

红莲在旁边捅了彩凤一下，"咋儿的啦？傻愣着看啥哪？"

彩凤说："这个人长得挺像史家庄的那个文贵呀！"

"啥叫像？他就是文贵。咋儿样？他拉得不赖吧？"

"真不错！"

"他穿上这身儿军装还挺精神。一点儿都不像山里人！是吧？这军装肯定是武贵的。武贵是他的叔伯兄弟，当兵呢。"

彩凤没有说话，她的心底升起一种奇异的感觉，使她的脸颊有些发热。

史文贵坐下之后又拉了一曲《老两口学毛选》，那轻松诙谐的曲调和表演技巧在观众中引起阵阵笑声。曲终之后，文贵起身谢幕便要退场，但观众的掌声和叫声把他拉了回来。坐下之后，他又拉了一曲《江河水》，那凄厉婉转的曲声深深打动了彩凤的心，使她禁不住热泪盈眶。

文贵走下舞台之后，彩凤的心里产生了遐想，以至于她根本没听见后面又演了什么节目。

春暖花开，山里是一派迷人的景色。下乡以来，彩凤第一次觉得山里的空气这么清新，山里的风景这么优美。她开始爱上这里的山林和土地了，当然也包括人。

春播结束后，公社要成立"毛泽东思想文艺宣传队"。在县文艺汇演上为东升人民公社争光的史文贵和全公社唯一的北京知识青年金彩凤双双入选。

宣传队一共有七个人，队长是公社"革委会"的宣传委员，名叫汤良才。这七个年轻人热情很高，很快就排出了快板书、三句半、对口词和歌舞等节目，当然还有文贵的二胡独奏。彩凤说一口标准的普通话，便责无旁贷地担任了报幕员。此外，她还参加了-忠字舞"敬爱的毛主席"、男女声二重唱"浏阳河"和对口词"革命的锄"等节目的演出。文贵和能吹笛子的汤良才则担任了节目的伴奏。

节目排好后，公社专门派了一辆马车，拉着他们到各个生产队去演出。到第三大队的演出是在一天下午。几百名男女老少围在孙家庄的场院上，有站着的，有蹲着的，有坐着的，一些孩子还爬到了挺高的麦秸垛上。演出非常成功。虽然他们的演出水平不高，而且经常出一些小的差错，但观众看得津津有味，就连那些差错都成了观众开心的笑料。

巡回演出期间，彩凤和文贵接触多了。除了共同排演节目外，彩凤开始跟文贵学拉二胡，而且常在一起聊天。他们的谈话内容从共产主义理想到个人的兴趣和爱好，从生产工作到日常生活。一种既令人愉快又令人羞怯的情感渐渐地在他们心底成长起来。巡演回来之后，文贵送给彩凤一个他亲手制作的二胡。那琴套做得很精细，上面还绣着一只由黄、绿、蓝三种颜色组成的小凤凰。

彩凤与文贵之间的爱情迅速升温。他们几乎每天晚饭后都要到树林去见面。用年轻人的话说，这是搞"一帮一，一对红"活动。那种活动的本意是让一个先进青年帮助一个落后青年，二人一起进步，共同成为无产阶级革命事业的红色接班人。年轻人喜欢调侃，就把它的含义改为男女青年谈恋爱了。他们在一起谈过去，谈未来，谈生活，谈工作，当然也谈到了他们的婚姻。总之，他们处于热恋之中，一天不见面就会觉得心里发慌。

文贵当上了生产队的会计，对各种账目不太熟悉。彩凤虽然没当过会计，但毕竟比文贵多上过几年学，所以她有时也到文贵家去帮他解决工作中的难题，并给他讲解一些数学知识。

一天晚饭后，彩凤在文贵家碰上一个身穿军装的小伙子。这个小伙子的相貌与文贵相似，但是身材比文贵高出半头，也更加魁梧。这就是从军队转业回来的史武贵。

麦收后的一天晚上，县放映队为庆祝丰收而送电影下乡——到公社放映电影《地雷战》。史家庄的"一帮一"们纷纷出村，都是小伙子骑着自行车，大姑娘坐在后架上，而且是你追我赶，有说有笑。那些尚未加入"一帮一"活动的年轻人则单独组队，号称"敌后武工队"。不过，他们经常凭借车轻的优势冲击"一帮一"的队伍，引得那些姑娘们半真半假地尖声惊叫。车铃声、喊叫声和笑骂声给这偏僻清静的山区公路增添了许多活力。

看电影的时候，文贵和彩凤在屏幕的后面找了地方，并排坐在土地上，还有些"一帮一"也坐在这里。虽然从后面看屏幕上的图像是反的，但是这边人少，不仅可以坐着看，而且可以和旁人保持一定距离，所以很受"一帮一"们的青睐。电影很精彩，观众中发出一阵阵笑声和叫声。

看完电影后，文贵骑车带着彩凤往回走。为了避开大伙，文贵故意骑得很慢，落在后面。后来，他们又躲进了路边的树林。年轻人谈恋爱的时候总想单独在一起，说那些没完没了的情话。

他们进树林后不久，突然来了两个人，自称是公安局的。当时天很黑，彩凤看不清那两人的相貌，但是听说话不像本地人。他们说是专门在这一带查流氓活动的，盘问了一些问题。这时候，彩凤已经感觉他们不怀好意，就推着文贵往外走。那两个坏蛋露出了真面目。一个家伙掏出一把刀逼住文贵，另一个家伙拖着彩凤就往树林里边走。彩凤当时拼命反抗，又踢又叫。可她哪是一个大汉的对手啊！她使劲喊"文贵""救命"！可是文贵那人胆小，一见刀子就瘫在地上，连话都说不出来了。

就在这时，树林外有人大声问："啥人在里面？"彩凤一听有人来，拼命大喊："救命！"于是跑进一个人来，喝道，啥人敢在这儿干坏事儿！彩凤一听是武贵的声音，就叫"武贵"！拿刀的坏蛋迎上去拦住武贵，让他少管闲事。可武贵一脚就把那家伙踹趴下了。抱着彩凤的那个坏蛋冲了过去，也被武贵三下两下就打倒了。那两个家伙见不是对手，连滚带爬地跑了。

文贵这才站起身来。武贵问彩凤，咋样。彩凤说，没事，多亏你来得及时。武贵说，既然没事儿，咱就快走吧。他们一起出了树林。

回家的路上，彩凤没让文贵带，坐在了武贵的自行车后面。她当时恨死文贵了！心想，他眼瞅着别人欺侮她，却连个屁都不敢放！她咋能嫁给这样的男人！一路上，他们都没有说话。

回到村里，武贵停下车，让文贵送彩凤回家，他先走了。文贵跟着彩凤往家走，一路上只会说一句话，彩凤，我对不住你！彩凤也只给他回了一句话，现在还说这话干啥？

第二天上午，武贵在干活的时候来找彩凤，问她想不想去报案。彩凤说，那坏蛋都跑了，报案能有啥用？再说，反正我也没咋的，说出去白让人笑话。万一再让人传走了样，我不就更没脸了。武贵说，文贵也是这个意思。彩凤说，那是。他那怂样要是让村里人知道了，以后还咋见人！武贵说，那咱们就都别往外说了。彩凤说，你还得帮我们保密呢。武贵满口答应，又劝说了几句。彩凤当时从心里感激武贵，觉得他这人挺仗义的。

那天晚上，文贵来找彩凤。彩凤犹豫片刻，还是跟他去了树林。他解释说，昨天晚上的事情太突然，他没有思想准备，蒙了。他还说，其实就是为她死了，他也不会后悔。他骂自己太笨，太迟钝。为这他还真流下了眼泪。说老实话，当时彩凤的心里也很矛盾。她不想跟他吹，只是心里憋屈，生他的气。可他事后的这种解释让彩凤听了更觉得别扭。她甚至觉得他很可笑，像个小丑！所以她一直没说话。后来他也不说话了。

那以后，他们又谈过两次，但都挺尴尬，因为那件事总搁在心里，抹不掉也忘不掉。最后，彩凤说，咱们还是分手吧。文贵同意了。

分手后，彩凤心里也不好受。他们毕竟交往了那么长时间！不过，她觉得这种人不值得可惜。她发誓再也不拉二胡了，还把文贵送的二胡给折断了，但是没有扔，收在了箱子底。

第十二章

花开花落，雁来雁去，又到了寒冷的冬天。水库工地的场面虽然不大，却也是热火朝天。一面红旗在北风中"呼呼啦啦"地飘着，一块黑板上写着工工整整的大字——"农业学大寨"。喊号声、说笑声和干活声汇成一片。

刚入冬，大地只冻上一层硬壳。人们在沟塘里刨开冻层，取出泥土，再用篮子把土挑到大坝的地基上，用夯砸实。姑娘们主要负责挖土装篮，她们一边干活一边说笑。小伙子们挑着土篮来来往往，他们上坝时不说不笑一路小跑，下坝时慢条斯理有说有笑。

坝基上，史武贵带着四个小伙子正在砸夯。他手扶那石头夯上的木把，扯着大嗓门喊着号子。那四个小伙子每人拽着一条绳子，随着号子的节拍，用力把石夯抛向空中。那石夯落地发出的声音与小伙子们的号子声配在一起，显得非常协调——

同志们往西瞧哟，

嗨哟——呼！

那边可真热闹哟；

嗨哟——呼！

大姑娘挑土篮哟，

嗨哟——呼！

赛过了棒小伙哟。

嗨哟……

　　彩凤刚从一个小伙子手里抢过扁担，跟在红莲后面挑土往坝基上走，就听到了武贵喊的号子。她知道武贵是喊给她听的。这一年多来，武贵总是想方设法接近她。虽然他从未表示过什么，但是她能猜出他的心思。她有那种感觉！其实，她对武贵也有好感，而且这种好感是以感恩之情为基础的。

　　文贵在她心中的形象尚未完全磨灭。有时，她还会一个人悄悄拿出那把已被折断的二胡，默默地看着抚摸着，因为那上面记录了一段无法忘却的情感！她也会黯然落泪，甚至希望她和文贵之间从未发生那件令人难堪的事情。

　　然而，她和文贵明明白白地分手了。这在她心底留下一道很难愈合的伤痕，同时也留下一片渴望甘雨的田园。于是，另一个身影日益频繁地闯入她的心中。有时，她会不由自主地在心中比较武贵和文贵。虽然两人各有优劣，但是武贵在她心中的形象日渐高大起来。

　　大雪悄悄地下了一夜。

　　早上，彩凤推开屋门，立刻被眼前的景色惊呆了——地面上和房屋上都铺上了一层厚厚的白雪，松蓬蓬，软绵绵，洁白而且晶莹。对面的山林也是一片纯净的白色，在一轮红日的照耀下，在万里蓝天的映衬下，闪烁着灿烂绚丽的光芒。她情不自禁地赞叹道，好一派北国风光！

　　早饭后，彩凤和人们一起来到水库工地。此时已到隆冬，地面冻了很厚的一层，所以要用炸药崩开冻土层。武贵当过兵，又是民兵排长，责无旁贷地担任了放炮的总指挥。他把人们分成几个小组，分别掏炮眼和安放炸药。

掏炮眼要先用镐刨开冻土层，然后用窄细的管锹和很长的钢钎在冻土层下面掏一个深洞，放进炸药包并把导火索引出来，再用土块把洞填实。武贵把八个炮眼逐个检查一遍，然后安排点火的人。彩凤坚决要求参加，武贵只好同意由他、彩凤和另外两个比较细心而且灵活的青年负责点火。武贵讲了一遍点火要领，强调要用手指挤一挤导火索的头，因为挤出一点火药才容易点燃。他还强调要注意别让雪把导火索的头和火柴盒弄湿。最后他特别强调四个人要同时点火，而且无论点没点着都必须按时撤回安全区。

彩凤来到第一个炮眼旁边，先用手指把导火索头挤出一点黑色的火药，然后拿好火柴，等待着武贵的口令。当听到武贵的喊声"点火"之后，她立刻划着火柴，只听"嗞"的一声，导火索着了。她急忙向另外一个炮眼跑去。然而，她忘了挤一挤导火索的头就划着了火柴，结果火柴棍烧完了导火索也没着。她这才想起武贵的话，连忙用手指去挤导火索，但慌乱之中火柴盒又掉到了雪地上。她抓起火柴盒，可一连划了两根也没划着。此时，武贵已在命令大家撤退，并在叫她的名字。她回头看了一眼，只见旁边的炮眼旁已飘起了淡蓝色的烟雾。她不甘心，又拿出一根火柴，但仍然没有划着。就在这时，一只有力的大手抓住了她的胳膊，一下子把她从坑里拽出来，拉着她向土坝跑去。彩凤让武贵拉着刚跑出几步，就听身后"轰"的一声——炮响了！紧接着是一连串的轰鸣。大地似乎被震动了！冻土块像炮弹一样带着呼啸声从他们头顶飞过。武贵一下子把彩凤推倒在雪地上，然后扑了过去，用自己高大的身躯把彩凤压在了下面。彩凤的眼前是一片白雪，她只能听见冻土块落在周围雪地上的"碰碰"声。忽然，她觉得压在她身上的躯体抽搐了两下，那支撑着地面的胳膊也慢慢松了下来。

炮声过去了，周围是死一般的沉静。彩凤吃力地从武贵身下爬了出来。当她看到武贵那一动不动的身体和紧闭的双眼时，她吓坏了，一下子扑到武贵胸前，拼命地叫着——"武贵！武贵！"

这时，躲在土坝后面的人也都跑了过来，他们把武贵的头抬了起来，只见那雪地上留下一片殷红的血迹！

彩凤记不清自己是怎么来到公社卫生院的，她的脑子里充满了悔恨和恐惧。在卫生院那间简陋的诊室里，武贵躺在土炕上，彩凤焦虑不安地看着大夫给武贵检查和包扎伤口——武贵的身上有多处砸伤，但只有头部和左臂上的伤比较重。武贵终于清醒过来了，他微微抬起头，皱着眉，看着旁边的人们，吃力地问道："彩凤呢？她咋样了？"彩凤急忙挤过去，抓住武贵的手，但她什么也没说出来，感动的泪水涌出了她的眼眶。

公社的领导都来看望武贵，说他是"王杰"式的英雄人物，要号召全公社的青年人向他学习。县里还来了一位记者，向武贵和彩凤问了许多问题。那天晚上，彩凤执意留在卫生院照看武贵，因为只有这样，她的内心才会觉得好受一些。卫生院正好缺人，就同意了。

夜深人静，诊室里只有彩凤和武贵。彩凤又往炕洞里添了一把麦秸，然后坐在小板凳上愣愣地看着炕洞里的火光。忽然，她听到武贵叫她，便站起身来，走到炕边，借着昏黄的灯光，看着武贵的脸，轻柔地问道："咋的，疼得厉害了？"

武贵轻轻摇了摇头，"不疼！你别忙活啦，坐这儿歇会儿吧。"

彩凤坐在了炕边上。两人默默相视，似乎谁也不愿用语言打破这宁静和谐的气氛。过了许久，彩凤轻轻叹了口气："都怨我！一到关键时刻就犯傻，让你受了这么多伤，还差点儿……"

"你说这些干啥？"武贵打断了彩凤的话，想了想，又说，"其实，我还得感谢你呢！"

"谢我啥？"

"没有你，我咋儿当这英雄啊！哈……"武贵刚笑了一声，头部的伤口就使他疼得咧起嘴来。

彩凤嗔怪道："瞧你！都伤成这样了，还说笑话！疼了吧？"

"没啥。一会儿就过去！"

"你净给我说宽心话。我知道，你怕我心里不好受，才说要感谢我。要说感谢，我真得好好感谢你——你都救过我两次了！"

"你真的感谢我？"

"这还能说假话？！"

"那你咋谢我呢？"武贵看着彩凤的眼睛。

"你让我咋谢呢？"彩凤低下了头。

"你能答应我一个要求吗？"

"啥要求？"

"你得先说能不能答应，要不我就不敢问了。"

彩凤看了武贵一眼，轻轻地点了点头。

武贵高兴地说："彩凤，嫁给我吧！行吗？"

"这……"彩凤已经猜到武贵的心思了，但没想到武贵说得这么直截了当，所以有些惶然。她的心里很矛盾。虽然她与文贵分手已经一年多了，但武贵毕竟是文贵的叔伯兄弟。如果她嫁给武贵，那文贵会怎么想？别人会怎么想？可是，武贵为了救她伤成这样，她怎么忍心拒绝他呢！大夫说了，武贵左胳膊上的伤问题不大，可头上的伤难免留下后遗症。假如真是那样的话，她难道没有义务照顾武贵一生吗？再说她心里对武贵已经有了感情！

武贵激动地说："咋？你不是已经答应了吗？彩凤，我真的喜欢你！我一直在盼着这一天！我不稀罕当啥英雄！我救你就是因为我爱你！为了你，我啥都能干，去死都成！彩凤，你答应我吧！彩凤，哎唷！"武贵头上的伤口又疼了起来。

彩凤别无选择了，她俯下身去，轻声对着武贵的耳朵说："我答应你！"

"真的？"武贵似乎忘记了身上的伤痛，一下子坐了起来，用右手抓住彩凤的手，说，"你真的答应嫁给我啦？这不是做梦吧？"

彩凤说："看你，咋像个孩子似的？"

"那你不是在哄我吧？"

"我哄你干啥？"

"你是为了让我好好养伤，才说答应我的吧？"

"我真的答应你了！我觉得，你是值得我爱的人！"

"真的？那……你得让我亲亲你！"武贵说着，伸出右手，把彩凤搂到胸前，热烈地亲吻着彩凤的嘴唇和脸颊。

彩凤闭上了眼睛。

两天后，公社派车把武贵送回史家庄，生产队还召开了欢迎会。武贵成了远近闻名的英雄。他和彩凤的关系也公开了，而且被称颂为"在水利战场上结下的革命友谊"！不过，头上的伤给他留下了爱头疼的毛病。为此，彩凤总觉得自己欠着武贵一份恩情。

春节前夕，彩凤决定回北京去探亲。武贵一直把彩凤送到火车站。在冷冷清清的站台上，武贵拉着彩凤的手说："彩凤，我真不想让你走！我怕你爹娘不同意咱们的事儿，我怕他们不让你回来了！"

彩凤深情地说："你咋还信不过我？我不是跟你说过好多遍了嘛！我保证回来！"

"我不是信不过你。我是担心你爹你娘！我咋说也是个山里人!"

"是个最好的山里人！再说，我也是山里人。甭管我爹和我娘咋儿说，我保证嫁给你！我不会变心的！"

火车带着风声驶进站台，车轮发出刺耳的刹车声。几位旅客下车之后，武贵帮着彩凤把手提包拿到车上。车厢里的人挤得满满的，彩凤便在车门边找了个立足之地。武贵在列车员关门前的一刹那跳下车厢。

火车缓缓地开动了。彩凤隔着车门玻璃看着在站台上追跑着的武贵。武贵在大声喊着什么。彩凤听不见武贵的声音，但她知道武贵喊的是——"我等着你！"

火车加快了速度，武贵的身影被后面的车厢挡住了。

第十三章

金彩凤又踏上了北京的土地，她的心里有一种难以抑制的激动。然而，看着北京火车站前那陌生的街道，她意识到自己已经不属于这个城市了——她是"山里人"！她在广场上默默地站立片刻，然后才迈步向公共汽车站走去。

此时正是下班的时间，彩凤站在拥挤的汽车里，想象着与父母见面的情景。这是她下乡以来第一次回家，她的心早已飞到父母身边。下车后，她沿着熟悉的街道来到那栋熟悉的楼房前，然后三步并做两步地跑上三楼，敲响了那扇熟悉的房门。她屏住呼吸，仔细倾听门里的声音。

随着一串平缓的脚步声，房门慢慢地打开了，头发已然花白的齐梅英愣愣地站在门口。彩凤叫了一声"妈"，放下手中的提包，一下子扑到母亲怀中。齐梅英如梦初醒，惊喜地叫道："小凤！小凤回来啦！"母女俩紧紧地抱在一起，泪水同时涌出两个人的眼眶。

齐梅英一边擦着眼泪，一边说："小凤，你回家来过年，怎么也不先来封信说一声呀？"

彩凤用调皮的口吻说："给您一个惊喜呀！"说着，她在母亲脸上亲了一下。

"你这个死丫头！这么大了还没正形儿！"母女二人都笑了。

彩凤把提包拿进门厅，关上门，跟母亲走进大屋。两人并排坐在床边，仔细地打量着对方。

母亲说："你晒黑了，可壮实了！"

女儿说："您的白头发咋儿这么多了？"

母亲说："想你呗！你这口音都改了。"

女儿说："我也想您！"

母女俩正亲亲热热地诉说着，外面传来了敲门声。齐梅英说："你爸回来了！"

彩凤一下子跳起来，说："我去开门！"

彩凤快步走到门边，打开门，只见金维东穿着一身破旧的蓝布工作服，头上戴着一顶旧棉军帽，手上戴着一副发黑的白线手套。彩凤高兴地叫道："爸，我回来啦！"

金维东见到女儿，那疲惫的脸上立刻露出了惊喜的神色。他瞪大眼睛，上下打量着女儿，口中喃喃地说道："小凤回来了！我女儿终于回来啦！"

齐梅英走过来说："老金，别光知道乐！先去买点儿肉馅，家里有白菜，也有白面，咱包顿饺子吧！"

彩凤高兴地说："太好啦！我就想吃饺子！"

"好！我这就去买！"金维东说着，转身就往外走，但马上又被齐梅英叫住了——"我说老金，你还没拿肉票呢。给你。这回多买点儿，买一斤吧！"金维东接过肉票，快步走了出去。

那天晚上，彩凤吃了她一生中最香的一顿饭。

那天夜里，彩凤做了她一生中最美的一个梦。

亲人团聚的喜悦和兴奋很快就平息了，因为他们每天要面对的都是并没有多少乐趣的生活。金维东仍然戴着"走资派"的帽子，在工厂里负责打扫厕所，每月只能领到一点"生活费"。为了维持生活，齐梅英在街道找了个糊纸盒的工作，每天起早贪黑，一个月能挣二十多块钱。回家后，彩凤天天在家帮母亲干活，洗衣服，拆被子，打扫卫生，她似乎要在这段时间把家里的活都干完。偶尔也有中学同学听说她回家了便来探望，包括她同桌三年的男同学聂文斌。然而，她发现自己与同学们之间的共同语言已经不多了。

大年三十的晚上，家中又呈现出欢乐的气氛。虽然晚餐并不丰盛，虽然每个人的心中都有难以排解的郁闷和忧愁，但他们都在竭力营造轻松愉快的节日气氛，就连金维东的脸上都挂满了笑容。

彩凤心中还有一个难于启齿却不能不说的话题，即她与武贵的婚事。她估计父母会反对这件事，但她回家前已经答应了武贵。犹豫再三，她觉得此时是难得的机会，便鼓足勇气说："爸、妈，我有件事儿要跟你们说，想听听你们的意见。"

"什么事儿？"父亲很感兴趣地放下手中的酒杯，望着女儿。

"我有男朋友了！"彩凤一咬牙，说了出来，心里觉得轻松许多。

"什么？"金维东愣住了。

"男朋友？谁呀？是不是前两天来看你的那个姓聂的同学？"齐梅英接过了话头。

"不是。是史家庄的，就是我跟您说过的、救过我命的那个民兵排长。"

"这……"母亲把目光转向父亲，而父亲的脸上已经"晴转阴"了！母亲忙说："啊……这事儿明天再说吧！咱们先……"

"你别打岔！"父亲打断了母亲的话，然后用低沉且严厉的语调对彩凤说，"谁让你在老家交朋友的？谁让你这么早就交朋友的？毛主席他老人家让你们上山下乡是去接受贫下中农再教育的，不是去谈情说爱的！你懂不？我把你送回老家去，是怕你在这里受牵连，怕你跟着我受罪！你懂不？我也是想让你去锻炼锻炼，以后好为我们的社会主义事业做出更大的贡献，做无产阶级革命事业的合格接班人！你懂不？小凤，你真是太让我失望了！你也辜负了毛主席他老人家对你们的期望啊！"

母亲在一旁劝说道："小凤，你爸可是为你好啊！这几年，他一直念叨你，怕你在农村受苦，怕他的事儿影响你进步……"

彩凤低着头，但是很倔强地说道："这是我自己的事儿，不用你们管！"

"放屁！你是我女儿，你的事情我为啥不能管！"

彩凤听了父亲的话，几年来积压在心底的痛楚和怨恨一下子激发起来。她抬起头，看着父亲那微红的眼睛，不顾一切地说道："你管？可这些年你管过我的事吗？你关心过我的事吗？说得倒好，怕我受苦。可是我这些年受的苦你知道吗？我拼命地干活儿，干最苦最累的活儿，干男人都受不了的活儿！你看看我这双手。你知道它们是怎么变成这个样子的吗？说心里话，有时我累得真想死了算了！可是我咬牙挺过来了！为什么？我就是要用实际行动来洗刷你留在我身上的罪恶！你说怕影响我进步。可是你给我的影响还少吗？在学校的时候，我不能加入红卫兵。后来到了农村，我又不能入团。是我干得不好吗？不是！我比他们别人干得都好，可就是入不了团！为什么？还不是因为你干的那些事情！"

"你混账！我干什么啦？我干什么啦？"父亲的声音虽然不高，但是彩凤听得出他的内心深处在咆哮。

母亲看了看浑身颤抖的父亲，着急地对女儿说："小凤，你可不能这么说你爸！他是被冤枉的！他对党对毛主席一直是忠心耿耿！他从来没有干过对不起人民的事情！"

父亲站起身来，瞪着血红的眼睛，低声吼道："你给我跪下！你给我跪下！"

彩凤把头扭向一边，低声说："凭什么！"

"凭什么？就凭我是你父亲，你是我女儿！我让你跪下，你就得跪下！"

母亲忙走过来拉女儿说："小凤，你就跪下给你爸认个错儿吧！你刚才的话太伤他的心啦！"

彩凤跪下了！她的牙齿紧咬着自己的嘴唇，屈辱和怨恨的泪水涌出眼眶，滚过面颊，滴落在她的膝盖上。

父亲问道："小凤，你说你还是不是我的女儿？"

"……"

"你还认不认这个家？"

"……"

母亲在一旁哭道："小凤，你快说话呀！天哪！我这是造了什么孽啦！一年熬到头，想吃顿顺心的团圆饭都不成啊！"

室内突然安静了，只有母亲那哽咽的哭声在震颤着并不温暖的空气。

窗外，漆黑的夜色中传来一串串并不响亮的鞭炮声。

金维东坐到椅子上，睁大眼睛望着女儿，猛地一拍桌子，吼道："你给我滚！滚！永远也别回这个家！"

彩凤默默地站起身来，慢慢地走进旁边的小屋。

这一夜，她一直没有睡着。听着隔壁房间里母亲的抽泣声和父亲的叹息声，她无声地哭了，哭了很久！当泪水终于流尽的时候，她的心才平静下来。她知道自己必须回到山里去，因为那是她已经踏上的生活之路。尽管那条路崎岖坎坷，尽管那条路前程莫测，她也必须走下去，因为她的生命已经属于对另外一个生命的承诺！

第二天早上，齐梅英过来劝说彩凤，但彩凤始终一言不发。后来，齐梅英和金维东出去给老朋友拜年了。

彩凤把自己的东西收拾在手提包里，然后给父母写了一个简短的字条——

爸爸、妈妈：

　　请允许我这样称呼你们。我感谢你们的养育之恩！但是我不知道，你们究竟是不应该把我带出那个山里的世界，还是不应该把我送回那个山里的世界。无论如何，我现在又是"山里人"了！我走了，我要回到那个属于我的地方！请你们忘记我这个不孝的女儿吧！

小凤

彩凤含着泪水把字条又看了一遍，放到大屋的桌子上，然后掏出门钥匙和自己这几年攒下的50元钱，压在纸条上。她又看了一遍屋里的东西，擦干脸上的泪水，拿起手提包，走了出去。

天上阴沉沉的，飘着稀稀疏疏的雪花。街上冷清清的，响着零零落落的鞭炮声。彩凤昂着头向车站走去。

金彩凤和史武贵结婚了。

彩凤穿着一身灰涤卡西服和一双平底黑皮鞋，武贵穿着一身新军装和一双白塑料底黑条绒面的"懒汉鞋"。两人胸前都戴着纸做的红花。他们站在院子里，招待着一拨拨前来贺喜的乡亲。

由一支笛子、一支唢呐和一把二胡组成的小乐队在演奏着《大海航行靠舵手》《南泥湾》《浏阳河》等革命歌曲。乐曲声、喊叫声、笑闹声融会在一起，给这个贴着大红喜字的山村小院罩上一派热烈喜庆的气氛。忽然，笛声和唢呐声消失了，只剩下二胡那悠扬婉转的琴声——《二泉映月》。院子里的人们都情不自禁地停止了说笑，围到乐队的前面。彩凤和武贵也把目光投了过来。

文贵坐在一条长凳上，微微低着头，脸上的汗水在阳光下闪烁；他左手的手指在琴弦上灵活地滑上滑下，上身则随着右臂的运动左右摇晃；他的眼睛半闭着，似乎全部生命都投入到乐曲之中了！

《二泉映月》演奏完了，院子里响起一片掌声和喝彩声。彩凤的眼睛有些湿润。她知道，在这个院子里只有她一人能真正听懂这琴声！文贵有些激动地抬起头来看着院子里的人们，但是当他的目光与彩凤的目光相遇时，他的目光却狼狈地避开了。

有人建议让新娘给乐手们点烟，于是彩凤被推到乐队面前。彩凤从武贵手里接过一盒火柴和一盒"阿尔巴尼亚香烟"。虽然这种烟并不好抽，而且价钱比"大前门"还便宜，但是它带着山里人觉得非常稀罕的过滤嘴，所以被视为"高级烟"。彩凤先来到笛子手面前，送上香烟，划着火柴，但是一连几次都被笛子手鼻孔中吹出的气熄灭了。彩凤不动声色地又划着一根火柴，然后把左手的火柴盒揣进衣兜，再去点烟。就在笛子手企图如法炮制的时候，彩凤突然伸出左手捏住他的鼻子，他只好乖乖地吸着了香烟。围观的人群中发出一片笑声。唢呐手没用鼻孔吹气，但是叼着香烟的嘴就是不往里吸，以至于火柴都快烧到彩凤的手指也未能点着香烟。彩凤再次划着火柴，不过她这次没去点烟头，而是伸向了唢呐手的胡子，吓得唢呐手老老实实地吸着香烟。人群中又是一阵哄笑。

彩凤最后来到文贵面前。文贵平时不抽烟，所以彩凤问，大哥，抽一支吗？文贵点了点头说，抽一支吧！彩凤把烟送到文贵嘴里，文贵忙用右手的拇指和食指捏住，等着彩凤点烟。彩凤的手有些颤抖，一连两次都把火柴棍划断了。第三次，火柴终于划着了，她稳定了一下自己的手才把火柴举到文贵的面前，但是文贵手中的烟也在颤抖，结果碰掉了彩凤手中的火柴。那尚在燃烧的火柴棍掉进了彩凤的鞋缝。她觉得脚上一阵灼痛，本能地跺了一下脚，想用手去按摩，但是她忍住了，若无其事地划着了第四根火柴。文贵看到这一切，内疚地低下头，小心翼翼地把烟头凑到火柴旁，用力吸着了香烟。两人同时长出了一口气。

从中午开始的酒宴一直持续到晚上。由于不许划拳行令，人们就寻找着各种各样的名目来把酒灌到肚子里。有人提议为"革命形势一派大好"干杯，有人就提议为"革命形势越来越好"干杯；有人提议为"史家庄的一帮一"干杯，有人就提议为"史家庄的对对红"干杯；有人提议为"新郎那聪明的脑袋瓜"干杯，有人就提议为"新娘那干净的脚后跟"干杯。总之，无论如何，喝酒才是目的。

年轻人争强好胜，酒席上自然有不少一对一的"决斗"场面。于是，一些人纷纷败下阵来。其中有的是被人扶下"战场"的，有的则干脆是被人抬出"战场"的。也有些人在"身负重伤"的情况下仍坚持"不下火线"，只好让人强行把他们送往"后方"。

彩凤跟着武贵在各个酒桌之间应酬着，偶尔也得陪上一口酒。她发现文贵没有加入乡亲们的"战斗"，只是一人默默地喝酒。没过多长时间，文贵就满脸通红地钻到桌子下面去了。旁边的两个小伙子费了很大力气才把他拉起来，并送到旁边的房间里。看着他那近乎痴呆的目光，彩凤的心里很不是滋味。当年彩凤一气之下折断二胡的时候，她心里充满的是对文贵的鄙夷和怨恨，而当她戴上结婚的红花时，她心里萦绕的却是对文贵的怜悯与同情。她与文贵之间毕竟有过一段难以忘怀的恋情！

太阳落山之后，酒席撤了，一些兴犹未尽的年轻人则聚到新房。他们让新郎和新娘同吃一块糖，同喝一杯酒，同咬一个苹果，同唱一首新歌。有的人还借着酒劲和新娘开着"半荤半素"的玩笑。武贵也喝了不少酒，舌头和手脚都有些不听使唤。这又给"闹洞房"的人们增添许多乐趣。彩凤觉得很累，而且她不喜欢"闹婚人"的某些玩笑。不过她竭力忍耐着，保持着脸上的微笑，并尽力去满足人们那一个又一个的要求。她知道这是当地的传统，她也知道这些人并无恶意。

"闹洞房"的年轻人终于被几位老太太连推带骂地赶走了。房门关上了，新房里出现了难得的安静。武贵躺在炕上，嘴里嘟嘟嚷嚷地说了几句什么，很快就带着一脸满意的微笑进入了梦乡。彩凤坐在炕沿上，看着武贵那魁梧的身躯，意识到自己从今天开始就要告别姑娘时代，变成史家的媳妇了，而且是没有娘家的媳妇！想到此，她的心底不禁升起一种难以排解的凄楚，两行冰凉的泪水缓缓地滚过那发热的面颊！

此时此刻，她忽然留恋起刚才的喧闹了，因为这安静标志着她生命中一个阶段的结束。她感到有些孤独。她活动一下疲惫的身体，躺在武贵的身边，闭上了眼睛。然而她睡不着。她不甘心这新婚之夜就这样悄然过去，于是又坐起身来，轻轻推了推武贵。但是武贵翻了个身，嘴里哼了两声，又睡着了。

彩凤叹了口气，又挪到炕沿上，默默地看着自己的新房。新粉刷的墙壁很白，中间挂着一张很大的毛主席像。家具很简单，只有两把椅子和一对木箱。彩凤的目光停在了这对散发着油漆味的木箱上。木箱的做工非常精细，四角的花形榫头都咬得严丝合缝，正面还画上了两只五彩凤凰。她知道这是文贵亲手赶制的，也知道这里面凝聚着文贵对她的一片情意。她很感动。

忽然，门外传来轻轻地敲玻璃的声音。她回过头来，侧耳听了听，但外面没有任何动静。她以为是错觉，就把目光又移到木箱上。

然而，身后又传来敲玻璃的声音。她下炕穿上鞋，走到门边，掀开门帘，只见门外站着一个人。借着天上的月光，她看出来人正是文贵。

彩凤犹豫一下，回头看了一眼仍在炕上酣睡的武贵，轻轻打开房门。她马上闻到了文贵身上那刚刚呕吐之后的气味。她皱了皱眉头，轻声问道："大哥，有啥事儿吗?"

"啊，也没……啥事儿!"文贵的舌头还不太利落，"武……贵呢?"

"他已经睡了。有啥话明天再说吧!"

"其实，我也……不找他。我有……啊话……跟你说!"

"今天太晚了，明天再说吧!"彩凤的声音里带着乞求。

"彩凤，你别……害怕? 我没……醉? 就是这舌……头不听……使唤! 嘿嘿!"

"大哥，你今天不该喝这么多酒!"

"不多! 真的……不多! 你别看我说……话这样，可心里……明白! 是的，彩凤，你说……得对! 我是喝得……多了一点儿。可我的……心里明白!"

"大哥，有啥话你就快说吧!"彩凤回头看了一眼炕上的武贵，迈出门槛，把屋门关上了。

"彩凤，今天是……你的……好日子。我……高兴! 可不知……咋儿的，我老……想哭! 真的! 我这心里……不好受! 要不，就堵得慌! 我……知道，我对……不住你! 可我……对你是……一心一意! 真的! 一心……一意!"

"大哥，那都是过去的事情了。现在我已经和武贵结婚了，过去的事情就让它过去吧!"

"对! 已经过去了! 我……知道，往后我……得叫你……弟妹! 你放…心! 从今……往后，我再也……不提了! 我把它……忘了! 我不能……让外人看……笑话儿！你……放心！我再也……不叫你……彩凤了！你是我……弟妹！嘿嘿嘿！”

"大哥，这世上比我好的女人很多！我祝你找一个称心如意的大嫂!"彩凤诚心诚意地说。

"称心……如意？我可没那……福气！彩……啊，弟妹，我也祝你……幸福！真的！只要你……幸福，我也就……幸福！幸福？嘿嘿嘿!"文贵摇摇晃晃地向外走去。

彩凤望着文贵的背影，在月光下站了很久……

第十四章

　　新婚的浪漫生活很快就过去了，接下来的是忙碌且平淡的过日子。彩凤像以往一样下地干活，但是失去了以前的情趣。过去，小伙子们总是千方百计地讨她欢喜，对她说话也透着小心和情意。现在，小伙子们再也不把她当成"千金小姐"了，在她面前说话也很随便。她知道，这一切变化都是因为她已经失去了"姑娘"的身份。为此，她有些伤感。

　　一年后，她生下了成龙。生活就变得更加单调了。虽然武贵待她很好，但她总觉得生活中缺少什么。然而，真问她缺什么，她又说不出来。她知道，世上的女人都是这样生活的。时间一长，她也就习惯了，或者说她的感觉变得麻木了。

　　文贵也结了婚，妻子叫孙秀兰。结婚后，文贵很少拉琴。他的头发不像以前那样梳得整整齐齐，他的衣服也不像以前那样干干净净。不过，他依然很能干，而且脑瓜很灵活。虽然他住的两间房很破旧，但是院子很大。他养猪，喂鸡，还在房前房后种上烟叶和大蒜，经常拿到集市上去换钱。

　　彩凤的生活变得更加单调了。成虎与银花的出生使她整日忙个不停，因为她既要操持家务也要下地劳动。开始还有武贵与她分担家务，后来武贵到县农机厂当了工人，家里的事情就都落在她一人肩上。

生活中唯一令她兴奋的事情就是村里成立小学校，她当上了民办教师。她小时候就有过当老师的梦想。在多年的农村生活之后，走上讲台无疑成为她此生可以实现的最大愿望。第一次给孩子们上课的前一天晚上，她久久不能入睡。虽然她讲课的内容非常简单，虽然她面对的只是十几个早已熟识的孩子，虽然她已经把讲课内容倒背如流，但是她仍然感到一种难以抑制的紧张。她生怕自己一站到讲台上就把准备好的话忘光。

第一堂课顺利结束了，她那件新衬衫也被汗水湿透了！后来，随着经验的积累，她的讲课越来越轻松，也越来越精彩。她深深地爱上了自己的职业，她要把全部身心都投入到这工作之中。虽然她的工作在别人眼中并不重要，但是她认为其中凝聚了自己的生命！

生活就这样简单地重复着，直到又发生了一件足以打破这平静的事情。

春节前夕的一天下午，武贵急匆匆地从县城赶回家来。一进门他就让彩凤准备酒菜，说要请文贵过来喝酒。彩凤觉得有些奇怪，因为武贵和文贵除了逢年过节的家宴外，很少在一起喝酒。不过，她还是立刻炒了几个菜。

武贵把文贵找来之后，两人盘腿坐在里屋炕上喝酒。彩凤则在外屋带着三个孩子吃饭。开始的时候，文贵和武贵在里屋有说有笑。文贵说他在北京打家具挣钱的事，武贵说他在农机厂干活的事。后来，两个人说话的声音忽然变小了。彩凤听不清他们在说什么，只知道大多数时间是武贵在讲话。再后来，两人都沉默了。

彩凤怕两人闹别扭，就推门进去。她发现两人在默默地喝酒，脸色都不太好看。她问，你俩咋的了？有啥事儿么？文贵没有说话。武贵说，没啥事儿，你出去看着孩子吧。彩凤只好退了出来。

彩凤一边坐在锅台边照看孩子吃饭，一边注意听屋里的动静。过了一会儿，屋里那俩人又开始说话了。她仍然听不清讲话内容，但是从语调上看，好像是武贵在求文贵帮忙。吃完饭后，文贵心事重重地走了，连彩凤跟他说话都没听见。彩凤问武贵找文贵有啥事，武贵说没啥事。彩凤问了几遍，见武贵不愿说，也就算了。她想，大概武贵有什么事情要向文贵借钱吧。

春节过完之后不久，彩凤忽然听说文贵因为打伤他人而进了公安局。彩凤觉得很奇怪。经过打听，她得知文贵在一天晚上到城关镇把一个人的腿骨打折了，是用木棍打的，而且这一切都是文贵主动向公安局自首的。

彩凤认为文贵不是那种人，此中定有原因，而且很可能与武贵那天晚上与文贵的喝酒有关。她找到秀兰。开始秀兰不愿讲，后来在彩凤的追问下她才讲出事实真相——

那个人是武贵打伤的。他原以为自己的事情做得天衣无缝，不会被人查到，但是没想到自己的工作证在打人时掉在了现场。春节前夕，公安局的人找到了他，向他了解情况。当警察问他工作证时，他情急之下编造了工作证让他哥文贵借走的谎言。一方面由于武贵当时是厂保卫科的副科长，和县公安局的人比较熟悉；另一方面由于这也不是什么大案，所以公安局的人决定过完年再说。然而，武贵一下子慌了神。他好不容易弄到"农转工"的身份，又当上了副科长。一旦东窗事发，就算他不被判刑，这些身份也肯定保不住了。思来想去，他只好去找文贵帮忙。他对文贵说，这不是什么大事，如果文贵承担下来，顶多关几天拘留，赔钱的事由他解决。反正文贵是农民，也不怕什么处分，再说这打架伤人也不是丢人现眼的事。可如果这事落在他武贵身上，那一切就都完了。最后，文贵答应了。在去县公安局自首之前，他把这事告诉了秀兰，并嘱咐秀兰不许把真相告诉别人，包括彩凤。

彩凤听后非常气愤，当即把孩子托付给秀兰，搭车去了县城。她在农机厂找到武贵。武贵见到彩凤，吃惊地问："你咋儿来了？家里出了啥事儿？"

"出了啥事儿你还不知道？"

"彩凤，你咋儿啦？"

"我还想问你咋儿啦？"

"这到底是咋儿回事儿嘛？"

"你别装糊涂！我问你，大哥进了公安局，你知道不？"

"听说了。我这不正找战友托人情儿嘛！再说，那本来也算不了啥大事儿。不就是把人腿打折了，赔点儿钱就得了！"

"可那人到底是谁打的？"

武贵听了一愣，看着彩凤的脸，反问一句："你说啥？"

"我问你，那人到底是大哥打的还是你打的？"彩凤盯着武贵的眼睛。

武贵有些惊慌地说："你这是啥意思？是谁告诉你了？"

"你甭管是谁告诉我的，反正我知道了。我就想听你亲口说说这是咋儿回事儿！"

武贵低着头沉思片刻，小声说道："那人确实是我打的。你知道，那小子是赵永田的仇人。赵永田就是我那个老战友，他以前帮过我……"武贵说到此处有些不自然地停顿了一下，"他求到我头上，我能说不管嘛！"

"你为朋友两肋插刀，那我不管。要我说，一人做事一人当，你不能把屎盆子扣大哥头上！"

"我还不是为了这个家嘛！为了能吃上'商品粮'，我费了多大劲，你又不是不知道！而且我不正想办法把你和孩子们的户口也都办到县城来嘛！如果这事儿认定是我干的，这一切就全完啦！彩凤，你咋儿就不体谅我这一份儿苦心呢？"

"甭管为了啥，人做事儿就得堂堂正正！要我说，让大哥替你背黑锅，就算咱日后都吃上'商品粮'，那味儿也好不了！就算咱都搬到县城里来住，晚上也睡不踏实！要我说，你们是叔伯兄弟，难道你这样做就不觉得亏心？！"

"可大哥已经进去了，你让我咋儿办？"

"这还不简单！你去公安局自首，把大哥换出来！"

"这……"

"这啥？你要是不去，我就去！"彩凤说着就要往外走。

"彩凤，你别急嘛！让我好好想想！"武贵急忙拦住彩凤。

"这还有啥好想的？要我说，人活着，就得有个人样儿！甭管走到啥份儿上，咱都得对得起良心！"说到此，彩凤缓和了口气，"武贵，我知道你是一时着急迷了心窍。要我说，真让大哥去替你受罪，你心里也不会好受！"

听了这话，武贵一咬牙，"好，我去！彩凤，说心里话，只要你理解我，我就是去蹲大狱也没关系！"

"这才像我男人说的话！"彩凤的眼睛里闪着亮光。

武贵到公安局自首之后，文贵仍坚持说那人是他打的。办案人员根据两人对案件具体情况的陈述，认定武贵是真正的打人者。最后，法院认定史武贵犯有故意伤害罪，因其认罪态度较好且有自首情节，仅判处有期徒刑一年，缓刑一年。不过，史武贵被农机厂开除了，而且被开除了党籍。

回村后，武贵变得寡言少语，从不与文贵说话。彩凤的生活又变成一池静水，既没有迷人的涟漪，也没有骇人的风浪。然而，这平静并未持续太久，彩凤就遇到了人生中的又一次考验。

又是一年的春节。武贵的一个老战友带了不少礼品来拜年。彩凤听武贵介绍说此人名叫赵永田，心中便有些不快，但她还是很认真地准备了一桌酒菜。武贵和赵永田坐在里屋的炕桌两边，不住地推杯换盏，很快就都喝得面红耳赤了。当彩凤又一次进屋给他们上菜时，颇有几分醉意的赵永田举起酒杯说："嫂子，你可得敬我一杯！"

彩凤虽然因为武贵打人的事对赵永田没有好感，但表面上仍得做出主人的姿态，便笑着问："这有啥说头儿吗？"

赵永田说："那当然！你和武贵结婚，得有我一大半儿功劳！想当年要不是我在树林里……"

"永田，你喝多了，别胡说八道！"武贵打断了赵永田的话。

彩凤心中纳闷，便追问："永田，当年是咋儿回事儿？啥树林？你把话说完哪！"

赵永田看着武贵，结结巴巴地说："其实……也没啥事儿。我就是……我就是……"

"你就是啥？有话就说嘛！"彩凤不耐烦了。

"其实……我就是想哄着嫂子敬我一杯酒！得，我认罚！"赵永田连忙把杯中的酒倒进嘴里。

彩凤发现武贵和赵永田脸上的表情都不太自然，觉得再追问也没什么意思，便一甩手走了出去。

那天晚上，彩凤一直在想着赵永田的话。她觉得赵永田咽回去的一半话里肯定有一个重要的秘密，而且是与她结婚有关的。那是什么呢？她一点一点地回想着，从结婚酒宴想到坐火车回北京，从水库工地的爆炸事故想到看电影后的树林事件。突然，一个念头闪过她的脑海——难道赵永田指的是那年在树林里发生的事情？她回想着那天晚上的情景，她觉得赵永田的声音有点像那天晚上劫她的坏蛋！她被这个念头吓呆了——难道那是武贵安排的一场戏？

孩子们睡着之后，彩凤把武贵叫到外屋。武贵已经看出了彩凤的心思，但仍故作镇静地笑道："啥事儿这么神秘，还非得到外屋来说？"

彩凤板着脸说："今天赵永田说的那话到底是啥意思？"

"啥话？我咋儿不记得了？"

"你别装糊涂！要我说，咱俩结婚，赵永田有啥功劳？这和树林有啥关系？"

"噢，那是他喝多了！"

"你还想骗我！我告诉你，我已经认出来了——赵永田就是当年在树林里劫我的人！你说是不是？"

"这……"

"你说是不是？你说呀！"

"……"

"你咋儿哑巴啦？要我说，史武贵啊史武贵，我真没想到你居然干出这种事情，而且一直骗了我这么多年！"彩凤的声音不高，但在颤抖，"你说，你为啥要这样做？"

武贵颓然蹲在地上，哭丧着脸说："你说我为啥？喜欢你呗！从第一次见到你，我就喜欢上你了！我晚上睡不着觉，一闭眼就看见你。白天看见你和文贵在一起，我心里就像猫抓似的。后来我在县城和赵永田一块儿喝酒，谈起了这个事儿，他就给我出了这么个主意。开始我也觉得不合适，可后来就同意了！彩凤，我是真心实意地喜欢你！咱们都结婚这么多年了，你说我哪点儿对你不好？事儿都过去了，你就原谅我吧！"

彩凤沉默了，泪水无声地流出她的眼眶。她既感到愤怒，又感到悔恨。她该怎么办？她想到了离婚。然而，她清楚地知道离婚会给一个女人带来什么。别人会在后面戳她的脊梁骨，会骂她"不正经"！她能承受得了吗？而且，她还有三个孩子。她怎么忍心去毁掉这个用心血营造起来的家庭？她觉得，一个人可以对不起自己，但不能对不起孩子，因为这才是生命存在的意义！

第十五章

　　彩凤和武贵的夫妻关系变得相当怪异。在子女面前，他们保持一团和气，但两人独处时却相视无语。后来，武贵就外出打工了，几个月才回一次家。他按时往家里捎钱，但从来没有信。不过，武贵回家时，他们依旧过着性生活。其实，做爱对于彩凤来说已经失去了爱的意义，只是做而已。武贵在外时，性的欲望在她的身体内积蓄。武贵回来时，她体内的欲望得到释放，但是心里却有羞辱和怨恨的感觉。有时，她情不自禁地把趴在身上的男人想象成另一个男人。

　　随着孩子们年龄的增长，随着繁杂家务的减少，彩凤的内心越来越强烈地感受到失落与哀伤。有时候，她甚至感觉自己的生命已没有太大的意义。每当此时，文贵的身影就会闯进她的心扉，那些美好的记忆就会在大脑中荡漾。孙秀兰病故之后，彩凤的心底升起一种模糊的希望。特别是当她一人在漫漫长夜中辗转反侧难以入睡时，她就会想起文贵，希望文贵能够陪伴在她的身边。成龙上大学了，成虎在县城上中学，只有银花给她做伴。单调乏味的生活很难排解内心的寂寞与孤独。

　　这些年，文贵一直很关心彩凤的生活。武贵不在家，文贵便时常来照看，干一些体力话，送一些生活用品，谈一些家里家外的琐事。文贵和彩凤都能把握分寸，但是都能感受到对方的情意。每当有人给文贵做媒时，他都会主动说给彩凤听，让彩凤给拿主意。虽然彩凤在嘴里说希望文贵早日再婚，但每次听说文贵婉言谢绝后，心底都会升起一种难以名状的喜悦。后来，文贵的水果生意越做越大，还办起了加工厂。他手里的钱多了，人也越来越精神了。再后来，村里有了传闻：文贵在燕山市认识了一个女人，比他小十几岁，是果品公司的副经理。两人准备在国庆节结婚，然后文贵就搬到市里去。彩凤也见过那个女人，像个有文化的人。她郁闷、悲哀，但是说不出来。

这一年的暑假就要结束了。成龙在家收拾行李，准备回北京去上学。成虎也要准备去县城上学。一种难以言表的凄楚在彩凤的心中徘徊。晚饭后，她对银花说要到学校去取东西，便走出院门，在月光下沿着安静的村街向东走去。来到学校，她打开教室门，走了进去，在昏黄的电灯光下看着讲台、黑板和一排排课桌。她喜欢这里，因为这能让她感觉到生命的价值。此时此刻，泪水却不可阻止地涌出眼眶。

突然，一个熟悉的声音传进彩凤的耳鼓。她的身体颤抖了一下，回头一看，只见文贵站在教室的门口。她慌忙用衬衣的袖口擦了擦眼睛，问道："大哥，你咋儿上这儿来了？"

"弟妹，我从厂子出来，看这儿亮着灯，就过来看看。正好，我还有个事儿，想跟你商量呢。要不，咱俩出去说吧。"

"也好。"彩凤关上电灯，走出来，关上教室门，两人走到教室的后面。

彩凤在柔和的月光下望着文贵，"啥事儿啊？"

"可能你也听说了。我在市里认识了一个女的，是果品公司的副经理。她来过咱庄，可能你也见过吧？"

"见过，长挺好的。姓陈，是吧？"

"对。这些年，她没少给我帮忙，要不，我就挺感激她，可从来也没有啥想法。上个月，她突然提出来要跟我结婚，我觉着不合适。人家是城里人，比我小十几岁，也没结过婚。我都是半大老头子了，家里还有孩子，配不上人家。可她挺认真，还专门带金花去市里玩了一趟。她说要在国庆节把事儿办了，然后让我们都搬到市里去住。我拿不定主意，就想跟你商量商量。"

"要我说，你们连日子都定下了，还跟我商量啥呢？"

"这都是她说的，我一直没表态。这些日子，一是我太忙，二是我不知该咋儿说，就没来找你。她让我这礼拜给个准话。要不，我就想听听你的意见。"

"她不会是看上你的钱了吧？"

"我觉着不是。她是副经理，家里条件也不错。她说主要是看中了我的人品。她还说，这几年通过做生意，她认准我是个好人。要不，我也就不这么为难了。"

"她都三十好几了，咋儿就一直没结婚呢？"

"她原来有个男朋友，都快结婚了，结果出车祸死了。"

"那她这命也够苦的了。要我说，你们这是好事儿。你有个伴儿，又能搬到市里，对金花也有好处。当然了，关键还得看你俩的感情。"

"我俩能有啥感情？就算写出个'爱'字儿，那也是简写的。你知道不，繁体字的'爱'是有心的，后来给简化了，就没有心了。这么多年，我的心在哪儿，你最清楚。要不是当年树林里那个事儿……咳！不说了，都怨我！"

彩凤的嘴唇动了动，但话到嘴边又给咽了回去，只叹了口气。

文贵看着彩凤，"你想说啥？我知道你恨我。要不，你骂我吧！"

彩凤又叹了口气，轻声说："有件事儿，我还是应该告诉你。"

"啥事儿？"

彩凤缓缓地说："这事儿在我心里装了好几年。我本不想把它讲出来，可它憋在心里，我又觉得受不了。我不能把它带到棺材里去！

要我说，这事儿也该让你知道!"

"到底是啥事儿?"

"就是你刚才提到的那个事儿!"

"那个事儿咋儿啦?"

"那个事儿是武贵安排的!"

"武贵安排的? 你这是啥意思?"

"啥意思? 那俩坏蛋是武贵的战友，他们事先安排好了那么一场戏，让武贵来扮演救我的英雄!"

"啥?"文贵愣愣地看着彩凤，过了好一会儿才说出话来——"你是咋儿知道的?"

"那年赵永田到我家喝酒之后说走了嘴，武贵也承认了。你知道赵永田吧? 那年在树林里劫我们的就有他!"

"你啥时候知道的?"

"都快有十年了!"

"那你咋儿一直没告诉我?"

"我咋儿告诉你? 事情已经过去那么多年了，我告诉你又有啥用? 难道能让你和武贵去干仗? 要我说，告诉你也只能给你增加痛苦。还有这两个家，还有孩子们。我能咋办? 我只能把苦果咽到自己肚子里! 我只能怨自己的命不好! 我只能……"彩凤的喉咙好像被什么东西堵住了。

文贵沉默了。他明白了彩凤的心，被深深地感动了。他诚恳地说:"彩凤，我懂了。你是为了这两个家庭，为了孩子们，也为了我，才把这事儿藏在心里，没讲出来。你的心真是太好了! 可是这么多年，你咋儿熬过来的? 你太苦自己了!"

听了文贵的话，积压多年的委屈和痛苦一下子涌上彩凤的心头，她不禁失声痛哭起来。伤心的泪水如同开闸的河水般涌出眼眶，流过她的面颊。

　　听着彩凤的哭声，文贵的心如刀绞般疼痛。在那次树林事件之后，他想见彩凤但又不敢正视彩凤那明亮的眼睛。他想向彩凤解释但又无法接受彩凤那宽宏的谅解。他认为自己对不起彩凤。他在彩凤面前永远是直不起腰来的罪人！因此，当彩凤提出分手的时候，他觉得无可奈何，甚至觉得是一种解脱！二十多年来，他一直生活在痛苦与悔恨的折磨之中。他深深地爱着彩凤，无论是彩凤的结婚还是他的结婚，都未能消除他对彩凤的爱。诚然，他只能把这种爱深藏心底，在一人独处时偷偷品味。秀兰病逝后，他经常一人在屋里用那经过"消音"处理的二胡反复拉《二泉映月》，回忆着他与彩凤一起度过的美妙时光，甚至幻想着与彩凤终成眷属。他努力工作，利用自己的聪明才智去拼命挣钱。他这样做的一个重要目的就是想向彩凤证明他是一个有本事的男人！他觉得无论如何这里都有自己的过错，因为他当年的表现毕竟是令人感到羞耻的怯懦！如今，他不能再怯懦了，也不能再犹豫了。想到此，他一下子把彩凤抱在胸前。

　　彩凤没有推拒，趴在文贵肩上让积蓄多年的眼泪尽情流淌。泪水清洗着她那已不年轻的面颊，仿佛也在冲刷她内心深处的痛苦与悲伤。

　　在文贵的轻声劝慰下，彩凤的哭声变小了，又变成断断续续的抽泣，并最终变成了不太平稳的喘息。彩凤轻轻地推开文贵的胸膛，向后退了一步，用衣襟擦着脸上的泪水。

　　文贵握住彩凤的手，语气坚定地说："我懂了。我永远等着你！"

　　年复一年，生活依旧。彩凤没有离婚。文贵也没有再婚。二人继续把爱情锁固在心底。

彩凤有便秘的毛病，经人介绍偏方，决定去盲龙潭采些巴豆果回来煮水喝。这天下午，她一人进了山。来到盲龙潭边，正准备上山，却见到文贵。她惊讶地问："大哥，你咋儿来了？"

文贵笑道："我昨天听你对银花说，要上山采些巴豆果。我知道那山坡挺陡，不好爬，就先来了。这不，我已经给你摘好了。"文贵把手中的布袋子举到彩凤面前。"你看看，够不？要不够，我就再去摘一些。"

彩凤接过来，看了看，说："足够了。你老帮着我，让我说啥呢？"

"你帮我的事儿还少吗？就说那年，孙大胡子整我，你们把我救出来，你还深更半夜到这盲龙洞来，给我送东西，送钱。我说过，你对我的好，我一辈子都还不完！"

"要我说，那时候年轻，胆子也真大。这么多年了，我一直也没敢再上盲龙洞去。"

"我也是。要不，咱俩现在就上去瞅瞅？"

彩凤抬起头来，看了看树木掩映的盲龙洞口，点了点头。于是，文贵在前，彩凤在后，沿着灌木丛中的小路走了上去。在一个陡坡处，文贵停住脚步，转回身，把手伸了下来。彩凤犹豫一下，把手伸了过去。二人手拉手走到了盲龙洞口。

他们站在洞口的平台，眺望对面的山林、瀑布和下面的潭水。彩凤说："我那天夜里来找你，啥也没看见。要我说，这里的风景还真好看！"

"我那年在这里躲了三天，也没觉得这风景有多好看。要不，就是那会子没有欣赏风景的心情。"文贵说着，目光从远处回到身边，落在彩凤的身上。彩凤虽然年过四十，但是教师的工作使她的皮肤仍然白皙平滑，多年坚持长跑又使她的身材保持优美的线条——胸部和臀部都很丰满，腰肢却很纤细。还有那一头蓬松微卷的黑发，既能遮掩额头的皱纹，又能衬托面颊的俏丽。文贵从侧面欣赏着彩凤的身姿，感觉她仍然充满女人的魅力。

彩凤感觉到了，转过头来，轻声嗔怪道："你看啥呢！"

"看你呗！都二十多年了，你还是这么好看！"文贵一脸痴情。

"你瞎说个啥！"彩凤有些不好意思。

"你知道别人咋儿说你吗？"

"咋儿说的？"

"他们说，从后边儿看，你还像个大姑娘呢？"

"瞎扯！我闺女都成大姑娘喽！"

彩凤转身走进盲龙洞，文贵跟在后面。两人来到百兽拜龙厅，欣赏一番周围的怪石之后，站在那个小洞口的石屏前面。

文贵见彩凤沉默不语，便问道："你在想啥呢？"

彩凤颇有感触地说："我在想那个关于盲人族的故事。我非常喜欢那个传说，甚至都有点儿羡慕那两个被关进盲龙洞的人了。要我说，我真想学着他们的样子，一直走到这山洞的最里面。"

"一个人可不行。要不，我陪着你。"

"你会陪着我吗？那么黑，那么危险！"

"我不怕，只要和你在一起，我啥都不怕。"

"我曾经做过一个梦，就我俩，坐在一条小船上，漂呀，漂呀，也不知漂到了啥地方。"彩凤闭上了眼睛，似乎沉浸在幻想之中。

"假如真有那么一天，我一定陪着你。不管咋儿样，我都会守在你的身边。要不，我现在就带你进去看看吧。"

彩凤犹豫着说："听老人讲，这个洞是不能进的。"

"你咋儿还迷信了！那年为了躲孙大胡子，我就一直往里走。我告诉你，这里面还真有一条河呢！"

"真的呀？啥样子？"

"洞里黑乎乎的，我也没敢往近走，但是能听见水声，还能看见水的亮光呢。"

"看来，那盲人族的传说不是瞎编的。"

"走吧，咱们就进去看看，不往远走。"

文贵拉着彩凤的手，绕过那块石头屏风，慢慢地向里走去。这里越来越暗，越来越静。他们听到了各自的呼吸声。突然，彩凤脚底一滑，身体扑在了文贵身上。文贵顺势把彩凤抱在胸前。两人的脸挨得很近，看不清，但可以感觉到对方的呼吸。黑暗中，文贵不再顾忌，热情地亲吻彩凤的脸庞。最后，两个人的嘴唇贴在了一起。

彩凤听到了文贵那加重的呼吸声，感觉到文贵身上某个部位的变化，也感觉到自己身上的变化。她在欲望和道德的对抗中挣扎着。她的手无力地推着文贵的胸膛，口中喃喃地说着，"别！别！"但是，文贵把她越抱越紧，还把一只手伸进她的衣服，上下抚摸着。她的道德防线终于垮塌了。她喘息着说："我不管了，你整我吧！你可劲儿整！这是我欠你的。你整吧！"

就在这时，一阵凄婉的乐曲声从洞里飘了出来。彩凤和文贵都愣住了，突如其来的恐惧感立刻把性欲驱赶得烟消云散。

彩凤惊恐地说："龙来了！要惩罚咱们了！"她转身往外走，但两腿使不上劲。文贵连忙抱住她，尽量压制心中的恐惧，轻声说着："别怕！没事儿！"

文贵扶着彩凤走出盲龙洞。站在洞口，文贵恢复了常态，彩凤却惊魂未定。她用手按着胸脯，似乎要稳住剧烈的心跳。

文贵安慰道："别怕！那不是龙乐。"

"那是啥？"

"那年，我躲在这山洞里，也听见过几次。一开始，我也很害怕，以为天龙要来了。可后来我发现，啥也没有。我琢磨，这很可能是古人演奏的音乐，就留在石头里了。你没听人家说，这盲龙洞里有宝石，大概就跟录音机一样。"

"可啥人会在这山洞里演奏音乐呢？"

"要不，就是那盲人族吧。"

彩凤的脸上渐渐恢复了血色，呼吸也渐渐平稳了。文贵看着彩凤，刚才消失的欲望又回到身上。他把彩凤抱在胸前，一阵热吻之后，明知故问："你刚才说让我整你，是啥意思？"

彩凤的脸羞得通红，张了张嘴，但是没有说出话来。

"你咋儿不说呀？瞧你那脸，红得像个苹果，真好看！"

"说啥呀？可羞死人了！"

"那你刚才咋儿不害羞？还说让我可劲儿整你！"

"那都是让你给揉巴的，弄得我火烧火燎的，脑袋都快糊涂了。"彩凤用双手捂住脸，笑了一阵才又说，"我也不知那话是咋儿说出来的。我就觉得，欠了你那么多年，想补偿你。"

"那你再说一遍。"

"我可不说了。"

"你要是不说，那我现在就可劲儿整你。"

"那不行，真的不行！我不迷信，可我总觉着有人在暗中看着我们。你放心，我答应你了，就一定会给你。但你别着急，还是等结婚吧。要我说，这次武贵回来，我一准跟他离婚。"

听了彩凤的话，文贵松开双手，若有所思地说："我可以等，但武贵要是不同意，那咋儿办？"

彩凤说："要我说，他能同意。真要是不同意，就再想办法呗！"

看到彩凤那诚恳的目光，文贵无话可说了。他把目光投向对面的瀑布，最后停留在那一片巴豆树上……

第十六章

1995年8月26日，星期六，农历八月初一。中午，龙王庙外聚集了不少村民。庙门大开，但有人把守。当事人的直系亲属，以及案件的关系人和知情人可以入内。此外，孙家庄和史家庄还各有10名见证人入内。其他人只能在外面观望。

洪钧和宋佳在庙门前被守门人拦住了。史成龙上前解释，说他们是本案的法律关系人，应该让他们进去。守门人拿不定主意，便进去报告。几分钟后，史广财村长走了出来。史成龙解释说，洪钧和宋佳是他母亲的律师，签订了正式合同。虽然这不是法院的审判，但是他们有权了解当事人的情况。这可是法律的规定。咱们按照祖传的方法裁判，但也不能违反国家的法律。史村长说，这事他也做不了主，还得去问问三位长老。十几分钟后，史村长出来说，长老们同意让洪钧二人进去，但是不许说话，也不能干扰裁判。洪钧和宋佳点头表示同意。

他们跟随史成龙走进庙门，站到院子的西墙边。洪钧发现，史家庄的人都站在西墙边，孙家庄的人都站在东墙边。两边的人都站得很整齐，默默地望着对方，脸上的表情都很庄严肃穆。此时，洪钧和宋佳才知道今天要接受神明裁判的不止金彩凤，还有史文贵。

龙王庙内只有一个大殿，已经有些破败。门窗和廊柱的漆皮所剩无几，表露出原木的纹络和颜色。门匾上那"龙王殿"三个大字已黯然无色。大殿内的墙壁是灰黑的，香案和香炉是破旧的，就连龙王爷神像的漆皮也有些剥落了。殿前的大院里稀疏地长着一些荒草。

此时，大殿前的台阶上放了三把木椅和一个条案。木椅上坐着三位七八十岁的老人，都穿着黑色长袍。史成龙小声告诉洪钧和宋佳，这是孙姓、史姓、金姓的三族长老。坐在中间的是金长老，就是他大姨金红莲的父亲，曾当过多年的党支部书记。

台阶下面还有一个身穿黑袍的男子，五十多岁。史成龙说，此人姓孙，年轻时不务正业，神神道道，这些年就自动看管龙王庙，逢年过节也能收些香火钱，人称"孙住持"。此时，他站在台阶下面，一丝不苟地往地上插松树枝。松枝插得整齐有序，三枝一组，一共九组，排成两行，最后一组插在两行中间，形成一个交汇点。这一组的两枝斜向两边，另一枝搭在这两枝上，宛如一个封闭的门闩。孙住持直起身来，眯着眼睛观看地上的松枝，似乎是在审查，又似乎是在欣赏。然后，他走到台阶前，给三位长老鞠躬，郑重说道："三位长老，法门已闭，邪路已断，可以开始了。"

金长老示意关闭庙门。然后，三位长老站起身来，走到条案前面，拜天，拜地，拜先祖，再走到殿内神像前，拜龙王爷。然后，三位长老落座。孙住持站在一旁，大院内鸦雀无声。

金长老抬头看了看太阳，然后环视一周，目光停留在西侧，用平稳庄重的口气大声说道："乙亥年甲申月己丑日午时，盲龙峪乡民按照祖先之法裁断史武贵死亡一案。被告人金彩凤、史文贵上前。"

金彩凤和史文贵互相看了一眼，走过去，站在台阶下面。

金长老问道："金彩凤，史文贵，你们是否自愿接受祖法裁判？"

二人回答："自愿。"

金长老又问："按照祖先的规矩，如果裁判结果是有罪，你们就要被关进盲龙洞，不能带火把，也不能带粮食，是生是死，皆由天命。我问你们，无论裁判结果如何，你们是否都愿意接受？"

二人回答："愿意接受。"

金长老再问："你们永不反悔？"

二人回答："永不反悔。"

金长老与另外两位长老耳语几句，然后大声宣布："伸张正义，惩恶扬善，查明是非，平息事端。裁判开始！"

孙住持便在一旁说道："今天是龙胜菩萨圣诞之日。龙胜菩萨创建大乘佛教，功德无量。他教导：不生不灭，不常不断，不一不异，不来不出。我们借龙王圣殿之威，拜龙胜菩萨之福，用祖先之法断案，定能查明是非。"然后，他又高声诵唱道——

> 说成就转，转到太阳之门；
>
> 唱毕即散，散到太阴之乡。
>
> 祖先在上，请听事情缘由；
>
> 神灵在上，请看事实真相。

金长老说："今有史家庄村民史武贵意外身亡，原因不明。村里有人怀疑，金彩凤因为与史文贵有私情，合谋毒杀亲夫。此事人命关天，必须查明真相。如果金彩凤和史文贵是潘金莲和西门庆，我们就要按照祖法把他们投入盲龙洞。如果史文贵和金彩凤是杨乃武与小白菜，我们就要为他们洗刷罪名，恢复清白之身。祖先神灵在上，请帮助我们查明事实真相。"说完，他让孙住持引导当事人打鸡发誓。

孙住持让人拿来事前准备好的白公鸡，送到三位长老面前。三位长老分别察看鸡耳内是否塞了草团，因为鸡耳里塞了东西，打鸡发誓就不灵验了。然后，孙住持让人给金彩凤披上白袍，戴上白帕，还在白帕上插了一根削去树皮的松枝。金彩凤右手握一把尖刀，左手抓住鸡的翅膀，走到桌案前，站在指定的地点，跟随孙住持，一句一句地说道："如果我金彩凤不说实话，欺骗祖先神灵，我就像这只鸡一样死去。"然后，金彩凤按照孙住持的指示，用刀不断击打鸡头，直至将鸡打死。她把鸡放在地上，鸡头朝向北方，把刀放在右侧，再把头上的松枝取下来搭在死鸡身上，一步一拜地向后退下。

接下来，孙住持又引导史文贵按照同样的方式打鸡发誓。

发誓完毕，三位长老开始询问案情。金长老先让金彩凤讲述史武贵回村后得病和死亡的经过。孙长老问她是否上山采过巴豆果，是否给武贵喝过巴豆水。她说，自己确实采过巴豆果，煮水治疗便秘，但是绝没有给武贵喝过巴豆水。她敢向祖先的神灵发誓，武贵绝不是她害死的。史长老问她是否不守妇道与文贵通奸。她承认自己喜欢过文贵，这几年也有交往，但发誓绝无通奸行为。

金长老又让史文贵陈述。史文贵讲述了武贵回村后的情况。武贵得病后，他曾去看望。武贵临死时，他也在场。他相信武贵是病死的，也相信彩凤绝不会害死武贵。孙长老问他是否给武贵喝过巴豆水。他说没有。史长老问他是否与彩凤相好。他沉思片刻之后，昂起头来，郑重地说，彩凤是他这辈子所见过的最善良最美丽的女人，他过去喜欢彩凤，现在喜欢彩凤，将来永远喜欢彩凤。但是，他敢向祖先的神灵发誓，他和彩凤没有男女关系，他们是清白的！

史文贵的话在现场引起一阵骚动，人们议论纷纷。洪钧一直在认真地听着，看着，此时便转头瞟了一眼宋佳，只见宋佳的眼睛已经湿润了。

金彩凤睁大眼睛，望着文贵，泪水充盈了她的眼眶。

金长老等众人安静下来之后，让金彩凤和史文贵分别站在两边，问在场者中有没有人愿意出来作证。

史成虎站出来说要作证。金长老让他先向祖先发誓，但不用打鸡。成虎举起右手，跟着孙住持大声说："祖先神灵在上，如果我史成虎不说真话，天打五雷轰！"然后，他讲述了史武贵回村后得病致死的情况。他最后说，爹是病死的，娘是清白的。接下来，史银花也提供了同样的证言。随后又有几位村民作证。有人说，曾看见彩凤和文贵在小学校后面幽会，两人在一起搂搂抱抱。还有人说，曾听见彩凤和文贵悄悄谈论武贵的事，偷偷摸摸，嘀嘀咕咕，不像在说好话。还有人说，曾经听武贵讲，彩凤和文贵一定会害死他。

无人继续作证，三位长老便进行协商。经过一番讨论，三人认为事实尚难确认，必须通过捧犁铧来证明金彩凤和史文贵是否清白。金长老便指令在一旁等候的铁匠起火烧犁铧。

在大院的墙角处有一个临时搭建的地盘炉子，那名铁匠用羊皮风箱鼓风吹梨柴炭火。炭火上架着一个翻地用的铁犁铧，渐渐被火舌烧出了红色。

金长老让金彩凤和史文贵走到条案前面，准备接受捧犁铧的检验。彩凤脸色苍白，嘴唇紧闭，突然，她的身体摇晃了一下，似乎要昏倒。文贵连忙扶住彩凤的身体。他给三位长老鞠躬说："三族长老，彩凤在看守所了关了三个多月，身体非常虚弱，已经没有力气再捧犁铧了。请长老们允许我一人捧犁铧吧。"

孙家庄的村长孙喜春站出来，大声说："那不行！两个人都必须捧。"

史家庄的村长史广财也站出来，大声说："我看行。俩人的事儿，有一个人捧犁铧就可以了。"

三位长老小声协商，开始意见也不统一，经过一番争论才终于达成一致。金长老大声宣布："史文贵一个人捧犁铧，接受祖先的神灵裁判。这是三老的决议，大家不得再说闲话。"

史银花连忙走上前来，扶着金彩凤站到一边。

史文贵一人站在条案前，两手平举，掌心朝上。孙住持走过来，在文贵的两个手掌上放置了八颗玉米粒大的白石子，再放上四根笔杆般粗细的松树枝，罩上一块白布。然后，铁匠用大铁钳把烧红的犁铧夹起来，带着风声在面前舞动一圈，走到文贵面前，小心翼翼地把犁铧放在文贵手中的白布上，那白布立即冒出黑烟。文贵手捧犁铧，在孙住持的引导下，分别向东西南北四方点头行礼。此时，文贵的手上已经冒出火苗。文贵沉着地跟随孙住持行走九步之后，把犁铧扔到台阶下面的松树枝上。那白布已经烧焦，松枝燃起火焰。文贵拍拍双手，走到三位长老面前。三位长老站起身来，仔细查看了文贵的手掌，只有烤红，没有烧伤。

金长老说："按照祖先的规矩，当事人在捧犁铧的过程中没有丢掉犁铧，在捧犁铧后手上也没有明显烧伤，就可以证明当事人是清白的。"

史文贵兴奋地举起双手，向现场的人们展示。大院里响起一片掌声。

金长老郑重宣告："祖先的神灵已经帮助我们查明，金彩凤和史文贵是清白的，史武贵是因病身亡。今日裁判，了结纠纷，伸张正义，维护公道。仪式完毕，裁判生效，案结事了，永不翻案！"

人们井然有序地走出了龙王庙。

洪钧和宋佳跟着人群走出龙王庙，站在路旁的树荫下等候史成龙。他们都感觉一身轻松。

宋佳不无感慨地说："这种裁判挺好的，回归原生态。"

洪钧说："回归原生态，这我同意。但是好不好，可不能简单下结论。"

"这个过程很简单，也很公平，而且案结事了，省去很多麻烦。怎么不好呀？"

"如果捧犁铧的结果正相反，你也认为很好吗？假如他们要真把当事人押到盲龙洞，导致当事人死亡，那问题的性质可就严重了。"

"我还真没想到这一点。"

"刚才我一直在想，如果真出现那种结果，我们该怎么办？在这山高皇帝远的地方，要想阻止他们，可能还不那么容易呢。"

"看来还是弊大于利哦。"

"这种神明裁判方法是不科学的，无法保证裁判结果的公正性。但是，这种现象也反映出我们社会中存在的问题，那就是司法缺乏权威性和公信力。老百姓不相信法院，不愿意到法院去裁判，才出现这种回归原生态的做法。这是我们法律工作者应该认真反思的问题。"

"我认为，这种裁判方法还是具有一定科学性的。史文贵不怕那个结果，所以才那么坦然。说老实话，我已经改变了对史文贵的看法。他真是一个有情有义的男子汉！就算史武贵真是被他们害死的，那也一定是情有可原的。我现在很想知道金彩凤和史文贵之间的爱情故事。我早就说过，金彩凤是个很有故事的女人哦。"

"你的这个想法也是情有可原的，但是不符合法律人的道德观。我们要维护社会的公平正义，要维护法治的权威。就算他们受过史武贵的伤害，他们也没有权力剥夺史武贵的生命。"

"你这个人就是老想着大道理，什么道德呀，原则呀，活得太累！我问你，假如金彩凤现在告诉你，史武贵就是她投毒害死的，你怎么办？你会不会去告诉法院？"

"我当然不能去告诉法院，为当事人保密也是律师的职业道德。不过，律师的职业道德有时会和他的社会道德发生冲突。这就是刑事辩护律师经常要面临的道德困境。"

"你累了，真的！为了让你轻松一下，我问你一个小问题吧。假如你面临史文贵这种情况，你会不会跟你所爱的女人，比如说，肖雪吧，一起走进那个充满危险的盲龙洞呢？"

洪钧故作茫然地看着宋佳，没有回答。

宋佳叹了口气，"现在，我更想去盲龙山了，我很想看看那个神秘的盲龙洞究竟是什么样子。"

洪钧狡黠地笑了笑，"我估计，史成龙已经知道你的这个愿望了。你看，他来了。"

史成龙一路小跑，来到面前，问洪钧和宋佳想不想利用这段时间去盲龙山看看。洪钧和宋佳欣然同意。

洪钧和宋佳跟在史成龙的后面，沿着小路走入一条峡谷。这里山高林稀、巨石交错，一条小溪在谷底流过。虽为盛夏的午后，但谷内凉风习习。他们沿崎岖小路上行，过了两个山口，忽闻水声隆隆，转过山坡，只见对面深褐色的绝壁上挂着一条白色的瀑布，三人不由自主地加快了脚步。

瀑布下有一潭碧水，垂柳环抱。站在婀娜多姿的柳枝下仰望阳光映照的飞瀑，别有一番情趣。史成龙说，你们看，那就是盲龙洞！洪钧和宋佳顺着史成龙的手指向右望去，只见在对面的山崖上奇松斜挂、怪石兀立，半山腰的峭壁上有一个洞口，洞口上方的岩壁上有很多水痕，表明那里也曾有一帘瀑布。

歇息片刻，三人沿着一条很窄的小路向山上走去。此时他们真有了爬山的感觉，因为他们经常要用手抓住路旁的树干或露出地表的树根来增加双腿的力量。有时他们还需小心翼翼地用手拨开长满尖刺的酸枣枝。他们不再谈笑，取而代之的是越来越急促的喘息。

盲龙洞外有一小块平地，犹如专门修建的观景台。他们直起腰来，气喘吁吁地擦着脸上的汗水，带着胜利者的微笑观看周围的景色。从这里望去，对面的山林在白云下显得极有层次，而那道瀑布则显得更为纤细舒展。阳光斜射，瀑布激起的水雾上悬起一道彩虹。

盲龙洞的入口毫无奇特之处，既不高大宽阔，也无怪石嶙峋，但进洞十几米后向右一拐便见一高大宽敞的洞厅，洞顶颇为光滑，四周巨石叠错。由于这里光线昏暗，那奇形怪状的钟乳石显得有些诡异。三人停住脚步，聆听从洞顶滴落的水珠砸在石面所发出的"叮咚"声。大厅里面还有一个小洞，洞口有石如屏，洞内昏暗无光。

史成龙用导游的口气说，这里叫"百兽拜龙厅"。每年的农历二月初二，天龙就会到这里来接受百兽的朝拜。你们看，正面那个石台就是天龙的宝座。你们往那里看，角上那块石头像不像一头狮子？旁边还有两匹马和一只熊，对吧？你们再从这个角度看那块石头，像不像一只狼？

史成龙的声音变得怪声怪气，宋佳忍不住笑了起来，但是她那变了调的笑声又引得三人大笑起来，结果在洞内产生了闷雷般的共鸣，吓得他们慌忙止住笑声。

洪钧感觉这山洞有些怪异，但又想不出怪在何处。他仔细观看了周边的石壁，然后走到小洞口，向里眺望。宋佳走到他的身边，用手扒着他的肩膀，小声说，那些被判有罪的人，是不是就给关在这里边啦。洪钧说，应该是吧。突然，他感觉有个黑影从石头的侧边飘过，好似一个幽灵。他眨了眨眼睛，用目光在黑暗中搜索，仿佛有些鬼火在很远的地方跳动。他轻声问，你看到了吗？她说，你可别吓唬我！他抓住她的手，感觉她的手掌很凉，还很潮。

洪钧告诉自己，这是错觉。然而，他又看到了一飘即逝的黑影。他顿觉毛骨悚然。理智让他尽快走出这怪异的山洞，但是那黑暗中似乎有一种神奇的力量在吸引他，让他不能放弃。

史成龙不知何时来到他们身后，小声但坚决地说，这个洞可绝不能进！宋佳问，为什么？难道真的有鬼魂吗？史成龙说，我当然不信鬼。我听说，那里有奇怪的石头，能发出蓝色的光，人看了会瞎的。你们听过"盲人族"的传说吧？

正在这时，小洞深处飘来一阵凄婉的乐曲声。那乐曲声时高时低，时断时续，其中似乎既有笙箫之音，也有琴瑟之声。

咱们快走吧！史成龙的声音里带着恐惧。

洪钧拉着宋佳那微微颤抖的手，跟着史成龙逃出了盲龙洞。

他们带着恐惧跑出盲龙洞口时，天上乌云翻滚，山上狂风大作。他们躲在洞口内，看着外面的雨越下越大，心中都有几分庆幸。然而，他们都没有说话的兴致。

突然，洞内传来一阵声响，好像有什么东西在爬动。他们互相看了看，不约而同地躲到一块巨石后面。史成龙站到最前面。宋佳站在洪钧身后，紧张地抓住洪钧的手。

洞内传出有规律的脚步声，越来越近，越来越清晰，还带着深沉的回声。史成龙巡视一周，轻轻走到洞口边，捡回两个石块，握在手中。那脚步声停住了，洞内一片沉静。宋佳感觉这沉静比那声音更可怕，不由自主地把身体贴在了洪钧的背上。

洞里又传出窸窸窣窣的声音，而且似乎有亮光在闪动。那脚步声又出现了，越来越近，终于，他们看到一个人走了出来，背着很大的背包。原来是那个天津人唐建业。三个人都长出了一口气。

宋佳说："你怎么在洞里呀？可吓死我们了！"

唐建业也很惊讶地说："你们也吓了我一大跳！你们是嘛时候来的？"

史成龙把手中的石块扔到地上，"要不是下雨，我们这会子都到家了。"

洪钧说："我们刚才也进去了，但是就走到那个大厅，没敢进里面的小洞。你进去了吗？"

唐建业说："我进去了，但是也没敢走太远。那里边太不好走，还有很多岔道，就跟迷宫似的。我这有专业设备的，也没走多远。我听说，这洞里有海眼，深不可测！"

宋佳问史成龙："你进过那个小洞吗？"

史成龙说："小时候跟我爹逮蛐蛐，进去过一次。"

洪钧很感兴趣地问："你们这儿也时兴斗蛐蛐？"

史成龙说："是的，还有斗鸡，都是祖先传下来的。很多年都没人玩儿了，那年不知咋儿地又兴了起来的，男孩子都去逮蛐蛐。我也就跟着逮。对吧？可是我逮的蛐蛐不行，老咬不过别人的。我爹疼我，见我哭，就答应带我上山去逮蛐蛐。他说盲龙洞里一准有大蛐蛐，就拿着民兵用的大手电筒，带我到这儿来了。对吧？我们听见小洞里有个蛐蛐的叫声特别响，就进去了。我爹还真棒，果然在里边抓住一个大黑头。后来，我爹还专门用水泥给我做了一个大蛐蛐罐儿，带盖儿的，棒极了！我的大黑头成了常胜将军，一场都没败过！天冷后它死了，我难过了好几天呢！对吧？不过，从那以后我就再也不养蛐蛐了。"

宋佳说："难怪你父亲临死前说什么蛐蛐呢，看来他心中一直想着你。不过，让你这么一说，我还真想进去看看呢。"

唐建业忙说："那里边太危险，你们可不能进去！"

史成龙也说："对，没有手电筒可不能进那个洞。我请你们来的，万一出点儿危险，我可担待不起！"

山里的雨，来得快，去得也快，不知不觉中已经雨过天晴。西边的天际飘着一片绚丽的晚霞，东边的天空挂着一架艳丽的彩虹。他们四人赞叹着大自然的奇美，慢慢走下山来。

站在盲龙潭边，唐建业说："您几位这就回去啦？我再往那边儿山上走走。再见吧！"

史成龙问："你晚上不回庄里住啦？"

"没准儿。我这人在野外跑惯了，而且我这包里要嘛有嘛，吃的，睡的，没问题。"唐建业边说边向另一条山路走去。

洪钧关心地问："你什么时候回天津？需要搭我们的车吗？"

"这就说不好了！我这是走哪儿算哪儿。高兴就多玩儿两天，不高兴也许明天就打道回府。"唐建业说。

宋佳问："那你怎么回去呀？"

"搭车呗！咱就是人缘好，到哪儿都能交上朋友。不过，也没准儿我顺着盲龙洞里那海眼直接就回天津新港了！哈哈哈！"

"留神龙王爷向你要买路钱！"宋佳看着唐建业的背影，喊了一句，然后回过头来小声说，"什么人缘好，就是脸皮厚！"

三个人都笑了。他们脚踩湿滑的小路，走出山谷。

大雨过后，盲龙河的水流变得很急，也很浑浊。他们来到史家庄西头，沿着松树林边的小路往南走。就在他们要往东拐进村庄的时候，宋佳突然叫道："你们瞧，谁在那树上挂了一只鞋子！"

洪钧和史成龙转身望去，果然看见在小路旁的树上挂着一只布鞋，白色的塑料底很显眼。史成龙的脸色一下子变得煞白！他看了一眼洪钧，慢慢走向树林。洪钧和宋佳也跟了过去。

那只鞋挂在一个干树枝上。那树枝的剩余部分很短，所以鞋紧贴树干，挂得很牢固。史成龙伸手去摘，但是没够到。他跳了一下，也没能摘到。洪钧走上前，踮着脚尖才给摘下来。洪钧把鞋递给史成龙，问了一句，是你的吧？史成龙接过来，点了点头。宋佳一脸困惑地问，你的鞋怎么挂到这里来了？史成龙没有回答，转身离去。洪钧拉了宋佳一把，也向村里走去。

第十七章

　　暮霭笼罩在盲龙峪的上空。史家庄炊烟袅袅，鸡犬声声，但村中的街道格外清静。金彩凤准备好晚饭，见成龙他们还没回来，就对女儿说，她到村口去看看。神判结束了，她压在心上的石头被搬走了。此时此刻，她只想一个人出去走走。

　　走出家门，彩凤信步来到村东头的小学校。她已经有几个月没到这里来了，非常想念那熟悉的教室和那些可爱的学生。她打开教室门，走进去，站在讲台前。光线昏暗，一幕幕往事浮现在她的眼前，一颗颗泪珠又滚过她的面颊。她擦去泪水，把目光投向门外。她不知他会不会来，但是她的心在期盼。外面终于传来了脚步声，她循声望去，果然是他。

　　"彩凤，"文贵走进来，看着彩凤的眼睛，"你咋儿啦？好像刚哭过。又出了啥事儿？"

　　"啥事儿也没出。真的！"

　　"那你肯定又想起啥了。对不？"

　　彩凤老实地点了点头，"也不知咋儿整的，我这阵子老想起以前那些事儿。大概是老啦！"

　　"我还没老呢，你咋儿就老了呢？"

　　"女人老得快嘛！"

　　"可我好像又回到二十年前，又可以重新开始了！"

"生活中的事儿，可不是都能重新开始的。要我说，过去了，就是过去了！"

"时间当然不能倒回去，可咱们的生活可以重新开始。甭管多大岁数，只要自己愿意，就可以开始新的生活。"

"怕没那么容易吧。孩子们咋儿办？"

"咱这辈子不能光为别人活着，也不能光为孩子们活着。是吧？该考虑自己的时候，就得为自己着想！彩凤，你说过一定会嫁给我。要不，咱俩结婚吧！"

"可法院还没给说法呢。再说，我现在这个样子，病歪歪的，就算结婚，也给不了你啥了！"

"和你结婚，我啥都不要，我就想照顾你，让你过上舒心的日子。现在，这就是我唯一的愿望。彩凤，你相信我吗？"

彩凤没有回答，换了个话题。"刚才，我又想起那年在盲龙潭，你给我拉二胡的事情。你还记得吗？"

"咋儿不记得！那会子你的病刚好，身子弱。下山的时候，我还背了你一段儿。开始你怕人瞅见，死活也不让我背，还跑，结果摔了一跤，只好乖乖地趴到我的背上了。"

"你当时还说啥，猪八戒背媳妇！让我打了你一巴掌。"

"可我心里美滋滋的！"

"你那天拉的曲子真好听，是《二泉映月》吧？"

"为了给你拉那个曲子，我练了整整一个月呢！"

"可惜你现在已经不能拉了。"

"你要是想听，我就还能给你拉！"

"这么多年没练，那手指早就不听使唤了吧？"

"其实，我这几年也没断了练。"

"真的？那我们咋儿都不知道呢？"

"我都是一个人在屋里拉的，而且还在码子下面垫了块儿毡子，没多大动静。"

"你为啥又想起拉琴了？"

"一来是为自己解闷儿，二来也是为了能再拉给你听！彩凤，嫁给我吧！"

彩凤看着文贵眼中那渴望的目光，艰难地低下了头。

文贵紧紧地握住彩凤的手，等待着。

彩凤终于抬起头来，用舌尖舔了舔干涩的嘴唇，说："我该回家吃饭了，说不定成龙他们已经回来了。"

"你……"

"等法院那边判了再说吧！"彩凤从文贵手中抽出了自己的手。

晚饭后，月牙高挂树梢。洪钧和宋佳漫步走出院门，欣赏山区夜景。成虎不在家，银花在刷锅洗碗，成龙来到母亲的房间。

彩凤见成龙好像有话要说，便问："有啥事儿么？"

成龙说："娘，这次回北京，我去我姥爷家了！"

彩凤愣了一下，慢慢坐到炕沿上，问道："他们咋儿样？"

"挺好的，就是挺孤独的。"成龙观察着母亲脸上的表情。

彩凤犹豫一下，又问："他们啥样了？都很老了吧？"她的声音很轻，好像怕让别人听见似的。

"我姥姥可够胖的，但是干家务活儿还可以。我姥爷不胖，还挺精神，每天早上都出去遛鸟，就是有个腰腿疼的毛病。"成龙想了想又说，"他俩的头发都白了。对吧？他们都很想你，问了好多关于你的事儿。娘，下次你跟我一块儿去北京看看他们吧！"

彩凤何尝不想去看看父母呢？可是分手二十多年了，而且是在那种情况下分别的，现在要回去谈何容易。彩凤眨动着眼睛，尽量不让泪水流出眼眶。"以后再说吧。天不早了，你去睡吧。"

成龙并不想离去。"娘，那天我还到我大姨家去了。"

"你上她那儿去干啥?"彩凤抬起头来。

"不干啥，借宿儿去了。不过，大姨跟我唠了老半天呢!"

"她跟你唠啥了?"

"唠你和我爹的事儿，还有……你和我大爷的事儿!"

彩凤睁大眼睛，看着成龙，似乎想看到儿子脑子里想的东西。然而，她没能猜出儿子的心思，反而觉得自己的大脑有些麻木，便闭上了眼睛。"成龙，你去睡吧。娘也累了。"

"娘……"成龙似乎还想说什么，但是被彩凤打断了，她说:"娘真的很累了，有啥话明天再说吧!"

成龙悻悻地走了出来，站在院子里。此时，他的心情很矛盾。他愿意接受这样的神判结果，也可以放弃替父报仇的念头。他知道，娘是世界上最好的母亲，而且历尽艰辛。为了娘，他可以接受这一切。但是，他又很想知道爹的真正死因。他觉得，这是作为长子的一种义务。虽然神判结果证明大爷是清白的，而且他也被大爷的当众表白感动了，但是这未能消除他的猜疑。就算爹不是被人毒死的，那也得有个明确的结论呀。爹真的是死于痢疾吗? 他可以接受任何结论，但他必须知道真相。他必须去查明真相! 怎么查呢? 他抬起头来，望着天上的月亮，一个念头浮上脑海——邮包! 他相信，爹死前寄给他的邮包一定能够帮助他解开谜团。

这时，门外传来一阵急促的脚步声。成龙回头一看，只见成虎急匆匆地走进院来。

成虎说:"哥，你们回来啦。我听说你们上盲龙洞了。没出啥事儿吧?"

"没事儿。你这么晚不回家，干啥去了？"

"在大爷家有点儿事！"

"有啥事儿？"

"啊，也没啥大事儿，就是……厂子里的事儿。"

"我说成虎，你得长点儿心眼儿，别啥事儿都跟着大爷跑！"

"我知道！哥，你今晚不去松树林吗？"

"去那儿干啥？"

"那个人不是让你去送龙眼石吗？咱们不去看看那人究竟是谁？"

成龙想了想，说："这事儿，还得先问问洪律师。"

话音刚落，洪钧和宋佳走进院来。洪钧说他们明天早上就回北京，又问成龙是不是也要去北京。成龙说他也要回学校去，找一找他爹寄的那个邮包。洪钧说，那就早些休息吧。银花从厨房走出来，拉着宋佳进屋了。洪钧刚要走，却被成龙叫住了。

成龙小声说："洪律师，我一直弄不清自己那天晚上究竟是不是梦游。不过，无论是不是，肯定有人知道了，所以才把我的鞋挂在了树上。对吧？你说我们要不要去看看？"

洪钧看了一眼站在旁边的成虎，后者使劲点了点头。洪钧看了看手表，点头表示同意。于是，三人出门，洪钧到汽车里拿上应急照明灯，一起向西走去。

夜空晴朗，月明星稀。他们快走到村口时，成虎停住脚步，小声说："哥，你一个人先过去，我和洪律师在这边看着。一有动静，我们就过去。"

成龙点了点头，独自一人向坟地走去。洪钧跟着成虎躲在路南那排房的阴影里。

成龙走到树林边，停住脚步，向四周看了看，轻轻叫了一声"广生叔"，见无人回应，又问一句"有人吗"。万籁俱寂，只有他的声音在空气中回荡。他犹豫片刻，走进了黑黢黢的树林。

月光从树叶的缝隙泻落到地面，描绘出一个个奇形怪状的阴影。微风吹动树叶，那些怪影便舞动起来，宛如张牙舞爪的精灵。突然，头顶的树枝呼啦啦颤动起来。成龙被吓得心惊肉跳，仔细一看，原来是几只乌鸦飞了起来，"啊啊"地叫着，向山边飞去。

成龙小心翼翼地向那个新坟头走去，全身的神经都高度紧张，感受着周围的声音和气味。他似乎听到了脚步的声音，但侧耳细听，却又寂静无声。他仿佛闻到了尸体腐烂的气味，但仔细去闻，却又变成了树叶潮湿的气味。

突然，一个低沉的声音从对面传来——"你带来了吗？"

成龙瞪大眼睛望去，但是没有看到任何人影。那声音仿佛就是从黑暗的空气中发出来的。

"把龙眼石放在你面前的石头上。"那个声音发出了命令。

"我真的没有龙眼石。"成龙的声音在颤抖。

"你骗我！"

"我没有骗你。"

"你骗我了！"

"我真的没有骗你。"

"你骗我了！你还带了人来。你会遭到报应的！"

那个声音消失了。成龙不知所措地站在原地。

一道白光从身后照射过来，成龙看到一个高大吓人的身影。他回头望去，只见洪钧和成虎走了过来。

成虎气喘吁吁地问："那人来了吗？"

成龙的心跳仍然很快，"来了。"

"那人呢？"

"不见了。"

他们在周围找了一圈，没有见到人影，又走回那个坟头。洪钧借助灯光，仔细查看地面，只见那松软的地面上留下了两行清晰的脚印。他们跟随脚印往前查看，一直走到树林的北面。

　　突然，对面射出一道白光。有人大声问道："谁?"

　　树林外面的土路上走来一高一矮两名警察。那个身材瘦高的警察见过他们之后，问道："成龙，这么晚了，你们在坟地里干啥?"

　　成龙说："我们来找人。"

　　警察说："到坟地里找人? 找死人吧? 你小子可真有本事! 成龙，你别想蒙我。我知道，你们想私下交易那龙眼石。对不? 我跟你说过，那龙眼石属于政府，你要是敢私下卖出去，我就得把你给办了! 我还告诉你，你娘的案子还没有完，检察院已经让我们补充侦查了。你别以为有了神判，这个案子就可以了结。这事儿还得政府说了算! 今天晚了，我就不跟你们说了。刚才我看见坟地里有亮光，还以为闹鬼了呢! 那些讨厌的老鸹。快走吧，这真是个鬼地方!"

　　两名警察走回河边的公路旁，坐上摩托车，走了。

　　洪钧看着他们的背影，问道："这就是那个孙队长?"

　　成龙说："对，他就是孙昌盛。那个矮个子，我也不认识。成虎，你认识吗?"

　　成虎赶紧摇了摇头。

　　洪钧往回走了几步，用灯光照着地面，似乎在寻找什么，然后又走回来，自言自语地说了一句，"看来，这不是偶然的巧合。"

　　成龙和成虎莫名其妙地相互看了一眼，跟着洪钧往村里走去。

第十八章

洪钧、宋佳、史成龙一起回到北京后，分别去办自己的事情。洪钧查阅了一些资料，又找专家进行了咨询。正当他考虑何时再去盲龙峪时，燕山市法院的陈法官打来电话，让他去一趟，谈谈金彩凤案件的情况。他问检察院的补充侦查有何结果，陈法官说见面再谈。他便让宋佳约史成龙。

8月29日早上，洪钧来到办公室，坐在写字台前，在电脑上处理了一份文字材料后，发出了打印的指令。有人敲门，他抬起头来。宋佳站在门口，"史成龙刚打来电话，说他要晚点儿到，大概得9点半。"

"好的。那就请你给我倒一杯咖啡吧！"

宋佳很快把咖啡端来，放在写字台上。她见洪钧悠闲地品味着咖啡，就说："我可以问一个问题吗？"

"当然可以，但只能问一个。"洪钧看上去一本正经。

"那我就问一个很大的问题吧。咱们回北京前的那天晚上，你和史成龙兄弟出去干吗啦？神秘兮兮的。"

洪钧先给宋佳讲述了史成龙的怪梦，然后又讲述了他们在松树林的经历。他特意渲染了那些惊悚的场景。

宋佳听得心惊胆战，过了半天才恢复常态。"还有这么可怕的事情哪！幸亏你那天没告诉我，要不然，我肯定睡不着觉啦！我说呢，那天下午在松树林看到那只鞋的时候，史成龙的脸色一下子变得煞白。原来他是吓得呀！"

"你刚才的脸色也很白呀，现在又变红了。看来，你现在的胆子很大！"洪钧在轻松愉快时愿意和宋佳开开玩笑。

宋佳眨了眨眼睛，不无调侃地说："我认识一个人，胆子特大，居然敢在一个叫什么'黑熊洞'的山洞里过夜，结果却现了大眼！"

"得得得，你别老提那'走麦城'的事儿！"

"哼，你自己对号入座啦。我可没敢说你哦。咯咯咯！"

"你先别笑！咱们今天回盲龙峪，说不定还会碰见什么哪。我有言在先，这个案子中最精彩的部分还没有开场呢！"

"真的呀？难道比那神明裁判和坟地闹鬼还要精彩吗？"

"那当然！我可以先给你透露一些内部消息。"

"又是你自己脑子里想出来的内部消息吧？不过，我很爱听哦。"

"我认为，松树林里的'鬼'很可能就是那个警察孙昌盛。理由如下：第一，史成龙的鞋一定是那个'鬼'挂在树上的，因为不知情的人偶然捡到那只鞋的可能性很小，而捡到之后又给挂在树上的可能性更小，所以一定是知道史成龙夜游松树林的人做的，而这样做的目的显然是要提醒史成龙那个梦不是假的。谁会这样做呢？当然是那个想要龙眼石的'鬼'。第二，孙昌盛很可能就是那个挂鞋的人。那天你也看见了，史成龙跳起来都没够到那只鞋。这说明那个挂鞋的人身材很高，至少要跟我一样高。我发现，盲龙峪的人身材都不高，一米七的人就算高个儿了。不过，那个孙昌盛的身高要在一米八以上。第三，那两个警察走后，我去看了地面上的足迹，虽然没有仔细比对，但我认为那个'鬼'留下的足迹和孙昌盛的足迹基本吻合。"

"那么，假装史广生把史成龙引到坟地的人就是那个警察吗？"

"这个嘛，我现在还不敢肯定，因为我还不能完全排除史成龙梦游的可能性。不过，就算史成龙第一次去坟地真是梦游，我的这些推断依然能够成立。不过，这里就需要另一个关键人物了，也就是把史成龙的梦游故事告诉那个'鬼'的人！"洪钧在写字台后面来回走了两圈，然后转过身来。"还有一个人，非常值得关注，就是那个天津人唐建业。你说，咱们要是给天津打个电话怎么样？"

"干什么？"宋佳没能跟上洪钧那跳跃的思维。

"没准儿能有惊人的发现呢！"洪钧找出唐建业的名片，拿起话筒，拨了上面的电话号码。电话通了之后，洪钧说："喂，请问是天津市旅游文化开发公司吗？"

"对。您找谁？"对方是一个男子。

"请问唐建业先生在吗？"

"我就是唐建业。您是哪位？"

"您好，老唐。我是洪钧。"

"洪钧？您找我有嘛事？"

"您不记得我啦？洪水猛兽的洪，千钧一发的钧。咱们在盲龙县……"

"啊，对不起，洪先生。我这正开会呢。您下午再来电话，行吗？"对方把电话挂断了。

洪钧慢慢地放下手中的话筒。

宋佳在一旁问道："他说什么？"

洪钧说："他好像从来没有听说过我的名字！"洪钧在写字台旁走了两个来回，然后停住脚步，右手握拳在面前按顺时针方向绕了两圈。"咱们去一趟天津！"

9点半钟，史成龙来到洪钧律师事务所。见面后，他不无沮丧地说："邮包没找到！我回学校去问了同学，都没见过我的邮包。我也去收发室查过了，没有收到燕山市给我寄来的邮包。"

宋佳说："会不会有人把你的邮包偷走了？"

史成龙说："我想过，可能性不大，除非有人事先知道那邮包里面有宝石。对吧？"

洪钧说："我认为，你父亲把龙眼石寄给你的可能性不大。那么贵重的宝石，他一定要亲自交给你，或者藏在一个只有你能找到的地方。不过，那个邮包仍很重要，因为里面可能有重要的秘密。"

史成龙点点头，"我也是这样想的。看来，我应该先到盲龙县邮局去查一查。"

洪钧计算了一下时间，"我们今天直接赶到你家。明天我去燕山市法院，你去邮局。这样的话，我们今天就可以到天津去见见唐建业了。说不定我们还会有意外的收获呢！"

中午，洪钧三人终于找到了天津市旅游文化开发公司，并见到了唐建业。唐建业身穿西服，戴着眼镜，头发梳理得整整齐齐，俨然是个有身份的官员。见面后，唐建业热情地把洪钧三人让进他的办公室。"洪先生，您怎么到天津来了？找我有嘛事？您尽管说，咱一定帮忙！"

洪钧一边观察唐建业的神态，一边说："其实也没什么事儿。那天在盲龙峪分手之后，一直没见到您，不放心，所以顺便来看看。真没想到，您这么快就回天津啦？"

"啊，对对，单位有急事，我就赶回来了。"唐建业脸上的笑容不太自然。

"还有他们俩哪！"洪钧用手指了指宋佳和史成龙，"您不认识他们啦？"

唐建业看了看宋佳和史成龙，"看着还真眼熟，可就是想不起他们叫嘛了。我这人记性不好，爱忘！特别是人名。您二位可别见怪。"

宋佳笑道："忘了我们的名字没关系。可你答应我们的事儿不该忘吧？"

"嘛事？"唐建业很认真地反问了一句。

"请我们下馆子撮一顿呀！"

"这位小姐说话可真哏儿啊！不过，既然您几位已经到天津来了，让我请客也是应该的。要不……"唐建业看了看手表。

洪钧说："我们吃过饭了。"

唐建业说："那我可就省了！"

洪钧问："唐先生，那天分手以后，您又去盲龙洞了吗？"

"没有！我去那儿干吗？怪吓人的，对吧？"唐建业把目光转向了一直没说话的史成龙。

洪钧又问："那您怎么回天津的？"

"我在山上转了两圈，觉得也没太大意思，就搭了个便车，回了天津。赶巧了，也是我运气好。对吗？"唐建业又看了看手表，"我还有个会。您几位要是没嘛急事，就先到街上转转？"

洪钧站起身来，"我们也该走了。回盲龙县，您不去啦？"

"我这还有好多事要办呢！那我就不送了，您几位走好！"唐建业把洪钧三人送到办公室门口就停住了脚步。

出门后，宋佳说："我怎么觉得这姓唐的就跟变了一个人似的！是不是他在盲龙洞遇到什么可怕的事情，记忆都消失了，连说话的神态都变了！"

史成龙说："我看他是装的！这种人，鬼心眼儿多得很，还特别会演戏。对吧？刚才说话的时候，我一直在观察他。我觉得他表面上挺自然，有说有笑，其实心里很紧张。对吧，洪律师？"

洪钧说："我也有这种感觉。"他打开车门，三人上车。

汽车驶出天津市区之后，宋佳若有所思地说："你们说，唐建业会不会已经找到了那块龙眼石，所以才跟咱们装傻的？"

史成龙说："很有可能！也许，我爹死前就把那龙眼石藏在了盲龙洞里。姓唐的找到了，立马溜回天津。他想独吞，所以就假装不认识咱们，还假装把什么都忘了。对吧？我刚才咋没想到这一点呢？看来，还是宋佳聪明！"

宋佳没理会史成龙的话，接着自己的思路说："要是把情况综合起来分析，这种可能性就更大了。史成龙，如果你父亲想把那宝石留给你，他一定会藏在一个只有你知道地方，而他曾带你逮蛐蛐的地方就只有你一个人知道。他在临死前不是反复叫你的名字，还反复说龙眼石和蛐蛐嘛！"

"对呀！"史成龙叫道，"我以前咋儿就没往这儿想啊！我就琢磨我爹是咋儿死的了。对吧？现在，怕是晚了！"

"我看真是晚了！"宋佳说，"唐建业看过那张报纸，也听你讲过逮蛐蛐的故事。如果他一直在打龙眼石的主意，那他肯定就想到你父亲可能把龙眼石藏在盲龙洞里。哎，洪律，你觉得我们的分析怎么样？"

洪钧从反光镜里看了一眼坐在后排的史成龙。"俗话说，三个臭皮匠，顶个诸葛亮！不过，龙眼石究竟在什么地方，唐建业为什么突然失去记忆，恐怕现在下结论还为时太早。我们必须考虑其他可能性。"

宋佳本想问问那其他的可能性是什么，但她知道洪钧在查明案情之前不喜欢说出自己的想法，特别是有外人在场的时候，所以她把已到嘴边的话咽了回去，只说了一句，这事儿确实挺怪的。不过，她当时并没有想到，在盲龙峪又发生了一件更为怪异的事情。

第十九章

为了赶在天黑前回到盲龙峪，洪钧他们没进县城，直接开车上了山路。回到史家庄时，太阳刚刚落山。进村后，洪钧减慢了车速，一种奇怪的感觉渐渐从心头升起。他看了看宋佳，后者的眼睛里也流露出困惑的目光。他终于明白了——村庄里是死一般的沉静。他从反光镜里看了看坐在后排的史成龙，"为什么村里没有人？"

史成龙说："是啊，我也正觉得奇怪呢。要说，这会子应该有孩子在外面玩儿呀！对吧？"

宋佳说："为什么家家都把院门给关上了？原来是这样吗？"

史成龙说："不是啊！我们这里民风淳朴，不敢说路不拾遗，但绝对是夜不闭户的。今天这是咋儿地啦？"

突然，前面的路口走出一个人，快步穿过街道，只看了他们一眼，就很快走进一家院子，并立即关上了门。

洪钧把车停在史成龙家的院墙边。三人下车，来到门前。院门也关着，但是没有插上门闩。史成龙推开门，走了进去。金彩凤和史银花正在屋里准备晚饭。打过招呼之后，成龙问："出啥事儿啦？咋儿都把院门给关上啦？"

彩凤压低嗓音说："盲龙洞里出来怪物啦！"

成龙瞪着眼睛问："啥怪物？你们瞅见啦？"

银花说："我们没瞅见，可学校的孙老师和好几个学生都亲眼见到啦!"

"这是真的吗?"

"骗你干啥?"

"那怪物是啥样儿的?"

银花擦了擦手,有声有色地讲述起来——

今天上午,小学校组织暑期课外活动,孙志勇老师带着十几个学生到盲龙山去采集动物、植物、矿物的标本。一路上,孩子们捉蜻蜓,抓蝴蝶,摘花草,捡石头,连玩带耍地来到盲龙洞口。孙老师让孩子们排队往里走,并嘱咐大家不要乱钻乱爬。来到洞内的那个大厅之后,孙老师告诉孩子们不要再往里走了,但是有两个男孩子不听话,摸黑钻进了里面的小洞。没过多久,只听一阵惊慌失措的喊叫,两个孩子连滚带爬地逃了出来。孙老师问他们看见啥了?他们浑身发抖,只是不停地说,有鬼!有鬼!

孙老师见他们那惊恐的样子,便决定进去看看。他拿出手电筒,选了两个年龄最大的男生和他一起进去,让其他学生到洞口等候。他们绕过小洞口内的巨石,往里走了几十米,就听见沉重的脚步声,还伴有粗重的喘息声。他们的心都提到了嗓子眼,浑身的毛发都乍立起来,不由自主地向后退去。突然,前面的陡坡下升起一个头上闪着蓝光的怪物,紧接着,一道刺目的白光从怪物的胸前射出,并传来沉闷但平缓的吼声:"啊——啊——啊——"孙老师竭力保持镇静,带着心惊胆战的孩子们逃出了山洞。

回村后,孙老师亲自把那几个看到怪物的孩子送回家,并向家长讲述了事情的经过。于是,"盲龙洞里出了怪物"的消息很快就传遍了盲龙峪,很多村民都找孙老师和那几个学生询问。于是,那故事的情节不断丰富。有人说,那个怪物长毛披肩;有人说,那个怪物头大如牛;有人说,那怪物头上长着犄角;有人说,那怪物一口吞下了一个孩子。

村民们给出了各种各样的解释。有人说，这可能是一种常年生活在洞穴里的动物；有人说，这可能就是报纸上讲的野人；有人说，这就是龙王爷显灵，不让人们再进盲龙洞；还有人把这件事和最近发生的事情联系在一起，说一定是那条天龙来找龙眼石了，还说那史广生肯定就是让这盲龙给吓死的。有人还有根有据地说，盲龙洞在乾隆年间也发生过龙王爷显灵的事，主张村人集体去龙王庙烧香上供。

听了银花的讲述，成龙连连摇头，"我就不信有什么怪物。这肯定是那个孙老师和孩子们编出来的故事！"

宋佳用舌头舔了舔因紧张而变得有些干涩的嘴唇。"我觉得这不像编出来的。那么多孩子，能一起编瞎话吗？再说了，他们为什么要编这个瞎话呀？"

成龙说："我有一种感觉，这事儿背后肯定有阴谋！"

成虎不知何时站在了门边。他说："要不，咱们现在就去盲龙洞看看。如果真有怪物，我估计它一时半会儿也不会走。"

彩凤连忙劝阻说："成虎，你别瞎出主意！这天都快黑了，可不能去盲龙洞，太危险啦！"

成龙说："让你们说的，我还真想去看看，那洞里究竟有没有怪物！洪律师，你说呢？"

一直在默默地用右手梳拢头发的洪钧见众人都把目光投到他的身上，就面带微笑地说："我这人喜欢探险，但是不喜欢冒险。现在去盲龙洞，确实属于冒险，而且是没有必要的冒险。"

彩凤说："就是嘛，就算真有怪物，它在那洞里，大家伙都别去惹它就行了。要我说，咱们还是吃饭吧。"

晚饭后，洪钧和宋佳来到院门口，看着寂静的山村。金彩风过来叮嘱他们不要远走，他们答应了。但是在半轮明月的诱惑下，他们不由自主地向东走去。

宋佳问："你相信那个怪物吗？"

洪钧说："我相信那个老师和孩子们说的话，但我不相信那真是个怪物。我想，那可能还是人装扮的。"

"人装扮的？为什么呢？"

"这正是需要我们回答的问题。"

"你找到答案了吗？"

"还没有，但我感觉它与龙眼石有关。"

"这龙眼石也太神奇了！这么多人都在找，这么多人都想要，但是它究竟在哪里，谁也不知道。你说，这会不会是史武贵在临死前跟大家开的一个玩笑啊？"

"我真希望这就是一个玩笑！"

"我可不这样想。我希望这真是一个无价之宝，而且还有一个美丽动人的故事。越是神秘的东西，就越有吸引力！说真的，我希望史成龙尽快找到龙眼石，我也能亲眼看看这龙眼石究竟是什么样子！"

"我以为……不看也罢！"

"你什么意思啊？不会是嫉妒了吧？"

洪钧欲言又止。

宋佳歪过头来，看了一眼洪钧，换了个话题，"你说，这盲龙洞里会不会真有野人啊？"

"不会。"

"别这么自信！世界上有许多东西都是我们今天还不知道的！"

"但我们可能明天就会知道了。"

"你这个人呀，就有一个缺点！"

"洗耳恭听。"

"你太逻辑了，缺少浪漫哦！"

洪钧微微一笑，"有一位哲人说过，男人用脑去认识事物，女人用心去认识事物。此话不无道理。"

宋佳撇了撇嘴，"那位哲人就是你吧！"

"不不，我真是听别人说的，也就是个传说。"

"那我再给你讲一个传说，是银花给我讲的。很多年以前，一对青年男女因为爱情被关进了盲龙洞。他们在黑暗中走了好几天才找到一个能够生存的地方，然后就在那里生活下去，生儿育女。他们告诉后代，永远不要走到光明的地方。"

"我在《县志》上看过这个传说，叫'盲人族的传说'，挺感人的故事。"

"就是啊！两个人，手拉着手，就凭着对爱情的信念，义无反顾地走向充满危险的黑暗。这是一种多么崇高的爱情啊！"

"可是，传说属于传闻证据，不足为信。"

"你这话真让人扫兴！"

"因为我现在需要的是事实。"

"有人在山洞里看到了野人，这就是事实啊！你刚才也承认了，他们的证言是可信的嘛！"

"那些证言可以证明他们看到了一个奇怪的物体，但是不能证明那个奇怪的物体就是野人。"

"他们说那个怪物的头上闪着蓝光。你想啊，那些野人常年生活在山洞，眼睛肯定能冒蓝光了！"

"还有那道白光呢？怎么解释？"

"那可能就是龙眼石啊！宝石发出白光，这太正常啦！"

洪钧沉默不语了。

宋佳喜欢在这宁静的夜晚和洪钧在月光下漫步聊天。虽然他们在律所天天见面，天天独处，但那是工作环境，缺少浪漫的氛围。她很珍惜这样的时光，便转身看着洪钧，问道："你在想什么哪？"

"我在想明天。"

"你明天就能知道事实真相啦？"

"有这种可能性。不过，我在考虑明天怎么安排你呀！"

"我？"

"我明天要去燕山市法院，还要做些调查，跑来跑去的很辛苦，原想把你留在史家庄。可是，盲龙洞出了怪物，我真有些不放心了。"

"感谢关心，但不用费心。银花刚才说，明天带我去参观果品加工厂和果园。我答应了。我告诉你，野人不会出来，你就放心去吧！"

"我担心的不是野人。"

"那你担心什么呢？难道你担心有人会把我拐走吗？"

洪钧无语了。

宋佳笑了，又想起一个话题，"你还记得那天在盲龙洞里听到的音乐吧？史成龙说是龙乐，可我认为那没准儿就是野人演奏的呢！"

她的话音刚落，夜空中就飘来一阵悠扬的乐曲声。二人愣了一下，不约而同地停住了脚步。

洪钧和宋佳出门之后，彩凤把成龙叫到屋里。成龙坐到母亲对面，看着母亲脸上的皱纹，看着母亲那失神的眼睛，心中很有些不安。彩凤看着儿子，心中也有些不安。她已经感觉到了，儿子对自己有些猜疑。生活的道路是她自己走过的，无论是对还是错，她都必须面对。突然，她感到一阵晕眩，就闭上了眼睛。成龙忙问她怎么了。她说，自从进了看守所，就添了个爱头晕的毛病。成龙说，娘在看守所里遭罪了。

过了一会儿，彩凤感觉好多了，就睁开眼睛，慢慢说道："成龙，娘有些事情得跟你说说。"

"娘，你说吧。我听着呢。"

"娘想先问你个事儿。"

"你问吧。"

"你爹跟你说过龙眼石的事儿吗？"

"没有啊！"

"你爹去世前，给你写过信吧？"

"我听王医生说，我爹去世前给我寄了一个邮包，可我回学校查了，没找到。对吧？我正打算明天到县邮局去问问呢。"

"我本来不相信那龙眼石的话，可最近的事儿，一件接一件，好像那些话都是真的。昨天，孙大胡子还专门跑来找我，让我把龙眼石交出来，作为两个村庄共有的宝物，供奉在龙王庙里。我说，我真的没见过。他说，武贵死前给你寄过东西，肯定是把龙眼石交给你了，让我劝你把龙眼石交出来，别惹麻烦。后来，我仔细想了，你爹这次回来确实很古怪，好多事情都背着我。最后，他都病成那样了，还偷偷写信，一看见我就藏起来。我估计他就是写给你的。成龙，你很有出息，娘也觉得脸上有光。不过呢，该是咱的，就是咱的；不该是咱的，咱绝不要。要我说，你真找到那个宝石，就捐给村里吧。"

"娘，我听你的。"

"成龙，你这么大了，娘有些心里话也得告诉你。娘瞅得出来，你老爱跟你大爷闹别扭。"

"我就是瞅着他别扭。对吧？他老想打咱家的主意，没安好心！"

"你也别老往坏地方想你大爷，其实他那人就是把钱看得重了点儿，没别的毛病。要我说，使坏坑害别人，他还真未准能有那胆量！

可能你也听你大姨说过了，我最初的对象不是你爹，是你大爷。我们是在参加宣传队时相好的。那时候你爹还在部队呢。后来，有一次，我们到公社看电影，回来的时候让俩坏蛋给劫到小树林里，你大爷忒窝囊，结果是你爹来救我。出了那事儿，我就跟你大爷分手了，后来就嫁给了你爹。你可能也听说过，你大爷会拉二胡，还教过我，我们以前也常在一起拉。那事儿以后，我发誓再也不拉了，就把他送给我的二胡给折断了！"说到这，彩凤站起身来，走到炕梢的木箱旁边，打开箱子，从里边掏出一个细长的布包，放在炕上，打了开来——

这是一把普通的二胡，而且很旧。琴杆上的漆皮已经剥落了许多；琴弦也有了锈斑；琴杆被折断了，但是散乱的琴弦仍然把琴箱和琴杆连在一起。琴旁边还有一个叠得整整齐齐的布琴套。那红布的颜色已经很暗，但上面绣的那只小凤凰的颜色还很鲜艳。

彩凤用手轻轻抚摸着琴杆，叹了口气，继续讲道："我没舍得把它扔掉，因为它记着我走过的一段路。结婚以后，你爹一直待我不错，我也一直认为他是个好人。可是后来我才知道，那树林里打劫的事儿，都是他安排的。那俩打劫的人就是他的战友。咳，这些事儿，都过去了。娘就想告诉你，人这辈子只能走一条道儿。甭管那条道儿咋儿样，只要你走上去了，再想改就难啦！娘跟你说这些事儿，不光是希望你能理解娘，也是希望你能从娘身上吸取点儿教训。你也正站在人生的十字路口，该选哪条路，你可得好好掂量掂量。"

正在这时，夜空中传来悠扬缓慢的乐曲声，那是二胡的琴声。彩凤的心颤抖了一下，因为这正是那曲《二泉映月》！那低沉的琴声在这宁静的夜晚显得格外优美动听。

第二十章

8月30日，星期三。清晨，史成龙和洪钧很早就起来了。吃过早饭，他们准备去县城，但是刚打开院门，就愣住了。

门外站着十几个年长的村民，默不作声地看着他俩。村长史广财走上前来，神态庄重地说："成龙，你把龙眼石献出来吧，让我们供奉到龙王庙去，大家都会感激你的。你知道，你爹和广生都是为这死的。如果你不拿出来，咱庄里还得死人。这可是关系到整个村庄的大事啊！"

史成龙看了看大家，态度诚恳地说："各位叔叔大爷，我成龙是你们看着长大的。对吧？我绝不会干对不起乡亲的事情。对吧？我告诉你们，我真的没见到龙眼石。如果我说瞎话，天打五雷轰！不过，我也告诉大家。我今天去县城，也是为了找龙眼石。我向大家保证：如果我找到了，一定交给大家！"

史广财看了一遍身后的人群，一字一句地说："成龙，我们信得过你，那我们可就等你的话了。"

众人慢慢地闪开一条路，让史成龙和洪钧走出去，钻进汽车。

洪钧开着汽车，沿村街向东驶去。史成龙回身看着后面的人群，直到出了村口，他才转过身来，对洪钧说："看来，这事儿越闹越大了。对吧？"

洪钧没有说话，似乎在全神贯注地开车。汽车越过石桥，拐上孙家庄南面的公路。但是没走多远，就看见前面的路上横着一辆马车，旁边站了十几个人，挥手示意停车。洪钧把车停住。那些人便围了过来，为首的正是孙家庄的村长孙喜春。史成龙小声骂了一句，开门下车。洪钧也走了下来。

孙大胡子走过来，笑容满面地说："洪律师，成龙，你们这是干啥去啊？是要回北京吗？"

洪钧说："我们去燕山市法院。怎么，孙主任还要收过路费吗？"

孙大胡子笑容依旧，"那不能够。嘿嘿！我们主要是想跟成龙说个事儿。"

"说啥事儿？"成龙往前走了两步。

"成龙，其实我不说，你心里也明白，就是那龙眼石的事儿。嘿嘿！大家伙都知道，那龙眼石本是我们孙家的传家宝。这书上都有记载，谁也否定不了。现如今，这宝石让你们找到了，自然就应该物归原主。是吧？嘿嘿！"

"你凭啥说我爹得到的龙眼石就是你家的传家宝呢？"

"这事儿是明摆的，大家伙都知道，是吧？"孙大胡子回头问了一句，后面的人就七嘴八舌地喊了一阵子，表示支持。

史成龙不甘示弱，大声说道："你们吵吵啥？还想抢是咋的？"

孙大胡子还是满脸笑容，"成龙，你这就不对了。啥叫抢？那叫物归原主。是吧？不过呢，我们不会白要。嘿嘿！这样吧，我们给你5000块钱，就算我们买回来。行不？"

史成龙看了一眼洪钧，放缓了口气，"孙大叔，我跟你说实在话，我根本就没见着那龙眼石，也在找呢。如果真找到了，咱们再商量。对吧？我们现在赶着上法院，你先把道儿给让让吧！"

孙大胡子走到汽车旁边，向里看了看，回过头来说："那个宋律师没跟你们一起走啊？嘿嘿！这个事儿，跑了和尚，可跑不了庙。是吧？成龙，我告诉你，我跟你要这龙眼石，不是为了我们家，也不是为了我们孙家庄，是为了我们盲龙峪。我们要把它常年供奉在龙王庙里，作为镇庙之宝，保护我们的子孙。嘿嘿！你大概也知道了，龙王爷已经显灵了，弄不好大家都得遭殃。我还告诉你，这个事儿，我们孙家庄的人已经下了决心。如果你们想要花招，那咱们就走着瞧！嘿嘿！给他们让路！"

孙家庄的人把马车赶到了路旁。

洪钧和史成龙上车，走了。一路上，两人沉默不语，各自想着心事。

洪钧开车来到盲龙县城的西关，史成龙下了车。两人约好回去的时间之后，史成龙快步走到县城的邮局。他请营业员为自己查找邮包。营业员听说他没有邮寄存根，立刻摇头说没法查。史成龙说了半天好话也不管用，只好走出邮局。站在门口，他的心里很着急。他认为父亲很可能把龙眼石寄到了北京。他担心那龙眼石会落入别人手中。现在，他非常想得到那块神秘的龙眼石！就在他心急如焚不知所措时，身后传来一个姑娘的声音。他回头一看，是大姨的女儿汤桂香。

汤桂香走过来说："成龙哥，我看着背影就像你！你干啥来了？"

成龙喜出望外，"我就是来找你的！"

"找我有啥事儿？"

"我有个事儿想求你帮忙！"

"瞧你！还客气啥？说吧！"

"我爹在住院前给我寄了一个邮包，可我一直没收到。你帮我查一查。"

"我还当是啥了不起的事儿呢！我这就给你查，把存根给我。"

"问题就是我没有存根，找不着了！"

"那就有点儿麻烦了。你记得他是哪天寄的吗?"

"大概是5月中旬。"

"寄到北京去的?"

"对!"

"走，我带你去查查登记本吧！"

成龙跟着桂香来到柜台旁边，桂香拿来邮包登记本，一页一页查找。但是她把整个5月的邮包登记查了一遍也没找到，便问成龙："你没记差时间吧?"

"不会错的！不过，也可能是挂号信。"

"你咋儿不早说呢！挂号信在另外一个本儿上呢。"桂香又取来一个登记本，打开后很快就找到了。她高兴地说："还真是挂号信！地址不对，给退回来了。你等等，我去给你找。"

成龙得知父亲寄的是一封信，不是邮包，略有些失望。不过，他也很想立刻看到那信的内容，因为那是父亲写给他的最后一封信，而且其中可能有重要的秘密。

桂香回来说，管这事儿的人出去了，得下午才回来。她看着发愣的成龙，用手在他眼前晃了晃，问道："成龙哥，你咋啦? 还有啥事儿吗?"

"噢，没啥事儿了。"

"那咱们一块儿去吃饭吧。我请客！"

"咋能让你请客呢? 你真能开玩笑！"

"那就你请我吧！"

桂香到柜台里面请了个假，然后和成龙一起走出邮局。他们来到一家干净的餐馆，找了个清静的座位，点了几个菜，又要了一瓶啤酒，边吃边聊起来。

桂香用手向后梳拢了几下长发，说："成龙哥，你知道不？我娘老夸你！"

"夸我啥？"

"夸你有出息呗！又聪明，又能干，还特别懂事儿！她说咱县里的小青年儿，有一个算一个，谁也比不上你！"

"那是人家都不爱跟我比！"

"他们比得了嘛！别的不说，就这研究生，全县不就你一个嘛！"

"研究生算啥？又不能当饭吃！"

"我可不这么认为。研究生都很了不起。真的，成龙哥，我一直觉得你特别有本事！"

"你可别这么夸我，我这人特容易找不着北！"成龙不知为什么突然想起宋佳的这句话，顺口说了出来。

桂香愣了一下，但很快就明白了成龙的意思。她低着头吃了几口菜，然后抬起头来，又用手梳拢了几下头发，轻声问道："成龙哥，你觉得我这人咋儿样？"

成龙看着面颊微红的桂香，一本正经地说："很有本事，以后准能当上邮局的局长！"

"你说啥呢？人家没问你这个！"

"问哪个？"

"我是问……你觉得我这人好不好？"

"当然好啦！要不咋能当局长呢？对吧？"

"我知道你瞧不上我，所以老跟我装傻！其实，我也有自知之明，压根儿就没想高攀你！我不过是试试你，看你对我有没有实话。得啦，大研究生！你也别跟我打岔了，快吃饭吧！"

成龙默然了，他又想到了宋佳。

吃完饭，成龙和桂香一起回到邮局。桂香很快就找到那封被退回的挂号信。成龙急不可耐地撕开信封，里边只有一张信纸，上面写着歪歪扭扭的字——

　　成龙：

　　　　上个月我给你写过信，让你快回家，可你还没回来。你很忙，我不耽误你学习。可我想见你。我要告诉你，我得到了龙眼石，我把它放在了只有你能找到的地方！这些天，我老想着以前带你抓蛐蛐的事。我还给你做过一个蛐蛐碗！虽说不好看，可是我给你做的。你一定要留好，把它传下去，那是我家的传家宝！你能干。我相信你一定成大事。我这辈子没啥本事，可有你这个儿子，我就满足了！你年轻，处事要小心。不能轻信别人，亲人也不能。我就要死了。我不恨别人。这就是命。我死后，你要照顾好你娘。我这辈子对不起她，但给她留下一个有本事的儿子，一个受天龙保右的家！有这个，我就心安了。成龙，你一定记住！

　　　　　　　　　　　　　　　　　　父武贵亲书

　　　　　　　　　　　　　　　　　　1995年5月18日

　　成龙慢慢地收起信纸，心上犹如压上一块巨石。

　　桂香关切地问："成龙哥，你爹在信里都说了些啥？"

　　成龙看着桂香，嘴角挂上一丝苦笑，"没啥！我该回去了。桂香，今天的事儿，谢谢你了！"

桂香叹了口气，"说这些干啥？你别把我忘在脑后就行了！"

成龙走出邮局的大门，向县城西关走去。一路上，他思考着父亲的那封信。父亲当时的身体情况一定很糟糕，连他的地址都给写错了，字也写得歪歪扭扭，还有不少错别字。不过，父亲的意思很明确：他确实得到了龙眼石，而且把它藏在了那个蛐蛐罐里。可是，那个蛐蛐罐放在了什么地方？他好像在家里见过，但一时又想不起来。他觉得父亲是个有情有义的男子汉，也感受到父亲对自己的偏爱。父亲已经预感自己要死了，而且看来是心甘情愿的。父亲不像是一个得病要死的人，那话中似乎有听天由命、逆来顺受的含义。难道父亲是自己喝了巴豆水？可这是为了什么？难道是有人逼迫？这个念头缠绕在他的心头，很久都不能离去。

成龙来到西关，洪钧的车还没来，他焦急不安地四处张望着。路边有一家人在盖新房，那灰色的砖墙已经有半人高了。突然，一个念头浮上脑海——他去年给家里翻盖房屋时看见过那个蛐蛐罐。他觉得没用，想扔掉。但父亲说，这是个有念想的物件，不能扔。后来，父亲好像把它放在了小仓房的地窖里。想到此，成龙很高兴，更加焦急地把目光投向南方。

洪钧来到燕山市中级人民法院，见到陈法官。陈法官开门见山地说，有人要求他撤销取保候审，主要理由如下：第一，金彩凤仍有社会危险性。史家庄又有一个人不明不白地死了，这事儿与金彩凤有没有关系，需要调查。第二，盲龙峪的村民采用迷信的方法进行裁判，严重影响司法权威，也造成了恶劣的社会影响。第三，据说，那些证人改变证言是因为受到了威胁和引诱，这可是涉嫌犯罪的行为。他很尊重北京的律师，所以才请洪钧来，先交换一下意见。

洪钧诚恳地阐述了自己的看法。他认为，金彩凤是个心地善良的人，而且目前的身体状况很差，不具有社会危险性。他相信，金彩凤既没有杀害史武贵，也没有杀害史广生，是个清白无辜的人。作为法律工作者，他当然不会认同盲龙峪村民的神明裁判，但也无可奈何，好在那个裁判并没有产生危害后果。最后，他请求陈法官不要着急做出决定，因为他相信本案背后另有隐情，而且很可能涉嫌犯罪。他还相信，这一切很快就能水落石出了。

陈法官很赞赏洪律师认真办案的精神，而且也对被告人金彩凤表示了同情。但是，他希望本案不要节外生枝，不要制造麻烦。经过一番思考，他同意了洪钧的意见，暂时不做决定。

离开法院之后，洪钧找到史武贵工作过的建筑工地，了解了史武贵和史广生在那里的工作情况。然后，他又跑了两个单位，获得了一些重要的信息，证实了自己的猜想。在他的心中，本案的情况已基本清晰，但他却没有查明案情后的轻松愉快。在开车返回盲龙县的路上，他的心情十分沉重。他不住地问自己：怎么办？

在盲龙县城西关，洪钧接上了史成龙。成龙上车后，洪钧急不可耐地问："找到你父亲的邮包了吗？"

成龙犹豫一下，才把那封信掏出来，"不是邮包，是挂号信。"

洪钧松了口气，接过信纸，很快浏览一遍。然后，他抬起头来，问道："你父亲写的蛐蛐碗，就是你说的那个水泥做的蛐蛐罐吧？"

"应该是吧。"成龙感觉洪钧的神态和语气都有些奇怪，就问道，"又出了啥事儿吗？"

洪钧没有理会成龙的问题，继续问道："那个蛐蛐罐现在什么地方？"

成龙想起了父亲在信中让他不要轻信别人的话。"我刚才想了半天，就是想不起来了。我记得盖房时好像给扔了。对吧？也许是我爹又给捡回来了。我得回去找找。"

　　洪钧看着成龙的眼睛，非常认真地说："我建议你先不要急于去把那龙眼石找出来。现在，很多人都在找，很多人都在争。所以，你最好先不要透露这个消息，以免惹出麻烦。看来，你父亲藏龙眼石的地方才是最安全的。"

　　成龙似有所悟地点了点头。

　　洪钧开车的速度很快，一路上不断超车。成龙的手紧握着车门上的把手。他们来到孙家庄村头时，刑警孙昌盛拦住了他们。洪钧不太情愿地停住车。成龙摇下了车窗玻璃。

　　孙昌盛站在车边，问道："成龙，你们干啥去了？"

　　"到县城去办了点事儿！"

　　"啥事儿？"

　　"我的私事，也都得向你汇报吗？"成龙的语调中流露出不满。

　　"嚯，脾气还不小！我不就随便问一句嘛，还至于整出这么大动静？其实，我也是为你好。你还年轻，我怕你上了别人的圈套！"

　　"这么说，我还得谢谢你！对吧？"成龙不冷不热地说。

　　"该不该谢，现在说还太早！"孙昌盛弯下腰，向车里看了一眼洪钧，话里有话地说，"咱这儿不比北京，山高皇帝远，真要出点子啥事儿，谁也没辙！成龙，我再提醒你一遍，上次我跟你说的事儿，你可别忘喽，我还等着哪！你要是跟政府拧劲儿，那我就只好把你给办了！你明白吧？"孙昌盛说着，走到路旁的摩托车边，骑了上去，但马上又回过头来说，"成龙，那坟地昨晚又闹鬼啦，据说是龙王爷要显灵，你可都得小心点儿。不是我说，你们把那么漂亮的大姑娘一个人留在庄里，万一出点子啥事儿，后悔可就晚喽！"说完之后，他开着摩托车走了。

　　一种不祥之感从洪钧的心底升起，他恨不能立刻飞到宋佳的身旁。

第二十一章

　　史家庄水果加工厂坐落在小学的南边，是一排整齐高大的灰砖平房。宋佳跟着银花来到仓库，一边清点新运来的包装箱，一边聊家常。宋佳把话题引到史文贵身上后，问道："我听你哥说，你父亲和你大爷的关系一直不好，是么？"

　　"我哥他连这事儿都告诉你啦？"银花笑眯眯地看着宋佳。

　　宋佳被银花看得有些发毛，催问道："我问你话呢，别打岔！"

　　"这是我们家的秘密。你要想知道，就得先回答我一个问题。"

　　"什么问题？"

　　"你是不是在跟我哥处对象？"

　　"什么是处对象？"

　　"就是你们城里人说的谈恋爱呗！"

　　"你别胡说！"

　　"谁胡说？你以为我看不出吗？从我哥看你那眼神儿上，我就知道你俩在处对象！对不？咋儿不言声啦？咱俩这儿说，我一见面儿就喜欢你。我真希望你能做我的嫂子！"

　　"你再胡说我就真生气啦！"宋佳的脸有些涨红。

　　"得得得，我不说了。人家都说你们城里人开通，我看你的脸皮儿比我的还薄呢！嘻嘻嘻！说真格的，我哥可是个好人！心眼儿好，又有本事。这周围有不少大姑娘都看上他啦！就连那县城里的姑娘，都有找上门儿来的。你信不？可我哥心气儿高，非要找个北京的！"

"我说银花，咱能不能不谈你哥？"

"那就谈谈你们那位洪律师吧！"

"谈他干什么？难道你也看上他啦？"

"咱一个山村姑娘，哪敢有那个想法儿！可咱俩这儿说，这辈子要能嫁个像洪律师那样的男人，也就不白活了！唉，洪律师有对象了吗？"

"早有了！"宋佳心想，这又弄出一位单相思来。

"长啥样？"

"特漂亮！"

"比你还漂亮？"

"漂亮！"

"那还不跟电影明星一个样！有时候我就想，都是女人，你说人家那脸蛋儿是咋儿长的？"

"这都是命！"

"这我知道，可就是太不公平！"银花无可奈何地叹了口气。

宋佳的心中也有感叹。她说："每个人都有自己的命运，可并不是每个人都能把握住自己的命运，因为命运并不像人们想象的那么简单，它要通过每个人自己的努力去获得。好啦，咱们不谈这个。你还没回答我刚才的问题呢。"

"我们家的事儿，当然也没必要瞒你。我多和我大爷的关系一直就不好，这也不稀罕。在我们这儿，亲兄弟还有打架闹分家的呢！"

"你父亲这次回来以后，又跟你大爷吵过架么？"

"吵过！我多到家的第二天，就跟我大爷吵了一架。可到底为了啥，我也不知道。"

"你父亲这次回家后去过盲龙洞吗？"

"第二天就去了。他说是去拜天龙，谢恩。对了，他就是从盲龙洞回来后跟我大爷吵了一架。"

"你父亲知道自己得的是什么病吗？"

"不知道。其实他根本就不认为自己是得病。他一直说这是上天要惩罚他，他还为此感到幸福。他临死前多次对我们说，他以前老觉得对不起我们，因为他没本事，不能让我们过上好日子。现在他要死了，但是很快乐，因为他知道我们以后就会过上好日子了。他说他这辈子最高兴的事儿就是能用自己的死去换全家人的福。当时，我们都没认真，都以为他是在说胡话，也没想到他真的会死……"银花哽咽得说不下去了。

"银花，你别难过。"宋佳劝慰银花，但又想不出更合适的话语。

过了一会儿，银花心情平静了，慢慢地说："咱俩这儿说，我以前老有点儿看不上我爹，认为他没本事，又不管家。可他这么一死，我才觉得他真是世界上最好的爹！"

宋佳刚要说话，忽然看见前面街上走过去一个人，很像唐建业。她觉得很奇怪，便跟银花说了一声，追了出去。

宋佳绕过前面那排房，到街上，但是那个人却不见了。她向周围看了看，见前面不远处有一家小商店，便走了过去。到门口时，正遇见从里面走出来的唐建业。宋佳笑道："唐先生，你还认识我吗？"

唐建业愣了一下，满脸笑容地说："这不宋小姐嘛！我哪能不认识呢？洪老师呢？你们还没回北京？"

"这地方这么好，我们还没玩儿够呢！你怎么又回来了？"

"啊……我也是上次没玩儿够，这不，又来找补个二回。真没想到，咱们又碰上了，看来咱们还真有缘分啊！"

"唐先生，上次我们到天津去拜访你，没想到你跟我们玩儿哩根楞。真够可以的！"

"啊……那……宋小姐说话可真哏儿！我跟你说吧，那不是在我们单位嘛！干我们这一行的，你是不知道。交际广，这没错。可有些事儿吧，它就不能让同事们知道。这你能理解吧？"

"噢，我能理解！"

"所以嘛，这事儿还得请你和洪老师多多包涵！哎，洪老师和史成龙怎么没跟你在一块儿啊？"

"他们到县城办事儿去了！"宋佳见银花也走了过来，就介绍道，"这就是史成龙的妹妹，史银花。"

唐建业热情地上前和银花握了握手，说："我叫唐建业，天津市旅游文化开发公司的。你到天津有事，找我来，或者打个电话，我肯定帮忙！"

宋佳不无揶揄地说道："你这套话背得真熟，可就是水分太大！"

"你……"唐建业的脸色变得很难看，张着嘴，过了好一会儿才说出话来，"你可真哏儿啊！"

宋佳也没想到自己的话能给唐建业这么大的刺激，便缓和语气道："开句玩笑，唐先生何必认真呢！对了，你这是到哪儿去啊？"

唐建业也恢复了常态，"当然是去盲龙洞啦！上次没往里走，回去之后我后悔了好几天。这次我下了决心，一定得进去好好看看！"

"可是盲龙洞里出了怪物，还有人说是天龙显灵。你不害怕？"

"真有这事儿！刚才我在龙王庙那边听人讲，说嘛天龙显灵，还说那边坟地闹鬼了。我本来还不相信呢，现在看来，这地方还真有神灵啊！刚才有个烧香的，出来对我说，龙王爷告诉他了，这两天晚上还要显灵，让大家看见那稀奇古怪的事儿，都躲得远远的。听你这么一说，我还真有点儿害怕。得，我回去收拾收拾，早点儿打道回府吧！"唐建业说完，转身向村口走去。

宋佳望着唐建业的背影，脑子里升起一连串的问号。

银花走到宋佳身边，小声问："这人是干啥的？"

"他不跟你说他是天津市旅游文化开发公司的嘛！"

"我看他没说实话！"

"为什么？"宋佳极感兴趣地看着银花。

银花没有回答宋佳的问题，反问道："你咋儿认识他的？"

"我们是在县城的龙湖宾馆认识的。都是来旅游的，三说两说就认识了。"

"我说呢，你们和他根本就不是一路人，咋儿整到一块儿去了？我还觉得奇怪呢！"

"你怎么知道他不是天津市旅游文化开发公司的呢？"

"你没见他刚才那狼狈样儿？听你说他那套话是背的，脸色儿都变了，话也说不出来了。就好像你一下子揭穿了他的老底儿，把他给吓坏了！"

"噢，这个呀！这你不知道。他这人虚头巴脑，说话不算话。上次他答应到天津请客，可等我们真去了天津，他又跟我们装糊涂！所以我刚才一说他的话里水分太大，他就有点儿下不来台！尴尬！"

"不过，我说他撒谎可不是因为这个。"

"那是因为什么？"

"我前两天在村子里见过他。"

"什么时候？"

"就是你们来的第二天下午。我去挑水，路过我大爷家时看见他从里面走出来。我当时觉得奇怪，一个陌生人到我大爷家去干啥？所以挑水回来的时候，我就到我大爷家看了看，问刚才是啥人来找他。我大爷说，那人自称是地质部的，专门为国家收购各种宝石，听说这里发现了一块龙眼石，想来鉴定一下，决定是否值得由国家来收藏。我大爷说他肯定是个宝石贩子，还让我告诉我哥，别上这家伙的当。

刚才一见面儿，我就认出他了。他又说自己是啥旅游公司的。我看他是没安好心。用我们山里人的话说，猴子穿上衣服还是猴子。你可得提防着点儿！"

宋佳若有所思地点了点头。两人一起走回水果加工厂。

中午，宋佳和银花回家吃饭，成虎也回来了。宋佳和银花帮助彩凤准备好饭菜，然后四人在堂屋里吃了饭。吃饭时，彩凤问宋佳上午去啥地方了。宋佳说一直在水果加工厂，还看到了小学校。彩凤又问下午打算去干啥。宋佳说打算去果园看看。彩凤说，可别乱走，昨晚有人在村西的松树林又看见一个蓝毛鬼，说得有鼻子有眼的。还有人说，龙王爷传下话来，要显灵，让大家天黑后别出门。银花说，她们也听说了。彩凤叮嘱银花早点带宋佳回来，银花点头答应。成虎一直在旁边听着，没有说话，吃完饭放下碗就走了。宋佳和银花休息一会儿，才去果园。

果园在村南的山坡上。几百棵苹果树和桃树排列得非常整齐。桃树上已经没有了果实，苹果树上挂满了绿色的果实。宋佳和银花来到果园边上，只见几个戴着大口罩的姑娘肩背药桶手拿喷雾器，正在不慌不忙地给果树喷药。空气里弥漫着呛人的味道。宋佳是城里长大的姑娘，对这一切感到非常新鲜。她也戴上一个大口罩，背上一桶农药，学着别人的样子喷了起来，但没干多久，就汗流满面了。银花见状，忙接过宋佳背上的药桶和手中的喷雾器，让宋佳到上风头的山坡草地上坐下休息。

宋佳觉得腰和胳膊都有些酸疼，便躺在草地上，看着湛蓝的天空。不过，她的大脑一直在思考。一方面，她按照自己的理解分析各种可能性；另一方面，她又努力去猜测洪钧的思路，或者说模仿洪钧的推理。她希望自己最后能和洪钧来个不谋而合。

其实她也认为盲龙洞里的怪物是人装扮的，目的大概是吓走其他找宝石的人。由此可见那龙眼石就应该藏在盲龙洞里。究竟谁是装扮怪物的人呢？看来还是那个姓孙的警察。唐建业在本案中究竟扮演了什么角色？他是一个偶然出现的旅游者，还是专门为龙眼石而来的人？他是一个爱占小便宜的人，还是一个搞大阴谋的人？无论如何，他这二访盲龙峪肯定大有文章……

宋佳的思路被银花的叫声打断了。她坐起身来，只见银花身边站着一个年龄略长的姑娘。银花说："宋大姐，这是我堂姐，叫金花。"

宋佳站起来和金花问好。金花的性格看上去比较稳重，不像银花那么爱说爱笑。她仔细打量一番后问道："宋大姐到我们这儿干啥来了？是体验生活儿吧？"

宋佳乐了，"你把我当成演员啦？我在大城市住久了，特向往这山里的新鲜空气！这就叫回归大自然！"

"这山里有啥好的？哪有城市生活有意思！"银花说。

"这人呀，都是吃着碗里看着锅里，不知足！要我说，这山里人别老想着进城；城里人也别老惦记着下乡。比啥都强！"金花说。

"那你干啥三番五次地考大学？还不是为了进城？"银花撇了撇嘴。

"我那是为了争口气！"金花的脸有点红。

宋佳说："人在一个地方待久了，都会觉得乏味，所以就喜欢去自己没去过的地方。就说这旅游吧，其实就是从自己待腻味了的地方到别人待腻味了的地方去看看。"

"宋大姐说话就是有学问。"银花的话音刚落，就听见果园外传来发动机的声音。三人转身望去，只见一辆三轮摩托车开了过来，停在果园边的土路上。开车人是成虎，他大声叫道："银花，大爷叫你过去一趟，拉包装箱的事儿，就在村口呢！"

银花让宋佳在这里等她，然后跑出果园，爬上车厢。成虎一给油门，"嘟嘟嘟"地开着车绕过水果加工厂，沿着村中小路来到村口的公路边。银花下车后，成虎又把车开走了。

银花见路边停着一辆130货车，史文贵正和司机说着什么，便走过去，叫了一声。文贵见到银花，对那司机说："这不，我们的保管员来了，一问她就都知道了。"然后他转身对银花说："这是咱们新请的司机。你告诉他咱们还得要多少个包装箱。"

银花想了想说："先拉5000吧，剩下的等下个月再说。"

"中！就这么定了。"文贵痛快地说。

司机走后，文贵又向银花问了一些果园的事情，然后两人才向村里走去。银花惦记着宋佳，便快步来到果园，但果园里空无一人。银花认为宋佳可能先回家了，便去商店买了些东西，然后往家走。

进院后，银花叫了两声"宋大姐"，但无人回答。她走进中间的屋子，见彩凤正在准备晚饭，便问道："娘，宋大姐回来了吗？"

"没见着呀！她不是跟你在一块吗？"

"那她去哪儿了？肯定是到金花家去了。"

银花出了院门，一路小跑地向金花家走去，但没走多远正碰上金花。她问道："金花，宋大姐上啥地方去了？"

金花说："她没回你家呀？你走后没多会儿就来了一个男的，找宋大姐。宋大姐认识他，就过去了。后来两人就一块儿走了。我还以为他们一块儿去你家了呢！"

"那男人长啥样？"

"个头挺高，可模样没看清，肯定是城里人。我说你再回家看看，兴许他们去转了一圈，这会儿已经到家了。"

听了金花的话，银花觉得也有道理。她想，那个人肯定是洪钧，便转身往回走。到家后，她发现宋佳还没回来，洪钧和成龙也没回来，心里不禁有些发慌。彩凤听说以后，呆坐在炕头，半天没有说话。就在这时，外面传来了汽车的声音。

银花跑出院门，见到刚刚下车的洪钧和成龙，焦急地问："洪律师，宋大姐没和你在一起呀？"

洪钧愣了一下，反问道："宋佳不是和你在一起吗？"

"是啊！可她不见了！"银花的声音里带出了哭腔。

洪钧觉得有些头晕目眩，因为这正是他最担心的事情！他提醒自己要冷静，用目光扫了一眼成龙，问银花："怎么回事？"

彩凤走过来，把三人叫进院门，然后银花讲述了事情的经过。她说，她怀疑一个天津人，好像叫唐啥。她又把中午遇见唐建业的事情讲了一遍。

洪钧在院子里踱了两圈，突然停住脚步，右手握拳在面前按顺时针方向用力绕了两圈。"走，带我去果园！"

第二十二章

　　洪钧等人走后，金彩凤一人在堂屋里准备晚饭。她的心里乱得很。最近连续发生的事情使她那颗本来坚强的心也承受不住了。特别是昨天晚上与成龙谈话之后，她一人躺在炕上辗转反侧，久久不能入睡。她想了许多——想到了文贵，也想到了武贵；想到了父母，也想到了孩子。她仿佛又一次站到人生的十字路口，又一次面临命运的考验。她知道，没有绝对安全的路。无论她选择哪个方向，她都将做出牺牲，都将不得不接受心灵上的折磨。也许，最安全的选择就是没有选择，或者说，让自己永远停留在人生的十字路口！不过，她很快就嘲笑了这个怯懦的念头。在她这将近半个世纪的人生旅途中，她曾多次面临痛苦的抉择，而且她都一步一步走过来了。虽然她选择的道路不一定正确，但她在做出选择时总是义无反顾，在做出选择后也总是无恨无悔。她一向自信果断，但这次却有些瞻前顾后，也许是年龄的缘故。潜意识告诉她，这是最后一次人生选择，而且会影响到她的孩子。

　　刚才，看着成龙那心神不定的样子，彩凤已猜出儿子对宋佳的感情。凭着女人的慧眼，她也看出宋佳对成龙并无相应的情感。她担心儿子会在这关键时刻走错路，但又不知该做什么。此时此刻，她理解了二十多年前发生在她与父母之间的事情。

　　诚然，生活的时代不同，面对的情况也不同，但无论如何那都是两代人之间的隔阂。俗话说，不当家不知柴米贵，不养儿不知父母恩。在含辛茹苦养育了三个孩子之后，在三个孩子都已长大成人之后，她终于理解了父母当年的心境。父母总是为子女着想，尽管父母的关心和照顾有时在子女看来是多余的，甚至是不能接受的。

她也想去看望年迈的父母，也想到父母身边去尽一份孝心。这些年来，沉重的生活负担使她无暇惦念父母，而对子女的关心又使她淡漠了对父母的思念。随着孩子的成长和自己年龄的增长，她开始越来越多地想到父母，看望父母的愿望也越来越强烈。然而，这么多年过去了，她能够坦然面对父母的目光吗？倔强的父亲能够原谅她吗？她没有把握。她觉得人生有很大的惯性，你朝着一个方向走得越久就越难改变方向。而且，她很难从心上抹去父亲那狂暴的吼声和她大年初一孤独地坐在火车车厢里的情景。

想到此，彩凤的手不由地颤抖了一下，她正准备去�- 水，水舀子掉到了地上，她的思绪也被这"当"的一声惊醒了。她叹了口气，用手背擦去眼角的泪水，弯腰捡起地上的水舀子。

正在这时，文贵从院外走了进来。

彩凤皱着眉头问："你咋儿来了？找我有事儿？"

文贵说："对，有个大事儿！我先告诉你，今天晚上可别出门。你知道不，昨天夜里松树林又闹鬼啦！"

"你别瞎说！哪有鬼呀？"

"我亲眼所见！但它究竟是不是鬼，我不敢说。我先问你，昨晚上我拉琴，你听见了没？"

"那么大动静，我又不聋。"

"好听不？"

"确实不赖，看来你这几年还真是没断了练。"

"我那可就是拉给你听的。"

"我当时就知道了。还是说你那大事儿吧。"

"我这不在说嘛。我拉完了那个曲子，村长让他家大小子来叫我，说是到他家去商量个重要的事儿。我就去了。到哪儿一看，三叔和五叔也都在。我就问商量啥事儿。村长说是龙眼石的事儿。他说，看来这武贵真是得到了龙眼石，都惊动了龙王爷，又是显灵，又是传话。这些事儿不可全信，也不可不信。他们让我来找你和成龙，把龙眼石献出来。他说，村里保证这龙眼石就归咱史家庄，绝没有孙家庄的份。他还说，孙家庄已经暗中成立了夺宝队，准备一有动静就过来夺宝。所以，咱庄也得成立个护宝队，决不能让他们把宝石夺走。三叔和五叔的意见是，咱们可以同意把龙眼石拿到龙王庙去供奉，但只能逢年过节，平时还得在咱庄里保管。"

"你来找我就为这龙眼石的事儿？那我告诉你，我真没见过！"

文贵见彩凤有些不耐烦，忙说："这我信。我估计武贵是把龙眼石交给成龙了。"

"成龙也没见过。我跟你说，我们真没有。如果有，我们一准献给村里。文贵，我问你，你是不是也想要这龙眼石啊？"

"彩凤，我绝没那份心思。我关心这事儿，主要还是为了你。你瞧，都是你给打岔，我还没说完呢。"

"那你就接着说吧。"

"商量完了，我们从村长家出来，刚走到街上，我就感觉不对劲。我就听见松树林那边的老鸹叫得很凶。我们往西边走了几步，就看见那老鸹一群一群地飞起来，又落下去，不住地折腾，就好像那林子里有啥东西。接着，我就看见那林子里出来一个鬼，看不清身子，但头上冒着蓝光，飘来飘去的，一会儿就没了。我都吓傻了，浑身直起鸡皮疙瘩。我问三叔和五叔，看见没，他们都说看见了。我们赶紧都回家了。进了家门，我那心还直扑腾哪！"

"那到底是咋儿回事儿?"

"我也说不清。今天,我又听说,有人去龙王庙上香,龙王爷传下话来,让大家这两天晚上都老老实实待在家里。所以,我就来告诉你一声。不过呢,我也是想来看你。"文贵笑眯眯地看着彩凤。

彩凤轻轻地打了文贵一巴掌,嗔怪道:"看我?那你就不怕让孩子们撞上?我告你,昨晚成龙还问起咱俩的事儿呢,也不知他是咋儿想的。要我说,咱俩还是小心点儿吧!"

"这我知道!你说我是那莽撞的人嘛!我才刚看见成龙和银花,还有那个洪律师,一起往南边儿去了。我估计就你一人在家,所以才来找你。我想,咱俩的事儿也得找个时间好好说说。"

"要我说,还是过一段儿再说吧!"

"可我实在是不能等了!彩凤,我不会逼你去做你不愿做的事儿。我只是觉得心里有好多话,憋了这么多年,就想跟你说。"

"那么多年都等了,这么几天就等不了啦?"彩凤扗了一舀子水,慢慢倒进面盆里。

"我自己也不知是咋儿整的。自打那天裁判以后,我这心里就跟开了锅似的。多少年都没有这种感觉了!"

"啥感觉?"

"我也说不清,就好像我俩又年轻了!"

"做梦呢吧?"

"你别说,还真有点儿做梦的感觉!有时候我都问自己,这是真的吗?别是我在做梦吧?"

"你说做梦,我倒想起来了,前天夜里我做了一个很怪的梦——武贵来找我,说他不是病死的,是被人害死的。"

"别胡思乱想!谁会害他呀?没影儿的事儿!"

"我也知道,可这个梦搅得我心烦意乱的!"

"梦嘛，做完就完，不能老琢磨它。我昨晚还做了个梦呢！"

"啥梦？"

"好梦！跟你结婚了！"

"做梦娶媳妇儿？那你又成傻小子啦？"彩凤抿嘴一笑。

"你笑啥？只要能娶上你这个媳妇儿，让我当傻小子怕啥？再说，我不是已经当了那么多年的傻小子啦！"

"又说疯话！"

"啥叫疯话？我说的都是真心话！这么多年了，我一直恨自己无能，在关键时候不顶用！我一直觉得自己太窝囊！可是，我从没想到那都是阴谋。我这辈子……"

"文贵，你别说了！"彩凤用央求的声调打断了文贵的话。

文贵喘了一口粗气，又说："彩凤，我不怨你！我从来也没有怨过你！就是在你和武贵结婚的那天晚上，我也没怨你。我谁也不能怨，只能怨我自己！可是，我心里一直想着你！咱山里人不懂爱情。可我知道，我这辈子从心里只喜欢过你一个人。说句罪过的话，和秀兰结婚那天夜里，我都把她想成了你！"

"你说的是啥话呀！"

"心里话！是憋在我心里二十多年的话！"文贵的声音越来越大。

"你小声点儿！留神让人听见！"彩凤一边和着面，一边说，"你快回去吧！一会儿成龙他们回来，看见你在这儿，又该起疑心了！"

"怕啥？这事儿早晚得让他们都知道。"

"那还是晚一点儿好。"

"好吧，我听你的。"

文贵的话音刚落，只听从东边传来一阵吵闹声，好像还有人喊，文贵家打架啦。文贵一愣，快步走了出去。

185

第二十三章

太阳就要落山了。橙红色的余晖给宁静的果园罩上一层祥和但又有几分神秘的色彩。洪钧跟着银花和成龙来到果园。他仔细察看了宋佳曾经躺过的草地，又察看了东边土路上的车轮痕迹和各种足迹。最后，他直起身来对银花和成龙说："咱们去问问金花吧。"

他们来到史文贵的家。这个院子和成龙家差不多，只不过房子更加高大。文贵不在家，金花和她姨家的一个姐姐正在中间的屋子里准备晚饭。

见到洪钧等人进了院，金花忙迎出来问："宋大姐找到了吗？我这儿一直后悔哪！我要不让她跟那个男人走就好了。嗐，你们说我这是干了啥呀！"说着，她回头对站在中间屋门口的粗壮女人喊了一句，"二姐，你把我那屋门关好，别让苍蝇飞进去！"那个女人便走到排房的西头，把那本来虚掩的门关严了。

洪钧往前走了一步，对金花说："我想问一下，叫走宋佳的那个男人长什么样？"

"那我可没看清！"金花说。

"那他有多高？"

"多高……那啥，跟你差不多吧！"

"你怎么看出他是城里人呢？"

"凭穿戴呗，还有说话的口音！"

"他说什么了？"

"他说……咱们那事儿有麻烦了，得马上去一趟。当然，他是小声对宋大姐说的，可没成想让我听见了。"

"你当时离他们多远？"

"没多远，也就几棵树的距离。所以他那小声说话都让我听见了。"

"既然离他这么近，你怎么没看清他的相貌呢！"

"这……那啥，那不是太阳正打眼嘛，所以没看清。"

"他们当时是在果园外的小土路上，而你是在果园里边。对吧？"

"对呀！"

"那小土路是在果园的东边，对不对？"

"……"

"太阳在西边，而他在你的东边，太阳怎么会晃你的眼呢？史金花，你别瞎编了！我告诉你，我们是北京的律师，是史成龙请我们来调查案子的！如果不立刻把宋佳交出来，你必须承担由此造成的一切法律后果！你们这样做是绑架，是犯罪。你知道吗？"洪钧的声音虽不高，但是很有威力。

"那啥……"金花正不知说何是好，门外传来急促的脚步声。

成虎风风火火地跑了进来。一进院门，他就大声叫道："你们想干啥？你们想干啥？我告诉你们，这事儿是我干的！咋儿的吧？"

"你？"成龙一步迈到弟弟面前，瞪圆了眼睛。

"对！"成虎也瞪圆了眼睛，"我今儿跟你把话挑明了吧！那龙眼石也有我一份儿，你甭想独吞！我告诉你，你把龙眼石交出来，我就把那女的还给你！"

闻听此言，成龙上前就打了弟弟一个大嘴巴。成虎也急了。两人不顾一切地扭打起来。洪钧见状对院子里的三个女人喊道："你们还不快去拉架!"

就在三个女人上去拉架时,他三步并做两步地跑到西头那间房门外,拉门冲了进去。

这房有里外两间。洪钧在里间屋门后看到了被绑在房柱上而且嘴里堵着毛巾的宋佳。洪钧急忙给宋佳揪出毛巾并解开绑绳,然后扶着她的双肩,仔细端详。她被感动了,泪水在眼眶中闪动。他看到了,情不自禁地把她紧紧拥抱在胸前,似乎生怕失去。她可以感觉到他那剧烈的心跳,一种幸福感从心底油然升起。她扬起头来,眼睛里流露出期待的目光。两人的目光相遇了。他的身体颤抖了一下,双手僵硬地松开了。他向后退了一步,转头看了一眼窗外,才用关切的口吻问道:"他们没伤害你吧?"

宋佳有些失望,用衣袖轻轻擦去了眼边的泪水,莞尔一笑,不急不忙地说:"看你急的!我这不是很好嘛!咱这人识时务。一看她们那阵势,我就来了个好汉不吃眼前亏,主动配合。就是这毛巾的味道实在不怎么样!我让她们找了半天,就这条还凑合!"宋佳说着,使劲往地上吐了几口唾沫。

洪钧也忍不住笑了。

这时,成龙和银花跑进屋来。一见面,成龙着急地问宋佳:"你没事儿吧?"

宋佳说:"气儿都快没了,还没事儿哪!"

成龙的嘴张了张,没有说话,猛一转身冲出屋去,在院子边上抄起一把铁锹,大声喊道:"我跟你们拼了!"说着,他举起铁锹就向成虎拍去。成虎往后一躲,顺手抓起一根镐把,又和成龙打了起来。

正在这时,史文贵从门外走了进来,大声喝道:"反了天啦!这是谁的地方?都给我放下!"

成虎住了手,成龙也被洪钧拉住了。此时门外已有不少村民在围观。文贵转身冲门口喊道："瞅啥？有啥好瞅的？没见过哥俩打架是咋儿的？走走！"门外的人往后退了一段距离，但并没有散去。

文贵走过来，看了看洪钧和宋佳，转身问金花："这是咋儿回事儿？啊？咋儿还闹到家里来啦？"

金花说："我们跟成龙哥和宋大姐开了个玩笑。没成想，他们就急了！"

宋佳冷笑道："用绳子把我捆起来，还把嘴堵上。这是开玩笑吗？这是绑架！是犯法！你们知道吗？"

金花说："可我们也没伤着你啊！"

"别说啦！你们这是干了啥！啊？有这样开玩笑的吗？真是没深没浅！"文贵冲金花喊了几句，然后转向洪钧和宋佳，满脸赔笑地说，"洪律师，你们是有身份的人，别跟他们一般见识。他们都是山里长大的，不知道天高地厚！我替他们赔个不是吧。"

洪钧不动声色地说："这就不必了！史大爷，我想你也明白，虽然这是山里，可也有国法。现在没造成什么后果，事情还好说。如果真造成后果，那恐怕就不是赔礼道歉的问题了！"

文贵不自然地笑了笑，说："那是！那是！可话又说回来了，你们二位在我们这个村儿里也太显眼了。这里的人虽不如城里人复杂，可也是啥样儿都有。你们待长了，真要是出点子啥事儿……你瞧，我这也是替你们着想！"

"史大爷，你的好意我明白。这样吧，我们明天就回北京！"洪钧很痛快地说。

"要真是那样，大家伙儿就都省心了！"文贵的话音刚落，彩凤从外面跑了进来，她的手上还沾着白面。

进院后，彩凤看了一遍院里的人，最后把目光落在了文贵的脸上，她的嘴唇抖动了几下，但什么话也没说出来。

文贵看着彩凤那愤怒的目光，惊慌失措地说："彩凤，啊，弟妹！你听我说……"

彩凤冷冷地说："说啥？你还有啥可说的？"

"弟妹，你别误会！我……"

"误会！我误会你干啥？"彩凤猛地一转身，冲着成龙和成虎喊道，"你们兄弟俩是咋儿整的？咋儿还动起手了？"

成龙和成虎都没有说话，站在那里喘着粗气。

彩凤的眼睛里含着泪水，"你们史家的人咋儿心都这么狠哪！明明是兄弟，咋儿谁也容不下谁？走，都给我家去。别在这儿给我丢人现眼！"说着，她带头向门外走去。成龙、成虎、银花，还有洪钧和宋佳，也都跟着走了出去。

文贵在后面追了两步，叫道："弟妹！弟妹！你听我说……"

彩凤头也不回地走了。她隐约听见了乌鸦的叫声。

夜幕降临，村中的街道是昏暗的，远处的山林也都变成朦胧的黑色。

金彩凤带着众人走进自家院门之后，让洪钧和宋佳进屋休息，把三个孩子叫进堂屋。进屋后，她坐在椅子上，用严厉的目光看着站在面前的三个孩子，"你们说说，今天到底是咋儿回事儿？"

成龙看了成虎一眼，气呼呼地说："你问成虎吧！"

成虎扭着脖子说："说就说。那龙眼石是爹留下来的，谁也甭想独吞！"

彩凤生气地说："又是龙眼石！要我说，你们都财迷心窍啦！谁见着那龙眼石了？还不就是你爹那么一说！他那话，我压根儿就没往心里放！你们呀，为了一块还不知有没有的破石头，就打得你死我活。你们还能算兄弟吗！"

成龙说："我可不是为了那龙眼石！人家宋小姐是我们请来的律师，他们给绑了，让我这脸往哪儿放！"

彩凤说："那你为了一个女人就能跟亲兄弟玩儿命？你要真是一铁锹把你兄弟拍死了，你这心里就好受？"

成龙和成虎都不说话了。

彩凤看着两个儿子，平缓了自己的语气。"你们知道啥？要我说，人间最珍贵的就是手足之情……"说到这里，彩凤突然闭住口，似乎这话触动了她内心深处的某些东西。她愣愣地看着成龙和成虎，嘴角浮起一丝奇怪的苦笑。

银花一直站在旁边，想着如何劝慰母亲，此时便用试探的口吻问："娘，是不是该弄晚饭了？咱家还有客人呢。"

彩凤转过头来看着女儿，但她的目光仍有些呆滞。她说："你去弄吧，银花。我觉着头晕得很，想自己歇会儿。"她扶着墙，走进了自己的房间。

洪钧陪着宋佳走进银花的房间。此时此刻，他们很高兴能有单独交谈的机会，因为在这意外事件发生之后，两人的心里都有很多要向对方讲述的话。

进屋后，宋佳先打水洗脸，洪钧则坐在椅子上仔细地打量着宋佳。宋佳感受到洪钧的目光，不好意思地小声嗔怪道："看什么哪？又不是没见过！"

洪钧笑了笑，很认真地说："虽然经常见面，但我总能从你身上发现一些新的东西。"

"是好东西还是坏东西？"宋佳用毛巾使劲地擦着脸。

"当然是好的。"

"谢天谢地！不过也真难为你了。就你这一贯对我吹毛求疵的主儿，居然还能看到我身上的优点。真不容易！"宋佳坐到了洪钧对面的炕沿上，两手交替着向后梳拢飘逸的长发。

洪钧强迫自己把目光转向窗外，换个话题问道："下午的事情究竟是怎么搞的？"

宋佳收起笑容，小声说："下午银花被成虎叫走之后，金花让我到她家去，说有一件重要的东西给我看。我问是什么东西，她说与龙眼石有关，是成龙爹留下的。我根本没想到在这小山村里还有被绑架的危险，就去了。到她家后，金花让我进了她的屋，还有那个五大三粗的女人。我问她东西在哪儿，结果她们趁我不注意，一个蒙头，一个搂腰，把我按倒在炕上。开始我拼命反抗，但很快就意识到那只能是自讨苦吃，就问她们想干什么。她们说不想伤害我，就想扣住我和成龙做笔交易。我一想算了，受点儿委屈就受点儿吧。结果她们就把我捆起来了，嘴也堵上了。这时成虎也来了，听说一切顺利，他就没进屋。后来金花好像出去了一趟。再后来，你们就来了。其实我根本就没害怕，我知道你很快就能把我救出去。"

"这么自信？"

"这可不是自信，是相信你，洪大律师！"

"那我要是找不到你呢？大家都以为你被姓唐的骗走了！"

"你的智商那么高，这还不是小菜一碟儿！只要你有心救我，无非就是早点儿晚点儿。我怕什么？"

"你不怕，我可吓坏了！刚一听说你失踪，我真有点儿慌了！我后悔不该带你来，也后悔不该把你一个人留在村里。说真的，我当时急得连跳河的心都有！"洪钧诚恳地说。

"你那是嫌天儿热，想下去洗个澡！"

"你这张嘴啊——"

"怎么？又嫌我这嘴长得不好看？谁让你面试的时候不瞧好了呢？我当时又没戴着口罩？不过，咱们那劳务合同里可没有'嘴长得不好看就可以解雇'这一条。对吧，老板？"宋佳调皮地一笑。

洪钧无可奈何地摇了摇头，说："你呀！真让人急不得恼不得！出了这么大的事儿，你还没正经！"

"哎，我说洪律，咱讲话可得负责任。我怎么不正经啦？我跟谁不正经啦？"

"我……我不是那个意思！"

"那你是什么意思？"

"我是说……你得认真吸取教训，当然也有我，防止以后再发生这种事情。"

"没那么严重吧？不就是'英雄救美人儿'嘛，还不太够味儿！"

"你别老不当回事儿，现在这社会复杂得很。真要出了事儿，哭都来不及了！"

"大不了就是我让人给……撕了票儿。那你怎么也得给我算个'因公牺牲'吧？每到清明节，只要你能来看看我，在我的坟墓前放上一束小花，我也就死而无怨了！"宋佳最后这句话里充满了诚挚的感情。

洪钧沉默了。他并非听不出宋佳话中的含义，也并非对宋佳没有感情，但是他内心深处那个神圣的地方已经让另一个女人占据了。洪钧想起了肖雪，想起了肖雪前几天给他的来信。肖雪在信中说，肖雄和英妹要结婚了，请他们两个去参加婚礼，婚礼将在哈尔滨举行。最后，肖雪还抄录了一首苏东坡的诗——

荷尽已无擎雨盖，

菊残犹有傲霜枝；

一年好景君须记，

最是橙黄橘绿时。

　　洪钧看了那封信后，一直在品味肖雪选送此诗的用意。然而，他反复诵读却依然糊涂。他觉得，肖雪对他的爱情愈来愈向柏拉图的精神恋爱升华，以至于他这个自命不凡的人都感到高不可攀了！洪钧决定去参加肖雄和英妹的婚礼，因为他期盼着与肖雪的见面，但他的心里又有一丝难以名状的忧虑。

　　宋佳的心里也想到了肖雪。她是从洪钧的眼睛里看到了肖雪的影子。她刚才千方百计地调侃洪钧，就是希望洪钧对自己能有所表示。她不想成为肖雪的竞争对手，但又情不自禁地想去分享洪钧的爱。这使她经常处于痛苦的内心矛盾之中。此时此刻，她希望洪钧能像刚才那样，暂时忘掉肖雪，不顾一切地把她抱在怀中，再给她一个热吻，也可以是轻轻地吻！然而，理智告诉她不能这样，因为一时的冲动会给她和洪钧带来长期的痛苦和悔恨。每到这种时候，她就希望自己和洪钧是在舞台上演戏，因为那样她和洪钧就可以假戏真做，而全然不必考虑感情和道义上的责任！

　　洪钧和宋佳就这样默默地面对面看着，都知道对方在想着什么，又都不能表白自己在想着什么。

　　"洪律师，该吃饭啦！"成龙推门走了进来。他看了看洪钧，然后转头对宋佳说，"宋佳，让你在我们这儿受了苦，我真觉得过意不去。又是为了我的事情，我都不知该说啥好了！"

"那就啥也别说了！"宋佳故意学着当地人的口音说了一句，把洪钧和成龙都逗笑了。

成龙又转过头来对洪钧说："发生了这种意想不到的事情，我确实很内疚。所以你们要回北京，我也不能再拦了。不过，这事儿我自己还要查下去，一定要查个水落石出！"

洪钧笑道："你以为我们会在事情没有办完之前就回北京吗？那可不是我们的作风。"

"可你刚才不是对我大爷说，你们明天就回北京吗？难道你在欺骗他？"

"这也正是我想问你的问题呀。"宋佳在一旁说。

洪钧看了看成龙和宋佳，压低声音说："我当然没有骗他，因为我相信这件事情今晚就可以水落石出了！"

听了洪钧的话，成龙和宋佳的眼睛里都流露出惊奇的目光。成龙小声问："今晚会发生什么？"

洪钧说："其实，我也只是估计会有事情发生，并不知道究竟会发生什么。我想，咱们只需做好准备，到时候就知道了。"

"那需要我做什么？"成龙和宋佳异口同声地问道。

"今天晚上，你们照常去睡觉，可别真睡。等到半夜，我先出去，你们都留在屋里。如果院里有人出去，你们不要管。如果外面有人进院，你们就准备好，等我堵住院门你们再出来。"

"我用不用拿上个棍子？"成龙问道。

"我想用不着吧。成龙，我还得问你一个问题：你父亲给你做的蛐蛐罐是不是放在了小仓房的地窖里？"

成龙犹豫一下，还是点了点头。

银花在院子里喊"吃饭喽"。他们三人连忙走了出去。

来到院子里，宋佳见银花在往堂屋端菜，便过去帮忙。成龙则跟着洪钧走回他的房间。一进屋，两人都愣住了。只见炕梢的箱子和靠墙的木柜都被打开了，里面的东西被掏出来，杂乱地仍在炕上和地上。成龙转身走出去，来到堂屋，大声问道："娘，谁到我屋里翻东西啦？"

"没人翻你的东西呀！"彩凤说了一句，莫名其妙地跟着成龙走过来。银花和宋佳也跟在后面。她们见到屋里的状况，也都愣住了。彩凤的身体摇晃了一下，靠在墙上，喃喃自语道："这咋儿还进来贼啦！"

银花扶住彩凤，"娘，你别着急。咱先看看丢了啥东西吧。"

"来贼了？那……"成龙若有所思，"我估计啥也丢不了，因为他们啥也没找到。对吧？可这事儿是谁干的呢？娘，我们走了以后，谁到咱家来了？"

彩凤犹豫片刻才说："就你大爷来过。不过，他就说了会子话，听见外面有人喊，就走了。"

"那你怎么也去了我大爷家呢？"

"那后来，我听见有个男的在门口喊，说是你们哥俩儿在你大爷家打起来了。我就赶紧跑过去了。"

"那是谁喊的？"

"我没见着人。听那声音，挺熟的。可你要问是谁，我还真想不出来。要我说，反正那口音是咱当地人。"

"难道这是调虎离山？"成龙把目光投向了站在门口的成虎。

成虎瓮声瓮气地问："你瞅我干啥？"

成龙没有回答，把目光投向洪钧，但后者在用手梳拢头发。

彩凤的脸上突然现出奇怪的神态。她眯着眼睛问："银花，你听见老鸹叫了吗？"

"没有啊！"银花等人都用惊异的目光看着彩凤。

彩凤睁大了眼睛，长叹一声，"算了，先吃饭吧!"

这是一顿异常沉闷的晚饭。众人坐在方桌旁，默默地吃着饭菜，似乎每人的心里都在想着不能告知他人的事情。

夜空中，果然传来乌鸦那杂乱无章的叫声。

第二十四章

入夜后，山村里格外宁静。洪钧关上灯，和衣躺在炕上，思考着可能发生的事情。时间过得很慢。他看了两次夜光表，才过去半个多小时。10点多钟，他轻轻起身，打开屋门，走了出去。他站在门口，向两边观望，见那几个黑黢黢的窗户没有动静，才轻手轻脚地走出院门。他来到停在院墙边的汽车旁，轻轻打开车门，钻进去之后又轻轻把车门关上了。

弯弯的月亮升上东边的树梢，把柔和的光洒在树上、房上和街道上。万籁无声，似乎一切生命都进入了睡眠状态。忽然，院内传出一点声响。接着，一个人头从院门探出来，向两边看了看，然后走出一个人影。借着月光，洪钧看出此人是成虎。

成虎在院门外站了一会儿，往西边走来。路过汽车时，他往车内看了看，但是贴了膜的车窗玻璃使他无法看到躲在前排座椅后面的洪钧。他走到西边的路口向两旁看了看，然后扭头向东走去。他的身影很快消失在夜色之中，周围又恢复了死一般的沉静。

洪钧坐到后排座椅上，认真思考着。他本想让思维沿着一条线路走下去，但是中途停住了，因为他在汽车的后视镜里看到一个奇怪的亮点。他回过头去，只见在村街的西头有一簇淡蓝的火光在空中慢慢飘动，忽上忽下，忽左忽右，似乎有一种神秘的力量在支撑着它，牵引着它。洪钧不由得倒吸了一口凉气。他不信鬼，但是看着那飘忽不定的"鬼火"，仍然感到后背发凉。

"鬼火"越来越近，洪钧终于看清了一个人体的轮廓，而且看清这蓝火是从那人脸上发出的。他相信这就是人们在盲龙洞看到的"怪物"。看清人体之后，他的心里踏实了许多。那人从汽车旁边走过，来到院门口，停住脚步向周围看了看，然后蹑手蹑脚地走了进去。

成龙一直躺在炕上假装睡觉。当成虎溜出去时，他也起身来到窗前，本想跟出去，但是想起了洪钧的嘱咐。他等待着，感觉时间过得真慢。忽然，院门口一亮，一个头带蓝火的怪物走了进来，他吓得慌忙趴到炕上。不过，他马上想起洪钧的话，便又抬起头来。只见那个怪物走到院子中央，猫着腰，一手拿个手电筒，一手拿个方形的东西，似乎在查找什么。他抓起一个板凳，推门冲了出去。

那人听见声音，转身就往外跑，但是被门口的洪钧堵了回来。这时，宋佳也从屋里冲了出来，手电筒的光照到这个身穿灰色套头服的"怪物"身上。"怪物"大叫，做出吓人状，想夺路逃走，但是被洪钧那平静的话语镇住了——"唐建功！唐所长！你的戏该收场了吧！"

"怪物"愣住了，他举起来的右手一松，手电筒掉在了地上。

洪钧笑道："害怕了，唐所长？你不是很有胆量嘛！我一直在想，你打扮成这样，一个人待在盲龙洞里，难道就不害怕？对了，顺便问一句，你脸上抹的是磷吧？那东西燃点很低，烧不伤人。我知道，你这样做的目的是要寻找龙眼石。好，我可以成全你。"

洪钧的话音刚落，门口就传来一阵冷笑——"嘿嘿嘿！"随着这笑声，孙昌盛从院门后的阴影中走出来，右手握着一支手枪。"想得倒美！你成全他，可我不成全你们！别以为你们这事儿整得挺神秘。瞒不过我的眼睛！我早就瞅出来了，你们都是冲龙眼石来的。狐狸再狡猾，也斗不过好猎手！我告诉你们，龙眼石是国宝，甭管谁发现的，都得归国家。你们私下买卖是违法犯罪，我可以把你们都给办喽！快把龙眼石交出来，算你们立功赎罪！听见没？"

彩凤和银花也从屋里走了出来，刚要说话，院外又传来急促的脚步声，只见文贵和成虎一人手拿一根木棍冲了进来。进院后，成虎气喘吁吁地喊道："谁也甭想把龙眼石抢走！那是我们史家的！"

孙昌盛皱着眉头说："成虎，你说的是啥话？那龙眼石是国家的，咋儿能说是你们史家的呢？"

成虎说："那不中！龙眼石是我爹发现的，他为这还丧了命，所以这龙眼石理所当然归史家！老话儿都是这么说的！"

孙昌盛说："啥老话儿？那都没用。现在得按法律办！"

成虎说："啥叫法律？你说的就是法律？你要是有这份儿本事，早就不在这儿了！"

孙昌盛挥动着手枪，"你敢跟我叫板？我把你给办喽！"

洪钧见状忙说："你们别吵，先听我说一句。听了我这话，保证你们谁都不想要这龙眼石了！"

众人把目光投到洪钧脸上。洪钧说："史武贵捡到的那个东西根本就不是龙眼石，而是钴60！"

"啥是'骨瘤石'？龙骨上长的瘤子？"成虎问。

洪钧说："这跟龙没关系。钴60是一种放射性物质。你们知道原子弹吧？它就跟原子弹里边的东西差不多，非常危险。谁要是接触了它，轻则双目失明，重则丧命。你们明白了吧？"

众人不约而同地"啊"了一声，都有些惊慌失措。洪钧忙说："大家别慌，这个钴60的威力很小，而且它现在的地方还比较安全。请各位跟我到屋里去。这事儿得交给唐所长处理。"

孙昌盛用怀疑的目光看着洪钧，"你说的是真的？我告诉你，你要是跟我要心眼儿，我就把你给办喽！"

洪钧说："你看看唐所长手中的探测仪就知道了。那是专门探测放射性物质的。大家先进屋吧。"

孙昌盛半信半疑地跟着众人向堂屋的房门走去。洪钧对那个脸上仍有蓝火燃烧的人说："唐所长，在那个小仓房里有一个地窖，在地窖里有一个水泥做的蛐蛐罐，你要找的东西就在那个蛐蛐罐里。"

进屋后，众人隔窗望着院子里的那个人，直到其身影消失在小仓房内。然后，众人的目光都转移到洪钧的脸上，七嘴八舌地询问起来。银花问，你咋知道那东西是个原子弹？成虎说，那不是原子弹，是钴60，可咋就到了咱爹的手中？成龙问，你咋知道这人的真名叫唐建功呢？洪钧不知该回答谁的问题。彩凤见状，连忙像维护课堂秩序那样让大家安静，然后请洪钧解答。

洪钧看着众人，不慌不忙地说："那我就从头说起吧。受理这个案子之后，我认为查明史武贵的死因是个关键。虽然公安局和检察院认定是中毒死亡，但我认为因病死亡的可能性更大。不过，中毒性菌痢的说法也不是很有说服力。后来，我听说史武贵死前得到一块龙眼石，特别是看了报纸上的报道之后，我感觉他的死亡应该和那块龙眼石有关。我说的可不是传说中的那种关联。我猜想，这块龙眼石会不会有什么特别的物质，可以致人死亡。我听说过放射病。这次回北京，我专门找了一位放射病专家，向他描述了史武贵死前的症状。专家说，史武贵的病症很像是胃肠型放射病。这种病在初期表现为头昏、恶心、发烧，容易被误诊为感冒；然后有一段时间的假愈期；最后又出现发烧、呕吐、腹泻等症状，并导致死亡。由于放射病的诊断主要依据核辐射病史，所以在病人不知有核辐射的情况下很容易被误诊为其他疾病，如食物中毒、痢疾、心脏病等，有的还被误诊为丹毒和艾滋病。我问他放射源是什么，会不会是天然的放射性矿石，因为我猜测盲龙洞里可能有铀矿石。专家说，天然的铀矿石具有放射性，但一般都不太强。而且，我国的铀矿主要分布在南方，埋藏较深，需要地下开采，常人很难见到。所以，造成人员伤亡的往往都是人造的放射源。这可以到事发地点去调查，看有没有放射源。今天，我去了史武贵捡到龙眼石的建筑工地。我发现，那个地方以前属于燕山农业科学研究所。后来，研究所搬走了，就成了建筑工地。我找到了那个研究所，还遇到一位热情的女同志。她告诉我，农科所以前在培育良种实验中使用过放射技术。我向她了解具体情况，当然没有说出真实目的。她说，负责这项工作的唐副所长外出休假了。这使我极感兴趣，因为当时我的脑子里还有另外一个难解之谜。我就问，唐副所长叫什么名字。她说叫唐建功。我说真巧，我有个朋友在天津市旅游文化开发公司工作，叫唐建业。他有个兄弟，不知是不是你们这位唐副所长。她就带我到走廊的展览橱窗前，让我看研究所领导与外宾合影的照片。我一眼就认出这位唐副所长正是我们在盲龙县认识的唐建业！这样一来，我对本案的情况就有了完整的看法。"

洪钧停了一下，见大家都在全神贯注地看着他，才继续讲道："我认为，史武贵在工地捡到的龙眼石就是该研究所使用过的放射源。但是这个放射源怎么跑到工地上，又怎么到了史武贵的手中，我就不得而知了。我想，这位唐所长一定是看到了《燕南周报》的报道，而且他一看就知道那所谓的'龙眼石'是他们曾经使用过的放射源。他不愿意公开回收这个东西，就以旅游者的身份来到这里。大概他也不愿意人们日后知道他曾来到此地，便用了兄弟的名字。我估计，唐建功开始以为史武贵把龙眼石藏在了盲龙洞里。为了不让别人去盲龙洞寻找龙眼石，他就在自己的面具上涂了磷，装扮成怪物。"

洪钧看了一眼窗外，继续说："那么，龙眼石究竟藏在什么地方？我想，龙眼石在史武贵眼中是稀世珍宝，他不会放在山洞里，一定会藏在家中。因此，龙眼石应该就在这个院子里。由于那龙眼石是放射物，而史武贵死后这院子里并没有其他人得上放射病，所以龙眼石一定是藏在了一个人们不常接近而且有一定隔离性的地方。在这个院子里，小仓房里的地窖最符合这些条件。另外，史武贵曾经给成龙做过一个水泥的蛐蛐罐。对别人来说，那个蛐蛐罐是个既难看又没用的东西，但是对成龙来说，它却是一个浸透父爱的纪念物。假如我是史武贵，我也会把龙眼石藏在那个蛐蛐罐中。大家还记得史武贵临死前说的话吧——蛐蛐关在……我认为，史武贵当时说的应该是：蛐蛐罐在……但是因为他吐字不清，被人听错了。当时，这只是我的推断。后来，史武贵写给成龙的那封信证明了我的推断。"

洪钧的话讲完了。屋里的人陷入一片沉寂。过了一会儿，成龙突然问道："洪律师，你咋儿知道姓唐的今晚会到这里来呢？"

洪钧想了想说："我估计，唐建功在盲龙洞里找了两天却一无所获，应该把目标转到这个院子里了。而且这两天村里的传言很可能就是他制造的，让大家晚上不要出门。另外嘛……"洪钧还有一个更为具体的理由，但是感觉不宜说出。就在他犹豫时，银花喊了一句——"他出来了"，也算是给洪钧解了围。

大家都把目光转向窗外——唐建功从小仓房走了出来。众人犹豫一下才走了出去。

月光下，唐建功一手拿着手电筒，一手拿着一个折叠式长柄夹钳，但是夹钳上没有东西。众人在屋门前站成一排，与唐建功保持一定距离。洪钧问："唐所长，东西找到了吗？"

唐建功把长钳放在地上，拉开头后的套服拉锁，露出自己的脑袋。"找到了，就在蛐蛐罐里。我测了几遍，它的放射性还挺强，大概得有十个'居里'。我现在是一没有防护铅板，二没有运输用的铅罐。就算我冒险用钳子把它夹出来，可把它搁在哪儿啊？这不是野外，要是再伤了别人，那事情就闹大了！所以嘛，我就没动它。"

成龙问："那你打算咋儿办呢？"

"我先回去，然后安排专门的车辆带着工具来提取。"

"那不中！"成虎说，"万一你走了以后那东西要爆炸可咋儿办？"

唐建功苦笑道："这是我们照种子用的放射源，不可能爆炸！"

"那也有危险。对吧？"成龙说。

"我已经测过了，只要你们别下地窖，就没有危险。这你们放心，我敢打保票！"

成龙不以为然地说："你打保票！谁给你打保票啊！对吧？就你办的这些事儿，谁还敢相信你？"

唐建功也不示弱，提高声音说："我干吗了？我干吗了？我这样做自然有我的道理。我们所里的放射源丢了一个，一直找不到。后来我在《燕南周报》上看到那篇报道，我怀疑那个民工捡到的就是我们丢失的放射源。我们那是密封源，包在不锈钢里，看上去很精致，像个宝石。我干事情就得负责任。让你们说，这种事情我能大张旗鼓吗？我能说，嘿，我们那儿丢了一个放射源，可能让史武贵捡走了，我们来查查。那村里的人还不都乱了套！我跟你们说，我私下来查，就是为了避免引起恐慌。如今那东西找到了，我当然得回去安排专门的车来提取了。"

成龙转向洪钧，小声问道："洪律师，你觉得这事儿该咋儿办。"

洪钧说："我只能谈几点看法。第一，这放射源很危险，在如何处理的问题上，应该听唐建功的意见。第二，今天晚上发生的事情有这么多目击人，即使日后发生争议，也不难证明。第三，至于那放射源怎么到了史武贵的手里，应该追究谁的责任，这都是不难查清的问题。第四，唐建功是研究所的负责人，不可能一走了之。总之，他不会把这个东西丢在这里不管。这是我的想法，仅供你们参考。"

洪钧说完之后，史家的人你一言我一语地议论起来。有的说，不能让姓唐的走！有的说，让他走也没啥了不起，他跑了和尚跑不了庙！还有的说，他要跑了，咱就上法院去告他！最后，史文贵代表大家对唐建功说："我们让你回去。可你记住，我们山里人不是好惹的。你要是跟我们耍花招，我们绝饶不了你！"

唐建功连连答应，然后转身对洪钧说："洪律师，你刚才那番话的意思我都听明白了。另外，我还有一个小小的请求，不知你能不能答应。"

"你又想搭车?"洪钧问。

"对，最好现在就走。这样我就可以争取明天安排车来提取放射源了。麻烦你半夜开车上路，真是不好意思！"

"没问题。我把你送到燕山市，正好我们明天还要去法院。"洪钧爽快地点头同意，然后转身对成龙说："现在已经查明，你父亲是死于放射病，根本不是中毒，因此你母亲是清白的。我明天就去把这个情况告诉法官。"

成龙问："我娘的案子就这样了结了吗?"

"按照法律规定，法院认为被告人无罪的，可以要求检察院撤回起诉。我认为，检察院会撤诉，然后再做一个不起诉决定，并公开宣布。这个案子就算了结了。"

"那我娘被关了好几个月，就白关了吗?"

"《国家赔偿法》已经从今年的1月1日起生效了。按照有关规定，你母亲属于被错误逮捕后羁押的，而检察院是做出逮捕决定的机关，因此应该按照国家规定的标准对你母亲进行赔偿。我想，这里不会有什么问题的。"

第二十五章

　　洪钧等人走后，孙昌盛也走了，院子里只剩下史家的人。金彩凤说：“都傻愣着干啥？回去睡吧！要我说，明明是有害的东西，却当成宝石去争，还搞啥绑架。丢多大人哪！”她特意斜了文贵一眼。

　　成龙、成虎和银花分别走回自己的屋子，彩凤也向自己的房门走去。文贵在后面轻轻叫了一声——“彩凤！”

　　“干啥？”彩凤停住脚步，回过身来。

　　“我想跟你说说。”

　　“你还有啥可说的？这人哪，别一头钻进钱眼儿里，别的啥都看不见了！要我说，人要真活到那个份儿上，就算你有家财万贯，还有啥意思？”

　　“彩凤，你听我说……”

　　“听你说啥？听你说你咋绑架人家宋小姐？听你说你咋拎着棍子来抢龙眼石？”

　　“彩凤！我……”

　　“你啥都别说啦！回家去一个人躺在炕上，用手摸着心口好好想想吧！”彩凤忽然想了二十多年前父亲对自己喊的话，她情绪激动地喊道：“你走！你永远别进我的家门！”

　　文贵愣愣地看着彩凤，猛一跺脚，转身走了出去。

　　彩凤手扶门框，身体无力地坐到了门槛上，她的头垂在膝盖上，泪水涌出眼眶。忽然，她感觉身边有人，抬头一看，见成龙、成虎和银花围在面前。她擦了擦眼泪，轻声说："你们咋儿还不去睡呀？有啥事儿明天再说吧！"

成龙说："娘，这事儿都过去了，你也别太生气了！"

成虎说："娘，其实这事儿也不怨我大爷，都是我的错！那绑架宋小姐的事儿，我大爷压根儿就不知道，都是我和金花商量的！"

"你说啥？"彩凤站起身来，睁大眼睛看着成虎。

成虎吭吭哧哧地说道："我知道，我错了！我对不起娘！也对不起我哥！"

彩凤追问道："你大爷不知道绑架宋小姐的事儿？"

"他不知道！金花怕他不同意，就没告诉他。"

"这是真的？"彩凤喃喃自语。

成虎又说："其实，我大爷也没想要那龙眼石。刚才我去找他，他还对我说，拿到龙眼石，必须交给你娘，你和成龙都不许要！娘，我大爷争龙眼石完全是为了你！"

彩凤愣住了。过了一会儿，她默默地转身走进自己的房间，把屋门关上了。

第二天清晨，彩凤很早就起床了。她来到小学校，希望能碰上文贵，但是失望了。早饭后，她又来到水果加工厂，仍未见到文贵。正在这时，村庄里乱了起来，人们纷纷向西头跑去。成虎气喘吁吁地跑来说，唐建功带人来了。彩凤跟着成虎跑回家去。

彩凤家门前那狭窄的街道两头已站满了村民，都远远地看着。彩凤和成虎挤过人群，来到成龙和银花身边，只见她家门外停着一辆封闭式货车，车旁站着一个人，身上穿着那种与防化兵穿的衣服相似的服装。成龙小声说，人已经进去一会儿了。

时间过得很慢，围观的人已经等得有些不耐烦。终于，院子里传出急促的说话声，似乎是什么人在发布口令。车旁的那个人打开了后车门，两个穿着同样服装的人抬着一个不大但看上去很沉重的球形金属罐走出院门，将其小心翼翼地放进车里。接着，他们又走回院内，推出一个如同方形盾牌般的铅板，抬到车上。这时，已经摘下套服帽子的唐建功手持一把长柄钳走出院门，看了看两边的人，向彩凤等人走来。围观的村民不由自主地向后退去。唐建功见状便停住脚步，大声对彩凤说："那东西我们已经取走了。没有危险啦！至于这事儿怎么处理，咱们回头再商量吧！"

唐建功等人上车后，那车便缓缓地开走了。围观的人都松了口气，三三两两地议论起来。有人说，武贵捡回来一颗小原子弹，幸亏没爆炸，要不咱庄的人就全完了！还有人说，那玩意儿可贵重啦，能值好几十万哪！

彩凤无心听这些人的议论，也无心与他们争辩，就带着三个孩子走回自家的院子。进院后，她先把小仓房的地窖盖好，又压上两块石头，对成龙他们说："这地窖先别用了，过一阵子再说吧。要我说，你们该干啥还干啥。成虎，看见你大爷，让他晚上过来一下，咱一块儿商量商量，这后边儿的事儿该咋儿办。"说完之后，她觉得头晕得厉害，就回屋躺在了炕上。

彩凤一直希望文贵会突然出现在她的面前，但是文贵就像从地球上消失了一样。彩凤的心里有些不安。她为文贵的情意而感动，也为自己误解了文贵的好心而内疚。

下午，彩凤一边准备晚饭一边向外张望。成虎回来了。彩凤急不可耐地问："跟你大爷说了么？"

"说啥呀！我根本就没见到他！"

"他没跟你们一块儿干活儿吗?"

"没有哇。我问过金花。金花说他一大清早就走了,也没说干啥去。不过,他倒是把厂里的活儿都交代好了。"

"他能上哪儿去呢?"彩凤自言自语地说了一句,低头做饭。

晚饭后,彩凤又让成虎去找文贵。成虎很快就回来了,"我大爷还没回来。金花也挺着急。虽说我大爷以前也在外边过夜,可每次都会事先告诉金花。今天早上,金花还问他是不是要出门儿,他只嗯了一声,啥也没说就走了。"

听了成虎的话,彩凤心中更加不安起来,但是当着儿女,她又不好说什么,只能不住地叹气。

成龙见状便劝道:"娘,你别担心。我大爷不会有啥事儿的。"

彩凤言不由衷地说:"其实,我倒不为他担心。我是说,你爹那赔偿金的事儿,到底咋儿办,还等着他拿主意呢!"

成龙说:"这您放心。我明天去找那个姓唐的,先听听他咋儿说,回来再商量。"

成虎说:"我跟我哥一块儿去。娘就放心吧!"

彩凤只好点了点头,不过她心里想的是另一件事。

第二天早上,成龙和成虎走后,彩凤又打发银花去文贵家看了看,得知文贵还没有回来。一上午,她的心中萦绕着一个问题——文贵去哪儿了?忽然,一个念头闪过她的脑海,文贵会不会跑到盲龙洞去?这在别人看来是不可思议的,但彩凤却认为很有可能,因为她理解文贵此时的心情。

午饭后,彩凤离开家门,向盲龙山走去。一路上,她想象着自己突然出现在文贵面前的情景,想象着自己给文贵带去的惊喜。她甚至觉得耳边又响起了悠扬的琴声。然而，当她汗流满面地走到盲龙潭边时，她听到的只是不知疲倦的落水声。当她气喘吁吁地爬到盲龙洞口时，她看到的只是一块块没有生命的岩石。

彩凤有些失望地在洞口站了一会儿，决定再到洞里去看看。她走到那怪石嶙峋的大厅，向里边那个黑黢黢的洞口看了看，没敢再往前走。但她不甘心这样回去，便冲着洞口喊道："文贵!"

这喊声打破了洞内的寂静，引起一串强大的回声和共鸣，吓得彩凤连滚带爬地跑出洞口。看到刺眼的阳光，她感觉一阵头晕目眩，两腿一软就倒在了地上。

彩凤清醒过来，但仍浑身无力。她挣扎着坐起来，感觉有些头疼，就用手去按摩。突然，她发现一缕头发随着手飘落下来。她捡起这缕头发，愣愣地看着。最近，她不断发现有成缕的头发脱落。一个令她恐惧的字眼浮上脑海——放射病!

其实，自从武贵死后，彩凤就发现自己的身体每况愈下了。她也曾连续腹泻，但她以为是喝了巴豆水的缘故。她经常头晕甚至头疼，但她以为是看守所生活所致。她是个意志坚强的女人。她的身体有着超强的耐受能力。她可以把精神上的痛苦和肉体上的痛苦都隐藏在别人不易察觉的地方。然而，在得知武贵死于放射病之后，这个陌生的字眼就不断袭上心头。她闭上眼睛，回想着——

今年"五一"节前，武贵突然回家了。这本是建筑施工的忙季，武贵从来没有在这段时间回过家。彩凤考虑再三，决定利用这个时间向武贵说明离婚的事情。但是，武贵很快就病倒了，这让彩凤很难开口。她对武贵的感情很复杂，既有恨，也有爱。虽然武贵在树林里救她是虚伪的，但是武贵在水库工地救她并负伤是真诚的。她不忍心在他患病时离开他，她还要精心照料他。有一天晚上，武贵的身体有所好转，就提出要和她过夫妻生活。她本想拒绝，但是武贵说他快死了，这大概是他最后一次向她表示爱的机会了。她只好答应了。实际上，武贵只是勉强完成了房事。她能够感觉到他在竭尽全力，但是他的身体实在虚弱。为此，她甚至有些感动。

彩凤想，也许正是通过那次身体的直接接触，武贵把体内的可怕射线传到了她的体内。她并没有因此而怨恨武贵。她相信，这都是命。不过，她要抗争！她现在不能死，文贵还需要她，孩子们还需要她。她挣扎着站立起来。

彩凤拖着疲惫的身体走回史家庄。来到家门口，她站在墙边喘息一阵，才打起精神走进院门。

成龙和成虎坐在院子里，两人的脸色都有些不对劲。彩凤的心里一颤，忙问道："你俩咋儿的了？又出了啥事儿？"

成虎站起身来，气急败坏地说："娘，咱们让姓唐的给耍了！"

"咋？他不认账了？"

"他跑了？"

"跑了？跑啥地方去了？"

"他出国了！"

"出国了？他不是前天还来咱庄的嘛，咋儿一下子就出国了？"

"说是到欧洲去参加啥国际会议。"

"就他那样儿，还参加国际会议？要我说，真是给咱国家丢人现眼！"彩凤坐在了板凳上。

成龙说："我们也是听他们所里人讲的，不知是真是假。"

"那他们所里还有别的人吧？你们没去找找？"

"咋儿没找？我和成虎是找了这个找那个，可他们都是一推二六五，都说只能等姓唐的回来才能解决。对吧？"

"姓唐的啥时候回来？"

"说是开一个星期的会。谁知道？他还兴许不回来呢！"

"那可咋儿办？姓唐的跑了，你大爷也不见了。这事儿咋儿都整到一块儿了！"

成龙见母亲眼圈发红，便改变语气说："娘，你别着急。姓唐的那事儿赖不掉，咱有证人，到啥时候都不怕！对吧？我大爷也不会有啥事儿的，一会儿再让成虎去打听打听。不过，我看咱这事儿还得请洪律师帮忙。"

"人家洪律师那么忙，哪能老来管咱们的闲事儿！"

"洪律师办事儿，特别认真负责。咱这事儿，他肯定能管。娘，我们学校开学了，我明天一早就得回北京。我去找洪律师吧。"成龙说完，便进屋收拾行李了。

第二十六章

　　奥地利首都维也纳是世界上最美丽的城市之一。它坐落在多瑙河畔的丘陵地带，周围是维也纳森林，真可谓依山傍水，绿树环绕。维也纳是一座历史悠久的音乐文化名城。贝多芬、莫扎特、舒伯特、施特劳斯父子等著名音乐大师都曾在这里生活和工作，而遍布市区的上百座博物馆和各种造型精美的古典建筑则充分显示出它的历史文化底蕴。此外，维也纳还与纽约和日内瓦并列为联合国的三大国际城市。被当地人称为"联合国城"的"维也纳国际中心"就位于多瑙河大桥旁边，它是联合国下属的原子能委员会等组织机构的办公地点，也是许多国际会议的举办场所。

　　唐建功到维也纳已经5天了。昨天他在分组会上的发言颇受与会专家的重视。他介绍了中国在农业和畜牧业中应用放射性同位素的现状及发展前景，也谈到了人们对放射性物质的认识误区和放射物管理的误区。他指出，人们对放射性物质的认识有两个常见的误区：其一是不相信放射性物质真有那么厉害，例如，有的医疗人员不信邪，偏要亲眼看看或亲手摸摸放射源，结果造成了无可挽回的人体损害。其二是盲目惧怕放射物，以为任何一点放射线都会对人体造成损害。实际上，人们的生活环境中存在许多放射性物质，如某些玻璃制品、某些蔬菜，乃至人类一刻都不能缺离的空气，都存在一定的放射性物质，而这些微量放射线对人体不仅没有损害还有一定益处。他还指出，目前在民用放射物的安全管理中存在严重问题，例如，某些烟雾报警器中使用了放射性物质，但是当报警器报废时却无人去回收其中的放射物，结果造成核污染。他还举了一个真实的例子：某农业科研机构在70年代曾在培育良种的过程中使用放射技术，后来这种方法被淘汰了。在回收放射源时，由于工作人员的疏忽，只回收了6枚放射源中的5枚。另1枚多年后被一名建筑工人拾到，以为是宝石，结果造成两人死亡的后果。与会者都感到唐建功在讲述这个实例时非常激动，因而也都被他那崇高的职业道德所感动，会场上响起热烈的掌声。

研讨会结束了，热情好客的东道主组织他们游览维也纳。上午，他们参观了富丽堂皇的原奥地利帝国的皇宫——维也纳夏宫和在中国知名度甚高的茜茜公主曾经居住过的别墅式宫殿——拉森堡宫。中午，他们登上高252米的多瑙塔，坐在旋转餐厅的长餐桌旁，俯视维也纳各种风格的建筑物和已然蓝色不再的多瑙河。下午，他们参拜了音乐大师的墓地，然后来到奥地利最雄伟壮观的大教堂——圣·斯狄芬教堂。

据说，维也纳位于欧洲的中心，而圣·斯狄芬教堂又位于维也纳的中心。从这个意义上讲，圣·斯狄芬教堂也可以称为欧洲的教堂。由于这座教堂的建筑工程从12世纪开始直至18世纪才完成，所以建筑风格是12世纪至16世纪盛行欧洲的哥特式艺术与17世纪在意大利兴起的巴洛克式艺术的结合。教堂的主体由一座气势恢宏的神殿和一座高耸入云的钟楼组成。教堂前面有一个很大的广场，旁边是一些现代风格的建筑物。其中有一座由钢铁与玻璃构成的大厦。它那镜面般的墙体上映照出来的大教堂尖顶也成了维也纳的标志。

唐建功随着众人走进教堂。教堂里游客虽多却没有喧嚣与熙攘。一迈进这庄严肃穆的殿堂，人们便不由自主地放慢脚步并停止说笑，似乎一下子陷入冥思与遐想之中。唐建功并不相信上帝，但是置身这宁静且神秘的氛围之中，面对神坛，耳听圣乐，一种超脱尘世趋向天国的感觉在他心底油然升起。他隐约地感受到人对上帝的需要——人生活在苦海之中，只有上帝能帮你解脱。他不由自主地自问：我该怎么办？

教堂的侧廊中有一些小木屋，屋内有木椅，两边有小窗，窗外有布垫。唐建功问导游这是干什么用的。导游说这是教徒向神父忏悔的地方。唐建功听后深有感触。此时此刻，他真想做一次忏悔——忏悔自己在当年回收放射源时不该粗心大意；忏悔自己在得知有人捡到那放射源时不该选择继续掩盖罪责的做法；忏悔自己在寻找放射源时不该装神弄鬼……他不明白自己为何沿着错误道路越走越远。是过于自信？还是鬼迷心窍？当然，他的忏悔不是为了别人，不是因为他给别人造成了伤害；而是为了他自己，因为他损害了自己的幸福和前程。如果忏悔能够使他摆脱困境，他情愿忏悔一万次！然而，人生中有很多事情是不能由忏悔来解决的。一失足成千古恨，人们无可奈何。虽然那"龙眼石"已经安全回收，虽然他终于实现了梦寐以求的维也纳之行，但是他清楚地知道回国后等待他的将是什么——审判、监狱，他甚至想到了死亡！

生与死本是相对而言的，但人们总是很难摆脱对死的恐惧和对生的眷恋。他年富力强，事业如日中天，他怎能走向另一个世界？他情不自禁地回想起自己所走过的人生旅程——

……唐建功出生在天津市一个工人家庭之中。小时候，他学习不好，用了8年时间才读完小学。不过，他也有聪明过人之处。他自己做的弹弓就又好看又好用，堪称弹弓中的精品；而且，无论是弹玻璃球还是拍洋画，他都绝对是同龄人中的高手。此外，他特别爱听评书，小小年纪就经常出入"说书馆儿"，当然是"听蹭儿"。虽然他记不住学校课本中的内容，但他能记住《水浒》中一百单八将的绰号，还能一口气背出《隋唐演义》中从第一名好汉李元霸到第十八名好汉秦琼的姓名和兵器。因此，他在同学中是个颇有"身份"的人物。

"文化大革命"开始之后，他凭着"家庭出身好"和"群众威信高"，一夜之间就成了一路"红卫兵"的首领。为了得到手下人的拥戴，他又把背"评书"的本领用到了背《毛主席语录》上。在那段时间里，他也确实享受了"学生领袖"的威风。

毛主席发出"上山下乡"的号召之后，唐建功为了让弟弟留城便报名去了黑龙江。到农场之后，他凭着自己的能说会道和善于表现，很快就得到"贫下中农"的青睐并当上了"知青排"的排长。不过，他也在知识青年中赢得了"唐大花舌子"的外号！1973年，他被"贫下中农"推选为"工农兵学员"，成为同龄人中的佼佼者。上学期间，他热衷于政治运动，很快就入了党，还当上学生干部。毕业后，他被分到燕山农业科学研究所。

唐建功不会成为优秀的科技人员，他既没有这方面的才干，也没有这方面的耐心。不过，他知道怎么装潢自己，也知道如何利用自身的优势，所以在若干年的"勤奋钻研和努力工作"之后，他不仅获得了高级技术职称，而且爬上了副所长的宝座。这样一来，他就可以堂而皇之地把"手下人"的科研成果写在自己那越来越响亮的名字下面！然而，就在他准备"冲出亚洲、走向世界"的时候，多年前的一点工作疏忽竟使他面临万丈深渊！

20世纪80年代初期，农科所不再使用放射技术培育良种，因此需要回收已使用数年的放射源——钴60。唐建功当时正负责此项工作。那些放射源存放在一个水深数米的专用混凝土井中。由于井底有一些碎石，回收工作比较费力，而唐建功正在热恋，干工作心不在焉。当时他记不清那放射源一共是 6 枚还是 5 枚，但他懒得去查档案，所以在提取了 5 枚之后又找了一阵，没有发现，便报告"全部回收"，匆匆下班去见女友了。

几年后，他偶然看到以前的科研工作档案中记录着放射源共有 6 枚，他吓了一跳。但是那个混凝土井已被推平，那个地方也建成了大仓库，那枚放射源也就无从查找了。唐建功安慰自己，那个东西已被大地回收了！时间一长，他也就把此事淡忘了。

然而，《燕南周报》上那篇文章一下子唤醒了沉睡多年的记忆。他断定那个民工捡到的正是他多年前未能收回的放射源。他发现自己面临的处境非常危险——一旦人们找到那个所谓的"龙眼石"，很快就能查出它的本来面目，而且很快就能查清其来源。到那时，他的责任是无法推脱的。现在已经死了一个人，而且以后可能还会有人死亡。那么，他的下场恐怕就不仅是身败名裂了。他觉得命运太残酷了，居然连他的一点过失都不放过！

他的面前有两条路：一条是立即上报并组织专业人员去查找那枚钴 60；另一条是自己私下去查找那颗"龙眼石"并将其掩藏在一个安全的地方。诚然，第一条道路可以保证在最短时间内找到那枚钴 60，而且可以防止伤亡的扩大，但是他必须承担责任，至少会丢掉头上的乌纱帽。第二条道路虽然难度和风险都比较大，而且有可能造成更多人员伤亡，但却可以掩盖他的罪责。他知道，只要那颗"龙眼石"消失了，人们就很难查明受害者的死因，也就无法把罪责归到他的身上。

经过反复思考和权衡利弊，他毅然选择了第二条道路！为了保全自己，他决定背水一战！他全面分析了各种可能性，制定了周密的行动计划，准备了必要的器材。他曾在一本书上看到过寻宝者把磷涂在身上装鬼吓人的故事，便如法炮制。他还亲自去天津找弟弟。当然，他并没有把一切都告诉弟弟，而只说他为了处理一件棘手的事情必须借用弟弟的名字，一旦有人问及，让弟弟承认曾去过盲龙洞。他们是同胞兄弟，唐建业毫不犹豫地答应了。唐建功认为自己的对手是愚昧的山里人，没想到半路上杀出一个足智多谋的洪律师……

唐建功眼前的忏悔小屋变成了铁窗囚屋。他的身体颤抖了一下。他知道，人生中辉煌的一页即将成为过去，等待他的将是与流氓小偷为伍的监狱生活，一种令人感到耻辱和恐惧的生活！忽然，一个念头浮上他的脑海——逃亡。也许，逃亡确实是一条能让他摆脱困境的出路，而且他有天赐良机——他已身在国外，在研讨会上还有一位美国专家对他的研究成果极感兴趣。明天他们将一同去参观离维也纳不远的温泉小城——巴登。他把希望寄托在明天！

唐建功怀着异常复杂的心情走出圣·斯狄芬大教堂。在教堂门口，他看见一个席地而坐的老年乞丐，毫不犹豫地掏出两枚硬币，轻轻地放到乞丐面前的小罐里。

第二天下午，唐建功和几个与会代表乘坐一辆面包车去巴登。同行者中有一位名叫弗雷曼的美国教授。这位教授身材不高，有些秃顶，但眉毛和鬓角都很浓重。说话时，他的脸上总带着幽默的微笑。弗雷曼的汉语比唐建功的英语好得多，因此两人交谈时主要使用汉语，而这也使他们的谈话具有了一定的私密性。

汽车开出维也纳市区之后，沿着平坦宽阔的高速公路向南行驶。公路的左边是深绿色的山林，右边是浅绿色的草场，偶尔才能看到几栋红色或黄色的尖顶农舍和一群群黑白色的奶牛。这里的一切都显得那么洁净那么美丽，给人留下恬静安逸的印象。

唐建功赞叹一番沿途的美景之后，把话题转到他的工作上。"弗雷曼教授，你到过中国，对中国知识分子的工作生活条件一定有所了解。和这里的情况相比，包括和你们美国的情况相比，真是天壤之别。我的意思是说，差别非常大！"

"是的，我听说过，所以我很佩服你们。你们的条件这么不好，而你们干出的成绩又这么好。我很佩服，真的很佩服！"弗雷曼用不太流利的汉语说道。

"生活条件对我来说并不重要，好一点儿坏一点儿都没关系。但是工作条件很重要，因为它直接影响我的科研成果。如果能有美国那样的工作条件，我一定可以取得更多更好的成果。"

"对你的观点，我不敢苟同。我认为，生活条件也是相当重要的。人为什么要工作？就是要生活得好一点。如果生活条件不好，人的心情就不愉快，工作也就没有力量，就没有好的成果。对我的观点，你苟同吗？"

"啊，苟同！苟同！"虽然唐建功也觉得自己的话有些可笑，但他无心向弗雷曼解释"苟同"一词的含义。"弗雷曼教授，前天在我发言后，你说对我的研究很感兴趣，还说希望我们能有机会合作。那么，你能具体谈一谈这方面的设想吗？或者说你的……计划？"

"啊，可以的。我正在研究不同量的放射线对生物的影响，包括对人体的影响。我苟同你的那个观点——微量的放射线对人体没有害处，可能还有好处。我计划进行各种试验，得出这样一些数据，就是……多大量的放射线对生物有益，多大量的放射线对生物有害。这要非常精确。当然还要考虑放射线的种类和强度。我认为，这项研究成果一定很有意义。"

"太有意义啦！我是说，这项研究非常重要。如果搞出来，对民用放射技术的发展必将产生深远的影响。我很愿意参加你的这个科研项目，我可以做你的助手。"

"唐先生太客气啦！我们可以合作。我想我所在的大学也会愿意和你的研究所合作。"

"跟我的研究所合作恐怕不太合适，因为我的研究所是专门研究农业技术的，对放射技术不感兴趣，也不具备进行这项研究的条件。不过，我个人对这个项目很感兴趣。我认为，最好的办法是我到美国去做你的研究助手。"

"你到美国来？据我所知，你在中国的职位很重要。你不要了吗？"

"我认为，科学研究是服务于全人类的，不应受国界的限制。当然，我个人会失去一些东西。但是为了科学，我宁愿作出牺牲！而且，能够在弗雷曼教授的指导下从事研究工作，对我来说也是一件非常荣幸的事情！"

唐建功的话音刚落，奥地利朋友回过头来向他们介绍巴登市的情况，他们的谈话只好中止了。

汽车驶进巴登市。下车后，唐建功等人在主人的带领下，沿着不宽但很整洁的街道向市中心走去。这个城市很小，建筑物也不高大，但有着浓郁的传统特色。建筑物多为17、18世纪的风格，路灯保持着中世纪煤油街灯的式样。街道两旁的商店也不大，但橱窗设计都很精美。弗雷曼的购物热情很高，唐建功只好把谈话暂放一边。

巴登市中心有一个小广场。广场中心有一个造型精美的群像石雕，据说是1833年为纪念一次瘟疫的死难者而建造的。石雕的东边是一栋尖顶的三层楼房。这里曾是奥国皇帝来巴登洗温泉浴时下榻的地方。当时，皇帝和皇后就站在二楼的阳台上接见市民。这栋楼房的斜对面还有一栋尖顶的三层楼房，那是市政厅。广场周围摆着漂亮的桌椅，还有遮阳伞，一些上了年纪的人坐在椅子上喝着咖啡或啤酒。

唐建功默默地站在石雕旁边，看着那一个个表情痛苦的人像，心中感慨万千。他觉得人生真是变幻莫测，说不定何时就会遇上可怕的灾难。这些死难者中肯定不乏成功人士，但一场瘟疫就结束了他们的生命。想到此，唐建功有些不寒而栗。

　　黄昏时分，热情好客的东道主把他们带到一家风格古朴的酒店。酒店里的光线很暗，墙边摆着很大的橡木酒桶和木制桌椅。不过，大多数人并不在室内饮酒，而是坐在天井里的长条木桌旁，手持类似啤酒杯的大玻璃杯，喝着本店自酿的红葡萄酒或白葡萄酒。喝酒者多为中老年人，其中既有一人独酌者，也有两人对饮者，还有三五共饮者。菜肴都是制作简单的熟肉、血肠和青菜。

　　唐建功一边喝着带有酸味的葡萄酒，一边观察着周围的顾客。他发现在一张长桌旁坐着一对七十多岁的老人，每人面前放着一大杯红葡萄酒。他们既不看旁边的人，也不说话，只是默默地注视着对方，半天才共同端起酒杯喝上一口。对他们来说，似乎对方的存在就是生命的全部意义，而多年的共同生活又使语言成为多余。唐建功看着这对老人，心里产生一种酸楚的味道，似乎那葡萄酒的酸味已经浸入他的心灵。他叹了口气，情不自禁地想起妻子和儿子，便举起大酒杯，一饮而尽。

　　出国前夜，他向妻子讲出了面临的困境。妻子既没有责怪也没有抱怨，只是用平静的语气对他说，"无论发生什么事情，我都是你的妻子！"当时，他很感动，仿佛又有了初恋时的感觉。此刻，看着面前这对满脸皱纹的生活伴侣，一种思念家人的情感从心底缓缓升起。他又把杯中倒满了酒。

　　天黑了，四周墙上亮起了带玻璃罩的壁灯，桌子上也点燃了粗大的红蜡烛。饮酒者已有些醉眼蒙眬，饮酒的气氛也越来越热烈。有人大声说笑，有人唱起民歌。唱歌者越来越多，你一支他一曲，颇有赛歌的意味。最后连那对默默饮酒的老人都加入了唱歌者的行列。唐建功没有唱歌，只是不住地把那如同血液一样的红酒倒进口中。

晚上十点多钟，他们恋恋不舍地走出酒店。在走向停车场的路上，他们仍然能听到那时高时低的歌声和笑声。上车后，唐建功又坐到弗雷曼身边，以便继续那没有完成的谈话。他们先谈了各自在巴登小城的感受，然后唐建功把话题引到科研工作上。"弗雷曼教授，我非常愿意参加你的研究工作，但不知你是否愿意让我去做你的助手？"

弗雷曼侧过脸来，在黑暗中看着唐建功。他没有回答唐建功的问题，而是反问道："你真的很想去美国？"

"是的，我已经拿定了主意！"

"我个人欢迎你来美国，但是我没有权力做出这个决定。回到美国以后，我可以找有关的人谈一谈。我想我可以给你发一封邀请信，但我不能保证钱的问题。我的意思是说你在美国的花费问题可能不太容易解决。"

"对我来说，钱并不重要。"

"我知道你们中国人不愿意谈钱的问题。可是，你到美国之后就要花钱，所以你必须有钱！"

"我想钱的问题不难解决。最重要的问题是我什么时候去美国和怎样去美国。我认为现在是最合适的时机！"

"现在？你有没有搞错？你现在是在奥地利呀！"

"我当然知道，所以我才说现在是最好的时机。你知道，我在研究所的职位很高。一旦我回到中国，他们是不会放我走的！"

"那么……你不就成为逃亡的人了？"

"为了科学研究事业，我不在乎背上什么样的罪名！"酒精在唐建功的血液中燃烧，他感觉自己的体温也在升高。

弗雷曼沉思片刻后说道："唐先生，我理解你的心情。但是我认为你的想法不成。你在这里拿不到去美国的签证。我没有能力帮助你，无能为力！我说的是实话。如果你想去美国，必须回中国后等我的信。这是唯一的办法！"

唐建功沉默了。

这天夜里，唐建功躺在旅馆的床上，那柔软的床垫竟如针毡一般，令他浑身难受。他没有睡，他醉了。

第二十七章

　　史文贵回到了史家庄。这几天，他一直住在县城。一方面，他有几笔生意需要了结；另一方面，他想摆脱那令他难以承受的内心折磨。他知道彩凤误解他了，却不知如何去消除这误会。看来，他只能让时间来证明了！他有耐心，他已经等待了20多年。

　　文贵走进家门时，金花正在做晚饭。见到父亲，金花高兴地责怪道："爹，你可回来了！你这几天干啥去了？咋儿也不告我一声？真把人急死了！"

　　"啊，上县里办点儿业务。我这么大人，又丢不了，急啥？"文贵乐呵呵地说。

　　"不光我着急，连我二婶儿都着急！"

　　"彩凤？"文贵已经走到门口，又停住了脚步，回过身来问道，"她咋儿着急了？"

　　"你走的那天，她就打发成虎来过两趟，说是找你有啥事儿。这两天，她自己又来过两趟，问你回来没，还问我用不用派人去找找。我看她急得很，生怕你出点儿啥事儿！"

　　"你二婶儿亲自到咱家来了？"文贵似乎不相信自己的耳朵。

　　"啊！来了两趟呢？听说你没回来，她坐立不安的！"

　　"好！好！"文贵有些心不在焉。

　　"爹，你说啥呢？人家急得要死，你还说好！"

　　"啊，我是说……我回来就好了。"文贵走进自己的屋子。

晚饭后，文贵换上干净的衣服，迈着不慌不忙的步子走进了彩凤家的院门。一进门，看见银花坐在房前洗衣服，便笑呵呵地问："银花，你们吃完饭啦？"

银花看见文贵，便起身说："大爷，你啥时候回来的？"

"下晌回来的，这不刚吃完饭嘛！我听金花说你娘找我有事儿。她在吗？"

"在，在屋里呢！"银花转身冲着彩凤的屋门喊道，"娘，我大爷来啦！"

其实，文贵一进院门，彩凤就看见了。她本想迎出去，但转念一想又坐到炕沿上。文贵下落不明时，她恨不能立刻找到文贵。而文贵回来了，她又有些犹豫。她不知该对文贵说些什么，特别是有女儿在的情况下。听了银花的喊声，她才起身走到屋门口，掀开门帘，声音平和地说："大哥来啦，屋里坐吧！"

文贵看了看彩凤脸上的表情，心中略有些失望。他走进屋，坐在炕对面的椅子上。他发现彩凤带着头巾，还穿着宽松的外套，关切地问："你咋儿了？病啦？"

"没事儿。"彩凤坐到炕沿上。

"那你在家还带着头巾，还穿这么多？"

"就是觉着身上有些凉。要我说，你这几天干啥去了？"

"噢，上县里办了点儿事儿。"

"都办完啦？"

"啊，办完了。"

彩凤不说话了，拿起炕头上一条刚补了一半的裤子，不紧不慢地缝了起来。

文贵向四周看了看，"成龙和成虎呢？咋儿没见他们哥俩？"

彩凤没有抬头，"开学了，成龙回北京了。成虎吃完饭就出去了。年轻人儿，在家里待不住！"

"那是！"文贵停了一会儿，又问，"我听金花说，你找我有事儿。啥事儿啊？"

"还不是那放射物的事儿。东西让姓唐的带人取走了，可后边儿的事儿该咋儿办呢？我本想找你商量商量，可谁想到你连声招呼都没打，就走了！"彩凤的声音放低了。

"那不是你让我走的嘛！我以为你不乐意让我管这事儿呢！其实，我也确实不该瞎操心。费力不讨好！"

"我那是一时说的气话！你咋儿还当真？"

"可我……"文贵刚要说什么，只听银花在院子里大声说，"娘，我出去一下！"

彩凤答应了一声，随口嘱咐道："早点儿回来！"

银花走了，屋里显得更加安静。文贵看着彩凤，"我听说，这几天我不在，让你着急了。"

彩凤抬起头来，看了文贵一眼，没有说话，继续低头缝裤子。

文贵见状，把椅子往前挪了挪，诚恳地说："彩凤，你还生我的气呢？我知道，我现在解释也没啥用。可是，我真的不知道金花她们要绑架宋小姐的事儿，我也真的没想要那龙眼石！要不，我把心掏出来让你瞅瞅！"

彩凤又抬起头来，微微一笑，"那你就掏出来吧！"

文贵愣了一下，但马上就明白了，高兴地说："你不生我的气啦？你相信我的话啦？"

"谁相信你的话？"

"那你……"

"成虎早告诉我了！"

"看来这老天爷还真是长眼啦！"

"是你感动了老天爷!"彩凤诚心诚意地说,"那天晚上,我真不该对你说那些气话!要我说,你这辈子已经够憋屈的了,可我又错怪了你。后来听了成虎的话,我后悔死了!"彩凤的眼圈红了。

文贵笑道:"瞧你!我这受冤屈的人都不难过,你难过个啥呀?"

"都是我不好!事情没闹清楚就说了那些乱七八糟的话。这几天,我的心里乱极了,真怕你出点儿啥事儿。你知道,前天我还一个人跑到盲龙洞去找你。我怕你心里憋屈,躲到那里去。"

"真的?"文贵的心里非常感动,也有点儿后悔。他想,如果他真的去了盲龙洞,那情景该多好啊!他把椅子挪到彩凤面前,拉住彩凤的手,"那你就是第二次去盲龙洞救我了!我该咋儿谢你呢?"

"谢我干啥?你又没在那儿!不过,我头一次自己进盲龙洞。虽说是白天,也吓得够呛!"

"就你对我的这份心意,我这辈子都报答不完!"

"这话让我来说还差不多!"

"我也没啥可谢你的。要不,我再给你拉一次《二泉映月》。你那把二胡早扔了吧?"

"扔倒是没扔。不过……那琴杆儿让我给弄折了。"

"那没关系,我回头再给你换一个。那琴箱啥的没坏吧?"

"我拿给你看看。"彩凤把没缝完的裤子放在炕上,站起身来,走到炕梢的木箱旁,一边打开箱盖,一边说:"这箱子还是我结婚时你给打的。虽说旧了点儿,可还挺结实。"

"早过时了!回头我给你打一套组合柜吧,新式儿的!"

"我可用不惯那个!还是……"彩凤的声音不自然地停止了,因为她的手指在箱子里面那个熟悉的地方没有触摸到那个硬硬的东西。她愣了一下,连忙翻了一遍,但是只找到红布琴套,二胡不见了!

文贵看着发愣的彩凤,问道:"咋儿啦?找不着了?要不,就是你记错了地方?"

彩凤目光呆滞地摇了摇头,"前几天我还拿出来让成龙看过。看完之后我又收在这里了。没错!"

"那咋儿没了?"

"要我说,那肯定是成龙给拿走了。那孩子对他爹有感情。"彩凤轻轻叹了口气。

文贵从彩凤手中拿过琴套。"我没想到你一直留着这个,还保存得这么好!"

"光有琴套管啥用?琴都没了!"

"那怕啥?要不,我再给你做一把,更好的。"

"那可不一样!"彩凤的脸上浮起一丝苦笑,"要我说,有些东西,失去了,就再也找不回来了!"

文贵品出了彩凤话中的含义,有些激动地说:"我不信!只要我们真心去找,啥东西都能找回来!就算原来的东西没了,我们还可以按原样做,而且比原来的更好!彩凤,你信吗?"

彩凤没有回答,因为她不知该如何回答。就在这时,外面传来了脚步声。彩凤连忙拿过文贵手中的琴袋,放回箱子里,然后坐回炕沿上。文贵则把椅子搬回北墙边坐下。

"娘!"成虎喊了一声,推门走进屋来,见到文贵,有些不自然地说,"大爷来啦。我还以为是我哥回来了呢!"

彩凤平静地说:"我正和你大爷商量这事儿该咋儿办呢。你大爷说,还得等你哥回来,听听洪律师的意见。"

"反正不能轻饶了他们!"成虎说。

"那当然。"彩凤应了一句,转向文贵说,"大哥,那咱们就先等等吧!"

文贵明白彩凤的言外之意,只好起身回家了。

第二十八章

　　史文贵经过反复思考，决定正式向金彩凤求婚。这天下午，他刮了胡子，换上新衣服，穿上新布鞋，来到彩凤家门口。

　　彩凤正要出门，见到文贵，不禁有些惊讶。"文贵，你这是干啥去？打扮得这么精神！"

　　文贵有些不自然，"啊，不干啥。要不，我跟你说个事儿。"

　　"啥事儿？"

　　"要不，咱进屋说吧。"

　　彩凤和文贵走进屋后，彩凤转回身看着文贵。从文贵的神态上，她已经预感到了，但还是问道："啥事儿啊？"

　　文贵看着彩凤的眼睛，郑重地说："彩凤，咱俩结婚吧！"

　　听了文贵那诚恳的话，彩凤的心里感受到一阵幸福的激动。她是女人，希望得到男人的爱，特别是那种执着无私的爱。但是，她还能享受这份幸福吗？她的目光垂向了地面。

　　文贵说："彩凤，你已经答应过我了。后来出了武贵这事儿，我也就没法说了。现如今，这事儿都过去了，我也就不怕别人再说啥了。我已经等了20多年！过去，我只是瞎等。现在，我不能再等了。彩凤，我并不是让你马上就搬过来住，我只想听你给我个话。要不，等家里的事儿都办完，咱俩再去登记。然后选个好日子，我要八抬大轿把你娶过来！彩凤，你同意吗？"

　　彩凤抬起头来，她的眼睛里闪着晶莹的泪花，她的嘴唇抖动了两下，但什么话也没说出来。

文贵见状，有些惶然地问："咋？你不乐意？"

彩凤连忙摇了摇头。

文贵一把抓住彩凤的双手，激动地说："这么说，你乐意了！"

彩凤的嘴唇又颤抖了两下，吃力地说："不！不！"

"那你到底是啥意思？彩凤，我不求别的，就求你给我一句明白话。我知道，出了武贵这个事儿，你的心里也很别扭。你要是不乐意，我绝不难为你！"文贵把彩凤的手抓得更紧了。

彩凤真想扑到文贵的怀里，让他现在就把自己娶走。但是，那三个可怕的字又浮上她的脑海，她不能拖累文贵。她的心情渐渐平静下来。她把手抽回来，慢慢地说："我的心，不说你也知道了。可我们已经不年轻了，也得替小辈人想想。你说是吧？"

"可是，咱也不能光替孩子们着想！你这辈子吃了那么多苦，而且有不少是为了我。我要是不能让你跟我享几年福，我这辈子不就白活了嘛！"

"我可不这么想。要我说，你已经让我很幸福了！二十多年过去了，我都成了老太婆，可你还这么一心一意跟我好。这世上有几个女人能有我这份儿福气呢？"

"彩凤，你一点儿都不老！"

"别说傻话了！我说过，有些东西，失去了，就再也找不回来了！"彩凤叹了口气，把眼泪咽到了肚子里。

文贵看着彩凤，似乎明白了彩凤的心思。他无可奈何地摇摇头，诚恳地说："彩凤，我不会难为你。要不，你再好好想想。我等你的回话儿！"

文贵走了。

晚上，成龙回来了。一进门，他高兴地叫了一声"娘"，然后诧异地问道："你咋儿穿这么多？得病啦？"

彩凤摇摇头，笑着说："没事儿。你见到洪律师啦？"

"见到了。"

"他咋儿说？"

"他给写了一份材料，特别好。今天上午，我又到农科所去了。姓唐的还没回来。我把那份材料复印了一份，交给了所长。虽然他还说得等唐建功回来，但态度比上次好多了。对吧？他也明白，就凭洪律师写的这份材料，他们到法院也得败诉！娘，你放心吧！"

"要我说，咱们真得好好谢谢人家洪律师。"

"这我知道。娘，我这次回北京又去看了我姥姥和姥爷。"

"他们咋儿样？"

"都挺好！我姥爷还给你写了封信。"

"啥？你姥爷给我写了封信？"

"真的！就在我的书包里。"

"快拿来给我看看！"

成龙从书包里找出一个牛皮纸信封，递给母亲。彩凤打开信封，用微微颤抖的手指抽出信纸，打开来，举到眼前。那张薄薄的信纸在她手中发出"沙沙"的声响。她默默地念道——

小凤吾女：

多年没有写信，一时竟不知从何写起。这些年来，我一直想给你写信，也一直在盼着你的来信。然而，你和我一样固执。这真是有其父必有其女啊！今日听成龙讲了许多你的事情，方知你当年的艰辛。在你遭受磨难的时候，我不仅没有帮助你，反而责骂你，增加你的痛苦。现在回想起来，我真是愧悔难言！我不是一个好爸爸！小凤，你原谅我吧！如今我已是风烛残年，唯一的希望就是再看一眼我的女儿！小凤，你回家来吧！

想念你的爸爸

1995年9月4日

彩凤的眼睛模糊了，大颗的泪珠滴落到信纸上，但她的嘴角挂着幸福的微笑。她把那封信反复看了好几遍，仿佛想把那纸上的字都印到脑海中。

成龙站在一旁默默地看着母亲。等母亲终于把手中的信纸折叠起来时，他才说："娘，你回去看看吧！我姥姥也盼着你回去呢！要不是姥爷身体不好，需要人照顾，她就跟我一起来接你回去了！娘，等这事儿处理完，咱就一起去北京，让成虎和银花也去。我姥姥和姥爷一定特别高兴！"

"我该回去了。我是该回去了。"彩凤仿佛在自言自语。

成龙从地上的手提包里取出一个崭新的二胡琴盒，递到彩凤的面前。彩凤诧异地看着成龙，问道："你这是干啥?"

"娘，这是我送给你的!"

"你买这干啥? 我早就不拉二胡了!"

"可我还想听娘拉二胡呢! 你打开瞅瞅吧。"

彩凤想到了那把不翼而飞的旧二胡，心想，一定是成龙拿走了旧二胡，又买来这把新二胡。她的心中生起一种难言的苦涩。不过，她不愿让儿子扫兴，便打开了琴盒。然而，她被眼前的东西惊呆了——

躺在琴盒中的正是那把旧二胡，而且那折断的琴杆已被修好，一个金属箍在原来的折断处闪闪发亮。彩凤拿起二胡，轻轻地抚摸着。泪水又涌出她的眼眶。她擦了擦眼边的泪水，回过头来想对儿子说些什么，但是成龙已经悄悄走了出去。

第二十九章

洪钧刚刚接手一起非常怪异的案件，涉及一幅神秘的古画。他很忙，无暇顾及"龙眼石"一案的结局。这天下午，他从外面回到律师事务所，一进门就看见墙上多了一面大红锦旗。右上角的小字是"敬赠洪钧律师"，中间的大字是"中国的福尔摩斯"，左下角的小字是"史家庄村民 1995 年 9 月 20 日"。

宋佳从办公室走出来，"洪律，这锦旗挺有广告效果吧?"

洪钧皱了皱眉头，"说我是福尔摩斯，这好像不太合适。"

"你不喜欢福尔摩斯?"

"福尔摩斯是伟大的侦探，尽管是虚构的人物。我很喜欢看《福尔摩斯探案集》，但我是律师，不是侦探啊。"

"人家是说，你的推理能力足以和福尔摩斯媲美哦。"

"看来，这是史成龙送来的喽?"

"福尔摩斯果然厉害!"

"他们的事情了结啦! 结果如何?"

"还没有最后了结，但是双方已就赔偿问题达成一致意见。唐建功也被检察院批捕了。其实，史成龙他们主要关心的还是赔偿问题，至于唐建功如何处罚，他们不太在意。史成龙让我转告你，他们一家特别感激你，不仅是因为查明了真相，更主要的是因为你使他们的家庭又恢复了和睦和信任。其实，我觉得你还真挺像福尔摩斯的。对了，我还有个问题想问你，一直没找到机会。"

"什么问题?"

"就是史成龙那天晚上曾经提出的问题——你当时怎么猜到唐建功会在那天夜里到史家去的呢?"

"猜到? 那可不是猜,那是推理!"洪钧的目光转向墙上的锦旗。

"得得得! 您又喘起来了! 福尔摩斯先生,请问您是怎么吹出来的? 哦,不对,是怎么推出来的?"宋佳调侃道。

"这个嘛,非常简单。第一,唐建功在盲龙洞里找不到龙眼石,自然会转到史家的院子;第二,那天是星期三,所以他必须在那天晚上出现。"洪钧也用了同样的语调。

"这和星期几有什么关系? 难道你推理还得看'皇历'吗?"

"这有什么可奇怪的! 我告诉你,当律师不难,但是要当个福尔摩斯式的律师就很难喽! 这样的人必须具有广博的知识。上知天文,下知地理,左知风俗,右知民情,中间还得知道你自己。你以为当个福尔摩斯容易哪! 我告诉你,你不仅要懂法学,还要懂心理学、社会学、犯罪学、法医学、司法精神病学、物证技术学……对了,你知道那'龙乐'是怎么回事吗?"

"什么'龙乐'? 噢,你要不提我还忘了。我一直想知道那'龙乐'究竟是怎么回事。你找到答案啦?"

"当律师还得善于学习呀。我是从一位地质学家那里找到答案的。由于盲龙山的北坡多石少树,长年的风化作用就形成了许多奇形怪状的石壁、石柱和石穴。当具有一定强度的风从特定的角度吹过时,就会在山洞内生成奇妙的乐曲声。专家说,人们把这样的山称为'响山'。其实,那座山就可以看作一架巨大的天然乐器!"

"大自然真是不可思议!"

"知道了吧? 这福尔摩斯可不是吹出来的!"洪钧大模大样地挺了挺胸。

"您站好，可别闪了腰！您可还没说这星期三和唐建功夜入史家之间究竟有什么关系呢！"

"当然有关系啦！我星期三上午去的那家研究所，对吧？当时我问那位女同志，唐副所长什么时候能回来，她说第二天准回来，因为唐副所长星期五就要坐飞机去维也纳参加国际会议。根据这一点，我推断唐建功必定在星期三夜里去史家探查龙眼石。这还算合情合理吧，宋小姐？"

"这……"宋佳有些语塞，但马上又说："这么说你当时就知道唐建功要出国了。可你为什么不告诉史家的人呢？"

"假如我当时说出唐建功过两天就要出国的事儿，史家的人还会放他走吗？那事情的发展恐怕就很难控制了。另外，"洪钧停了一下，似乎是在思考着表达的方式，然后缓缓说道，"人生中有许多误区。从某种意义上说，人生中的误区就像自然界中的沼泽地。误入者如果及早撤步还可以脱身，如果执迷不悟则会越陷越深，直至无法自拔。人生误区很多，例如对财富、权力、名誉的贪婪。不过，人生误区又有特殊的吸引力，让人难以抗拒。于是，有些人千方百计地逃出误区，有些人又不顾一切地闯进误区。于是，不同的人便一次又一次地重复着人生的悲剧！人类的生活，自古到今，从本质上讲，其实没有多少创新。几千年来，发生变化的只是生活的形式。我们这些现代人往往会狂妄自大地以为自己的生活与古人的生活有天壤之别。其实，我们不过是在以不同的方式重复着古人的人生故事，包括犯下的错误。当然，面对人生误区，有些人是故意走进去的，有些人是被迫迈进去的，还有些人是一不留神掉进去的。我认为，无论是怎么进去的，跨出误区总需要自我觉醒。因此，我们应该给失误者留下一个自己走出误区的机会。"

宋佳默然了。她的目光在洪钧的脸上探索着。过了一会儿，她突然转身走回自己的办公室，取来一封信，递给洪钧。"这是史成龙给我的信！"

洪钧看着宋佳，慢慢地从信封中取出那张折叠得整整齐齐的信纸，打了开来。信纸上只有几行苍劲有力的钢笔字——

宋佳：

　　你好！

　　我衷心地感谢你在"龙眼石"一案中对我的帮助。正像我曾经对你说过的那样——与你相识是我今生的幸运！现在，我斗胆请你出任"盲龙洞文化发展公司"的副总经理。

　　我永远期待着！

史成龙
1995.9.22

洪钧看完之后，按原样把信纸叠好，放回信封中，递给宋佳。"还是你自己留作纪念吧，撕掉了怪可惜的！"

"你怎么知道我不会去当那个副总经理呢？"宋佳扬起了眉毛。

洪钧没有回答，但他的眼角流露出狡黠的笑意。

宋佳叹了口气，"我真希望自己再让人绑架一次！"

"那又何必呢！"洪钧一脸认真地看着宋佳。两人的目光交织在一起，但是都没有说出任何话语。过了几分钟，洪钧终于找到了打破这尴尬局面的话题——"对了，史成龙有没有告诉你，她母亲怎么样了？我一直很担心金彩凤的身体。"

宋佳的脸上立刻失去了笑容。她的眼睛不停地眨动着，一些晶莹的液体在她的眼眶里转动着……

第三十章

金彩凤终于病倒了。她是个意志坚强的女人，一旦倒下，就再也爬不起来了。她知道，自己也得了那种不治的放射病。这段时间，她经常腹泻，腰酸背疼，身体越来越瘦弱，脱落的头发也越来越多。为了不让孩子们发现，她整天带着头巾，还穿上厚衣服。直到有一天，她真的爬不起来了，孩子们才知道病情的严重性。

成龙要带母亲去北京看病，但彩凤坚决不同意。她知道这是不治之症，不想浪费钱财，也不想拖累子女。另外，她不想让父母看到自己现在这个样子，她担心年迈的父母会承受不起。她给父亲和母亲写了一封回信。她说，看到爸爸的来信很高兴，很想回去看望他们，但是学校刚开学，事情很多，她不能耽误孩子们的课程，等以后不忙了，她再回去看他们。她还说，她已经习惯了山里的生活，虽然很平淡，但是很幸福。她希望爸爸妈妈健康快乐。

彩凤一再叮嘱成龙，千万不要把她的病情告诉姥姥和姥爷。她还说，即使她死了，也不要告诉他们。她希望父母以为她就一直在山里过着平淡安宁的生活。

成龙从北京请来一位治疗放射病的医生。看病之后，医生对成龙说，彩凤能活这么久，已经很不容易了，这说明她不仅有强健的体质，而且有坚强的毅力。那言外之意，成龙已经明白了。

成龙没有把医生的话告诉母亲。彩凤也没有问。其实，她知道死神已经在向她招手。她很坦然，很淡定。她相信人是有灵魂的，而且灵魂和肉体是可以分离的。有些人的肉体还活着，但是灵魂已经死了。有些人的肉体已经死了，但是灵魂还活着。那些活着的灵魂就会在冥冥之中关照子孙后代。她要让自己的灵魂活下去。她想到了盲人族传说中那条会发光的河。她说，她希望自己能像盲人族那样在临死前进入那条河。

彩凤不愿意耽误孩子们的时间。她经常把子女从屋里赶出去。她唯一不会赶走的人就是文贵。然而，文贵似乎很忙，每天早出晚归，不知去了什么地方，也不知在干些什么。她问他去干什么，他也笑而不答，脸上带着神秘的表情。

不过，每天晚饭后，文贵都会来到彩凤身边，守护几个小时。孩子们都出去了，他就给她讲过去的故事：从第一次见面，到帮她起猪圈；从一起学习，到一起演出；从她生病，到她结婚；从他在盲龙洞藏身，到他在北京城闯荡……虽然这是他们两人的故事，但是他讲的多是她不知道的另一面。她很爱听，静静地躺在炕上，闭着眼睛，但脸上带着幸福的笑容。她最喜欢听他讲盲龙洞，包括他在盲龙洞里的经历，也包括那个"盲人族的传说"。

这天早饭后，文贵没有外出，来到彩凤身边。看上去，彩凤的精神很好。她把三个孩子叫到身边，声音平缓地说："我知道，我活不了几天了。你们都不要难过。要我说，这都是命中注定的。我死了，我的生命就留在你们身上。你们三个是这世上最亲的人。你们一定要互相照顾，永远不要放弃自己的亲人。成龙，你是老大，一定要照顾你弟和你妹。不管你日后干成多大的事业，都不能忘记他们！"

成龙泪流满面，用力点着头。

文贵在一旁说："你放心吧！成虎和银花也很能干，我那个水果加工厂就交给他们和金花管理了。"

成虎和银花也哭着，让娘放心。

彩凤闭上眼睛，休息片刻，然后又睁开眼睛，慢慢地说："现在，我就有一个愿望了，你们把我送到盲龙洞去吧。那里有一条河，你们就把我放到河水里。要我说，那里最干净，也最安静。那就是我的归宿。我说的可不是死后，就是今天。到时候了，我该去了。"

三个孩子异口同声叫了声"娘"，却不知该如何回答。

文贵平静地说："就听你娘的吧。"

彩凤看了文贵一眼，慢慢闭上眼睛，嘴角浮上满意的微笑。

众人商量一番之后，文贵回家叫来金花，成龙和成虎找来一副担架。然后，银花和金花给彩凤换上一身新装。众人抬着进入半昏迷状态的彩凤走出院门。不知何人送出的消息，许多村民都站在村街的两旁，默默地目送他们走出村西口。

进入盲龙洞后，文贵拿着手电筒在前面带路，成龙和成虎抬着彩凤，金花和银花守护在旁边。他们在"百兽拜龙厅"稍事休息，然后绕过小洞口的石屏，沿着一条不高但很直的洞巷慢慢走下去。这一段的石面比较平整，两旁的石壁也比较平滑。他们走了几十米，洞巷拐向右上方，洞壁也出现一些犬牙交错的岩石。他们又走了几十米，洞巷突然折向地下。他们沿着陡坡小心翼翼地走下去，来到一个长十几米宽五六米的矮厅。前面的山洞继续向下延伸，而且出现了两个岔道。他们沿着右边走去，远处传来流水的声音。再走下一个陡坡，他们的面前出现一个很高的大厅，一条暗河就横在面前。那黑色的河水平缓地流向洞穴的深处。

河边的石台上停放着一条崭新的小木船。文贵点着了船上的油灯。大家这才知道，文贵这些天早出晚归，就是来打造这条小船的。

彩凤也看到了这条小船。已经奄奄一息的她竟然坐了起来，张大嘴，似乎想对文贵说些什么，但是最终也没有说出来。

文贵指挥成龙和成虎把彩凤抬到小船上，然后把船推入河水之中。在油灯光的照耀下，彩凤的神态非常安详。

黑暗中传出压抑的哭泣声。

文贵迈步走上小船，回头看了一眼岸边的孩子们，坐到彩凤的旁边。他把彩凤的上身抱起来，靠在自己的胸前。彩凤的脸颊抽动了一下，用力睁开了眼睛，看着文贵，似乎想说什么。

文贵把嘴贴到彩凤的耳边，轻声说："彩凤，我答应过，我一定会陪着你。"

彩凤吃力地喘息着。

孩子们哭泣着。

文贵用手推开船边的石块，那小船便缓缓漂离岸边。他向孩子们挥挥手，拥抱着彩凤，一脸平静的神态，眺望着没有亮光的前方。

岸上的哭声戛然停止。孩子们都愣住了，一时不知所措。

寂静的山洞里，只有流水的声音。

突然，一阵美妙的笙箫之音从空气中飘过。

那只小木船，载着文贵和彩凤，缓缓地漂向洞穴的深处。

那盏油灯的光，在水面上跳动着，终于消逝在黑暗之中……

番外漫画·身体灵活

文:何然　图:木文草

《龙眼石之谜》书评

　　除了"罪与罚"这些侦探小说的基本要素以外，何家弘先生的小说还包含了大量的社会人生方面的内容：历史的、现实的；中国的、外国的；都市的、乡村的等；尤其可贵是它们还蕴含了作者对于这些复杂的生活内容的深入思考。其中最令我感佩的地方，是他对人性、对人的命运的关照和沉思。在我看来，有了这一点，一部侦探小说才有可能是高品位的。当然，我这样说，显然是有前提的，即作者必须要艺术地处理好侦探小说必备的"要件"与"广泛社会人生内容（也包括沉思性的内容）"之间的关系。我认为，何先生的小说在这种关系的把握上体现出了值得称道的创造力。何先生给自己提出了一个高难度的挑战性的问题——既然"罪与罚"的问题与社会、人生、人性紧密相关，那么，为什么他不可以在社会人生广阔的背景下，在充满着无数难解之谜的社会人生的沃土上，去演绎他的关于"罪与罚"的故事呢？而且我发现，这些地方往往同时也是"侦破"过程当中"悬疑"设置的一部分。在《龙眼石之谜》中，有很多笔墨用来描写金彩凤不幸的人生经历与她和文贵、武贵之间的三角关系。初看是闲笔，然而看到最后一段——"彩凤：……真要是不同意，就再想办法呗!""文贵把目光最后停留在那片巴豆树上"，然后再回想起前面那娓娓道来的内容，自然会引发和强固读者对于他们两人有罪的怀疑。不仅如此，事实上，这类认认真真的"闲笔"式的叙述策略，还可以起到一种"延宕"的作用。通过线性叙述的中断，增强了"悬念"的吸摄力。经过了这类多重的"蓄势"之后，小说势必会加大"云开雾散"之时对于读者心理的冲击力，从而提高了人们的阅读快感。总之，在我看来，何先生在把握"犯罪和侦破"与"广泛的社会人生内容"之间关系问题上所表现出来的创造力，是其作品形成自己鲜明特色的重要原因之一。他的作品能够将法、理、情、智、识、趣这六者融为有机的艺术整体，代表了中国当代侦探小说发展的一个新方向。

——北京师范大学文学教授　张健

专家与媒体评论

读何教授的侦探推理小说，感觉妙趣横生，觉得又像当年小学时代那样，体验到了阅读的快感与乐趣。

——作家　莫言

我欣赏何先生小说中包含的现实人生经验和历史沧桑记忆。作者很少虚张声势，一惊一乍，他是一步步把读者诱进他的迷阵。

——文学评论家　雷达

我觉得何家弘的文学创作不仅修正了侦探推理小说必然是"低层次"创作的这样一个认识误区，也打破了习惯上把严肃文学与通俗文学对立起来的这样一种思维误区。这正是他创作的独到贡献。

——文学评论家　吴秉杰

何教授在不同种类的侦探推理小说技巧中做到得心应手、游刃有余。他的小说既是谜语小说，又是悬疑小说。

——法国翻译家　玛丽·克劳德

读者能从其小说中看到一幅生动的当代中国全景图画——农民、工人、小贩、学生、城市专业人士、冒险的私人企业家，当然还有官员，共同组成了何家弘先生的现代化中国的"人生喜剧"。

——法国编辑兼记者　艾里克·苏鼎德

何家弘小说中最引人入胜之处是关于日常生活的美丽描述。

——英国作家　凯瑟琳·萨姆森

何家弘笔下的主人公"洪律师"深受读者喜爱。他的小说既秉承了学者的严谨之风，又不失舒畅优美的文笔和扣人心弦的悬念。

——意大利汉学家　巴尔巴拉

何家弘的生活就像一本小说，他的创作灵感介于写实与虚构之间。他根据自己的生活体验创作了以洪律师为主人公的小说。这位洪律师颇有阿瑟·柯南道尔笔下的福尔摩斯风范。他的武器是智慧，他坚持用文明的方式解决问题。

——西班牙《先锋报》

何家弘选择的是一种新式生活：他既是法学教授，又是侦探推理小说作家，他要从两个方面为司法公正而战斗。他的小说涉及错案和腐败等社会问题。他出生于北京，在"文化大革命"期间曾到黑龙江的农场工作8年，因此他的小说中有农场的故事，而且带有田园诗的情调。

——西班牙《新闻报》

在简单的侦查活动背后，我们看到了一个国家的传统文化，栩栩如生的人物与他们的人生观相互交织，让我们惊讶，也让我们着迷。看中国的另一个视角：诗意且现实。

——法国《处女地》杂志　克里斯蒂·费尔尼特

峰回路转。何家弘将洪律师及其欢快的助手宋佳刻画得栩栩如生。面临着无处不在的死亡威胁及各种磨难，他们二人解决了跨越时空的谜团。展现了中国城市现代化的一面与乡土气息的另一面。

——法国《她》杂志　米歇尔·菲图西

一位中国的麦格雷特探长，推理更为严谨。栩栩如生的行文，令人着迷的历史：一杯值得一品的香茗。

——法国《西部法国》杂志

这是一本创作精巧的悬疑小说，强调推理和演绎法——如福尔摩斯一般。并且，宋佳比华生更为有趣。

——法国《读书周刊》

在20世纪中国风情的装点下，这本由演绎法构成的侦探小说的行文衔接给我们带来了扣人心弦的悬念……极具潜力的系列小说。

——法国《世界报》　杰拉德·姆达尔

　　何家弘是杰出的法学教授。他的主人公洪钧把西方的法治理念与中国的善良正直观融合在一起……有了这样的地理和历史内涵，这部小说看上去就像是一个民族的寓言，一个关于中国现代化的寓意深远的故事。理性、专业和现代的洪钧在这里赢得了今天的斗争，而作者大概也在暗示中国的未来属于洪钧和他的同道，属于应比掌权者利益更为重要的法治理想。

——香港《南华早报》　道格拉斯·科尔

　　来自北京的作家、法学家何家弘在留学美国期间对福尔摩斯情有独钟。应该说，他笔下的主人公洪钧身上就有何家弘自己的影子，仿佛是他个性的另一面。洪钧是私人律师，这种身份在当今中国法制体系中是比较前卫的。通过洪钧，何家弘为我们展示了一幅独特的文学景象。

——意大利《新闻报》

　　福尔摩斯对何家弘的影响是显而易见的，但他的小说风格也与其他犯罪文学作家——如达希尔·哈米特、雷蒙德·钱德勒和J.M.采恩——的作品有可比之处，都是经典而且欢快的现代风格，再加上中国式的情节曲折。何教授的研究兴趣包括比较刑事司法制度、犯罪侦查和刑事诉讼程序。他的专业知识使他的小说更加可信，也更加发人深省。

——《亚洲文学评论》凯丽·法考尼尔

"何家弘显示出一位作家的幽默与学识，同时他的文笔引人入胜，让读者身临其境。在简单的侦查活动的背后，我们看到了一个国家的传统文化，栩栩如生的人物及他们的人生观相互交织，让我们惊讶，也让我们着迷。"

——法国《读书》杂志　克里斯蒂·费尔尼特